ANTOINE ALBALAT

GUSTAVE FLAUBERT

ET SES AMIS

avec des lettres inédites de :

G. FLAUBERT - L. BOUILHET - T. GAUTIER
CHAMPFLEURY - E. ET J. DE GONCOURT
VILLIERS DE L'ISLE-ADAM - FROMENTIN
Philoxène BOYER - Auguste VACQUERIE
V. HUGO - TAINE - LECONTE DE LISLE
OFFENBACH - SAINTE-BEUVE - MICHELET
HÉRÉDIA - BANVILLE - Jules LEMAITRE
E. FEYDEAU - MAUPASSANT - P. ALEXIS
etc...

LIBRAIRIE PLON

7e édition

GUSTAVE FLAUBERT
ET SES AMIS

DU MÊME AUTEUR

Comment il ne faut pas écrire. Un vol. 25e édition. (PLON, éditeur.)

Comment on devient écrivain. Un vol. 20e édition. (PLON, éditeur.

L'Art d'écrire enseigné en vingt leçons. Un vol. 50e mille. (COLIN, éditeur.)

La Formation du style par l'assimilation des auteurs. Un vol. 21e mille. (COLIN, éditeur.)

Le Travail du style enseigné par les corrections manuscrites des grands écrivains. Un vol. 19e mille. (COLIN, éditeur).
(Couronné par l'Académie française.)

Comment il faut lire les auteurs classiques français. Un vol. 13e mille.
(Couronné par l'Académie rançaise.)

Souvenirs de la vie littéraire. Un vol. 6e mille. (CRÈS, éditeur.)

Les Ennemis de l'art d'écrire. Un vol. (LIBRAIRIE UNIVERSELLE. *(Épuisé.)*

Ouvriers et procédés (critique littéraire). Un vol. (HAVARD, éditeur.) *(Épuisé.)*

Le Mal d'écrire et le roman contemporain. Un vol. (FLAMMARION.) *(Épuisé.)*

Marie. Un vol. (COLIN. éditeur.) *(Épuisé.)*

L'Amour chez Alphonse Daudet. Un vol. (OLLENDORFF, éditeur.) *(Épuisé.)*

Une Fleur des tombes. Un vol. (HAVARD, éditeur.) *(Épuisé.)*

L'Impossible pardon. Un vol. *(Épuisé.)*

Lacordaire. Un vol. (VITTE, éditeur.)

Joseph de Maistre. Un vol. (VITTE, éditeur.)

Pages choisies de Louis Veuillot. Un vol. (VITTE, éditeur.)

Frédéric Mistral. Son génie et son œuvre. Brochure. (SANSOT, éditeur.)

Ce volume a été déposé à la Bibliothèque Nationale en 1927.

ANTOINE ALBALAT

GUSTAVE FLAUBERT

ET

SES AMIS

AVEC DES LETTRES INÉDITES

DE

Gustave Flaubert — Louis Bouilhet — Théophile Gautier — Champfleury — E. Feydeau — Philoxène Boyer — Auguste Vacquerie — Offenbach — E.-J. Goncourt — Sainte-Beuve — Michelet — Victor Hugo — Taine — Leconte de Lisle — Villiers de l'Isle-Adam — Eugène Fromentin — Banville — Maupassant — Jules Lemaitre — J.-M. de Heredia, etc...

PARIS

LIBRAIRIE PLON

LES PETITS-FILS DE PLON ET NOURRIT

IMPRIMEURS-ÉDITEURS — 8, RUE GARANCIÈRE, 6ᵉ

A

MADAME FRANKLIN GROUT,

*avec l'hommage reconnaissant de ma respectueuse
et fidèle affection.*

A. A.

GUSTAVE FLAUBERT ET SES AMIS

CHAPITRE PREMIER

Flaubert et l'amitié. — Louis Bouilhet conseiller de Flaubert. — Lettres de Bouilhet. — Conseils sur *Salammbô*. — Le voyage à Tunis. — Une lettre inédite de Flaubert. — Louis Bouilhet et *Salammbô*. — La chanson de Binet. — Bouilhet et Victor Hugo — Les amours de Louise Colet. — Une soirée chez Mme Louise Colet. — Son rêve d'épouser Flaubert. — Un déjeuner avec Dumas père. — Dumas père et Coppée.

La vie de Gustave Flaubert restera l'éternel honneur des Lettres françaises et, pour tous les écrivains, un modèle d'élévation intellectuelle, de conscience et de travail. Flaubert a vécu pour la littérature et il est mort par elle. Sa gloire a bravé pendant soixante ans toutes les négations d'école. La mauvaise critique s'est usé les ongles contre l'indestructible statue. L'épreuve est faite. La postérité commence. L'œuvre de Flaubert ne périra pas.

Après de vagues essais d'établissement à Paris, 42, boulevard du Temple, rue Murillo et rue Saint-

Honoré, l'auteur de *Madame Bovary* se retira à sa campagne de Croisset, où la mort de sa mère le laissa dans une solitude qui eût été complète, sans la présence de sa nièce Caroline (Mme Franklin-Grout) qui vint habiter avec lui et l'entoura toujours d'une fidèle tendresse. Les relations d'amis furent, d'autre part, pour Flaubert, une réelle consolation pendant ces longues années de labeur terrible dont nous n'avions encore que quelques exemples avec Buffon, Montesquieu et notre romancier Balzac. Présent ou absent, de près ou de loin, Flaubert était l'âme de ces réunions d'hommes, qui sont maintenant inséparables de son souvenir et n'ont pas cessé d'escorter sa renommée grandissante.

Il serait difficile d'écrire l'histoire détaillée des relations de Flaubert avec chacun de ses amis. Bien des renseignements nous manqueraient. A défaut d'indications précises, ces amis nous ont, du moins, laissé leurs lettres. Flaubert gardait pieusement toute espèce de correspondance, jusqu'aux plus insignifiants billets. Ces lettres, la plupart inédites, que j'ai lues et dépouillées à la villa Tanit, chez la nièce de l'écrivain, Mme Franklin-Grout, forment une vingtaine d'énormes liasses de papiers, classées par ordre alphabétique. Les trois quarts n'ont d'intérêt que dans la mesure où la personnalité de Flaubert s'y trouve mêlée. C'est lui qui fait l'attrait de cette compilation, où il faut avouer que les échanges d'idées se renouvellent très peu. J'ai donc pensé que, pour écrire un livre sur Flaubert et ses amis, il serait suffisant d'extraire les passages significatifs de certaines lettres se rapportant à l'auteur de *Madame Bovary*, ou exprimant une opinion sur ses ouvrages, de façon à pouvoir tout aussi bien intituler ce travail : *l'Œuvre de Gustave Flaubert jugée par ses amis.*

Ce choix d'extraits n'a pas toujours été très facile ; les redites étaient à craindre ; j'ai eu des surprises et des déceptions. Quelques correspondants parlent un peu trop d'eux-mêmes ; d'autres, au contraire, comme Taine, sollicitent de curieux renseignements sur le métier littéraire. Je crois, dans le choix de ces lettres, avoir à peu près répondu à l'attente des admirateurs de Flaubert.

Ce choix fait, il a fallu demander aux héritiers de ces lointains correspondants l'autorisation de publier ces pages, autorisation qui ne m'a pas toujours été accordée. J'ai dû, dans ce cas, me contenter de résumer les lettres qu'il ne m'était pas possible de publier.

Il faut distinguer, parmi les amis de Flaubert, les intimes : Chevalier, Le Poitevin, Bouilhet, Maxime Du Camp, Maupassant, Laporte ; ceux qui vinrent à lui par communauté d'idées et de talent, comme Gautier, Feydeau, Sainte-Beuve, Baudelaire, Goncourt, Leconte de Lisle, etc. ; et ceux enfin qui se lièrent par admiration, comme Heredia, Dumas fils, Vacquerie, Hugo, Daudet, Zola, Lemaître, Taine, Renan, Saint-Victor, Banville, About, Alexis, etc.

Flaubert eut aussi, chez les femmes, quelques fidèles amies, comme Mlle de Chantepie, Roger Desgenettes,

Amélie Bosquet, George Sand (Louise Colet est tout à fait à part).

Malgré le mot de La Rochefoucauld : « Ce qui me dégoûte de l'amitié, ce sont les amis, » on peut dire que Flaubert eut vraiment la passion de l'amitié. Il n'attendait rien de l'amour ; il demanda tout à l'amitié. Les femmes sont à peu près absentes de sa vie ; les amis, par leur présence ou leurs lettres, soutiennent son travail, consolent sa solitude. Il s'intéressait à eux ; il leur écrivait ; il lisait leurs productions, réclamait leurs conseils, vivait de près ou de loin avec eux, toujours disposé à leur trouver du talent. Flaubert avait l'amitié despotique, parce que sa sensibilité était profonde. Il ne pardonnait pas à ses amis de méconnaître ses sentiments ou de discuter son esthétique. Il s'éloigna de Maxime du Camp, à l'époque où l'auteur des *Convulsions de Paris*, qu'il appelait l'*égoutier*, se mit à critiquer sa conduite et son art. Malgré ces légitimes résistances, l'affection de Flaubert pour ses amis déborde dans sa correspondance. Avec quelle joie il les attendait, impatient de rompre enfin par la causerie et la lecture l'isolement intellectuel où il vivait et auquel ont tant de peine à s'habituer ceux qui ont quitté Paris pour la province. Quand on organisait des fêtes chez lui, en son honneur, pour la Saint-Polycarpe, il était si heureux que, quinze jours à l'avance, la pensée de ces réunions l'empêchait de travailler.

Dans le récit d'une visite que lui fit le docteur Fovel

en compagnie de Jules Lemaître (1), nous trouvons de jolis détails sur la familiarité du solitaire écrivain, sa camaraderie empressée, sa truculence chaleureuse, toujours lardée de gros mots.

Le premier et le plus cher compagnon de Flaubert fut certainement Alfred Le Poittevin. Il faut chercher les premières origines du pessimisme de Flaubert dans l'influence qu'exerça sur lui ce sombre jeune homme, qui ne semblait pas tout à fait né pour être écrivain, mais qui fut un caractère héroïque digne de l'antique. Esprit philosophique et grand rêveur, il mourut à trente et un ans, en 1848, désabusé de tout, voyant venir la mort sans faiblesse et lisant Spinosa pour s'y préparer. M. René Decharmes, dans un livre remarquable, a montré l'ineffaçable empreinte de Le Poittevin sur les idées morales et l'esthétique de Flaubert.

Après Le Poittevin, sitôt disparu, Louis Bouilhet tient la première place parmi les amis intimes du grand romancier. Celui-là fut l'inspirateur de son travail, l'inflexible conseiller qui l'éclaira, l'encouragea et maintint toujours son effort à la hauteur de leur idéal commun, qui était la perfection de la forme.

Louis Bouilhet avait étudié la médecine à Rouen, où, dès 1840, il commença à se faire une réputation de poète, en publiant ses premiers essais, les *Échos de l'âme*, les *Feuilles mortes*, écrits de dix-huit à vingt ans, et qui coururent d'abord manuscrits entre les mains de ses premiers admirateurs. Son affection

(1) *Chronique médicale* du 15 juillet 1908.

pour Flaubert datait du collège. Flaubert ne le quitta que pour aller faire son droit à Paris. Dès 1846, ils renouèrent leur intimité et devinrent inséparables. Bouilhet, qui avait alors vingt-quatre ans, ne tarda pas à se tourner entièrement vers la littérature. C'était un garçon charmant, sociable, de jolies manières, de caractère agréable, courageux, travailleur, et qui n'avait de pessimiste que sa tournure d'esprit. Érudit et grand liseur, obligé de donner des répétitions pour vivre, il aimait les inférieurs et les humbles, et il ne semble pas qu'il ait éprouvé pour les bourgeois la haine féroce qui transportait Flaubert. Aussi, quand on joua *Madame de Montarcy* à l'Odéon, le 6 novembre 1856, une députation de Rouennais vint, en grande cérémonie, assister à cette représentation (1). Le *Figaro* plaisanta ce pèlerinage de quarante provinciaux, à qui Bouilhet dut faire visiter Paris, le Panthéon, l'Arc de Triomphe, la Colonne Vendôme... Cette manifestation prouve, du moins, que les bourgeois de Rouen accordaient à Bouilhet une estime qu'ils refusaient à Flaubert.

Aristocrate et tyrannique, Flaubert ne descendait de sa tour d'ivoire que pour parler littérature. Bouilhet, plus tolérant, s'évadait volontiers des lettres et se montrait moins difficile dans le choix de ses fréquentations. Il adorait aller au café et n'eût pas signé les

---

(1) *Les Semaines de deux Parisiens*, par MARDOCHE et DESGENAIS (1881), p 70.

pages cruelles que Gautier a écrites sur les habitués d'estaminet.

Pendant des années, l'auteur de *Melænis* vint tous les lundis à Croisset, où son ami l'attendait pour lui lire le travail en train. Flaubert n'écrivait pas une page sans la soumettre à son cher camarade, qu'il accaparait dès son arrivée. Si Bouilhet jouait le soir au *Nain jaune* avec les amis de la famille, Flaubert s'impatientait, trouvait qu'il restait trop avec eux et tâchait de l'entraîner dans son cabinet de travail pour « parler littérature ». — « Viens donc ! Tu n'as pas fini ? » Une fois ensemble, c'était un débordement de cris et de rires, car le souriant poète avait, lui aussi, son *gueuloir* et se grisait des mêmes phrases sonores. « A voir Flaubert criant haut, s'impatientant, rejetant toute observation et bondissant sous la contradiction ; à voir Bouilhet très doux, assez humble d'apparence, ironique, répondant aux objurgations par une plaisanterie, on aurait pu croire que Flaubert était un tyran et Bouilhet un vaincu ; il n'en était rien, c'est Bouilhet qui était le maître, en matière de lettres surtout, et c'est Flaubert qui obéissait (1). » Ces lignes résument le rôle des deux amis. Bouilhet finissait toujours par l'emporter.

Dans un ouvrage soigneusement documenté et où il étudie presque exclusivement la production du poète rouennais, M. l'abbé Letellier ne croit pas que Flaubert ait été un disciple si obéissant de Bouilhet (p. 232).

(1) Du Camp, *Souvenirs littéraires*, II, p. 194.

« Si cette influence s'est exercée, dit-il, nous devrions en entendre l'écho dans sa correspondance. Or, ce ne sont là le plus souvent, du poète au prosateur, que des encouragements, des appels de travail. » Les lettres de Bouilhet ne contiennent pas, en effet, des traces bien sérieuses de participation au travail de Flaubert ; mais n'oublions pas que, si Bouilhet dans ses lettres parle peu des travaux de son ami, il réservait son intervention effective pour ses visites hebdomadaires à Croisset ; c'est là, bien plus que dans sa correspondance, que s'exerçait son action sur la production de Flaubert. « Tu es le seul mortel en qui j'ai foi, » lui écrivait celui-ci (*Corresp.*, III, p. 34). A la mort de son ami, Flaubert eut une véritable crise de désespoir (Lettres à George Sand). Il fut sur le point de quitter la plume. « A quoi bon? disait-il. Je n'écrivais que pour lui. »

Une lettre d'Ernest Feydeau à Bouilhet nous montre l'influence que l'auteur de *Melænis* avait non seulement sur Flaubert, mais sur tous ses amis.

Samedi.

Cher ami (1),

C'est pour le coup que c'est le cas de m'écrire. Ta lettre m'est arrivée comme marée en carême. J'ai écrit hier à Flaubert pour lui demander si tu étais encore de ce monde, parce que, ayant à

(1) Dossiers Tanit.

réclamer de toi un très gros service, je désirais savoir s'il me fallait d'abord m'embarquer pour les sombres bords.

Voici la chose :

Tu sais que j'ai commis une pièce en cinq actes et que ladite pièce, selon l'usage, a été refusée au Théâtre-Français. Je l'ai remaniée, je suis allé la proposer à de Chilly pour l'Odéon. Il m'a fort galamment reçu et m'a demandé de remettre la lecture de mon œuvre aux premiers jours du mois prochain. Or, je sens qu'il y a dans cette pièce certaines petites choses à modifier. Mais je n'y vois plus clair et me sens incapable d'y rien faire de bon par moi-même ; et je voudrais que de Chilly ne me fît pas l'ombre d'une observation. Veux-tu que j'aille passer un ou deux jours à Rouen pour te la soumettre? En y allant tout de suite, j'aurais le temps de faire les corrections que tu m'indiquerais. Cela te dérangerait-il? Me logerais-tu? Réponds, mon cher, par le retour du courrier à ce boisseau de questions.

Ma femme et mon mioche te remercient tous deux de ton bon souvenir et je me dis toujours

Ton affectionné,

E. FEYDEAU.

Les dossiers de la villa Tanit contiennent des centaines de lettres de Bouilhet à Flaubert, toutes à peu près sans dates. Bouilhet, en effet, parle peu du travail de son ami, qu'il se contente d'encourager de loin : « Je pense que tu bûches ferme... Ça marche... Nous verrons ça... » Il n'est question que des pièces de théâtre de Bouilhet. Métier, facture, plan, sujets, scénario, il entre dans les moindres détails, il fatigue Flaubert, il l'avoue lui-même : « Je ne te parle que de moi... » Ce qui frappe, c'est le ton perpétuellement découragé de cette confession professionnelle. Bouilhet se lamente, aux prises avec les brutalités de la vie. Ses lettres sont toujours pressées ; jamais d'épanchement, point d'intimité, pas de mélancolie ni de confidence.

Ayant les mêmes goûts, la même doctrine litéraire, Flaubert et Bouilhet étaient admirablement faits pour s'aider et se comprendre. Malgré son incessant besoin de rapprochement et sa haine de Paris, ce fut pourtant Flaubert qui poussa son ami vers la capitale et lui conseilla d'aller vivre à Mantes. Flaubert lui-même n'avait pas toujours détesté Paris ; Bouilhet le lui reproche affectueusement, dans une lettre où il le traite de mondain :

Mon cher vieux (1),

Je commence par te faire mes excuses, si je me suis assez mal exprimé pour te faire croire que je trouvais depuis 1851 ta vie trop mondaine. J'ai

____

(1) Dossiers Tanit.

voulu simplement dire que tes aspirations et désirs étaient bien plus portés vers le monde que dans ce temps fabuleux où tu envoyais promener Du Camp, qui t'engageait à venir habiter Paris. Certainement quelqu'un, dans ce temps-là, nous eût donné la possibilité matérielle d'écrire sans jamais publier de notre vivant, et de nous priver à tout jamais de la société des bourgeois quelconques, nous aurions accepté avec frénésie, autant que je me le rappelle ; et maintenant nous en sommes aussi éloignés l'un que l'autre ; et voilà pourquoi la vie heureuse et insouciante ne peut jamais recommencer dans sa plénitude. C'est l'histoire de tout le monde.

Je ne savais pas l'histoire de ces Goncourt. C'est un nouveau chapitre aux insolences de ces cruchons solennels des *Français*. Quand démolira-t-on la boutique ? Jamais. La bêtise française est immuable. La terre et le ciel passeront ; mais le Théâtre-Français et l'Académie ne passeront pas.

Nommé bibliothécaire à Rouen, longtemps malade, Bouilhet menait une vie retirée et très bourgeoise, estimé de tous, au milieu de bons amis, auxquels il fut toujours fidèle et pour lesquels il eut toutes sortes d'attentions et de souvenirs. Quand on joua à Paris la *Conjuration d'Amboise*, il envoya sa pièce imprimée à ses anciens camarades. « L'un d'eux, écrit Eugène

Noël, pour signifier que quelqu'un était mort, avait
pris dès l'enfance l'habitude de dire : Un tel a fait
couic. Lorsque Bouilhet lui envoya la *Conjuration
d'Amboise*, il fit une variante dans l'exemplaire qui
lui était destiné ; au lieu de ces deux vers :

> Et dans notre famille on a cela de beau,
> Qu'on n'y croise les bras qu'au fond de son tombeau,

on y lisait :

> Et dans notre famille on a cela de chic
> Qu'on n'y croise les bras que quand on a fait couic.

Bouilhet avait une telle influence sur Flaubert,
qu'il finit par lui donner le goût du théâtre. Ils firent
ensemble une féerie : le *Château des cœurs*, reprise et
remaniée plus tard, espèce de satire contre les bourgeois, que Bergerat a publiée et qui fut refusée par
tous les directeurs.

En général, Louis Bouilhet, dans ses lettres, ne
s'occupe du travail de Flaubert que lorsque le cas
lui paraît grave, et nécessiter de sa part une intervention immédiate.

La mise en train du fameux roman carthaginois fut
pour Flaubert une entreprise gigantesque. Il ne finissait plus de préparer ce grand travail, auquel Bouilhet
allait prendre une part si active. Pour bien connaître
le pays et le milieu, Flaubert avait lu plus de cent
volumes. Au bout de quelques mois, découragé, trouvant que ses premiers chapitres manquaient de couleur et ses personnages de psychologie, il résolut de
faire un voyage à Carthage et d'aller prendre des

notes sur les lieux où devait se passer son roman. En arrivant à Tunis, il fut guidé et accompagné dans ses intéressantes excursions par le consul, M. le comte de Saint-Foix, qui se mit très aimablement à sa disposition.

A son retour, Flaubert, qui s'était lié d'amitié avec lui, lui écrivit la lettre suivante, dont nous devons communication à l'obligeance de M. le comte de Saint-Foix, le fils de l'ancien consul :

Croisset près Rouen, 26 décembre.

Mon cher ami,

Je pense souvent à Tunis et à vous, et vous seriez bien gentil, si vous m'envoyiez un peu de vos nouvelles. Ce voyage m'a laissé de charmants souvenirs, grâce surtout à votre compagnie. Jamais je n'oublierai les bonnes heures que nous avons passées ensemble.

Or, que devenez-vous? L'étude de l'arabe avance-t-elle? La chasse aux pélicans, etc., etc...

Que devient le baron de Graf? Est-il enfin parti pour Tombouctou ou Timborctou? et le père Cavalier? et Dubois? Taverne? Bacquerie?

Avez-vous revu la splendide Rosemberg?

Je me suis enfin mis à mon livre sur Carthage, après beaucoup d'hésitations et d'angoisses. C'est une affaire de deux ans. Aussi, pour avancer, je reste seul à la campagne jusqu'au milieu du mois de février. Je vis comme un ours et je travaille comme un nègre.

Rien de neuf à Paris. Cet immense village est toujours embelli par des filles de joie funèbres, par des coquins honorables et par des idiots triomphants. On replante les arbres du boulevard et on porte des chapeaux pointus. On s'est arraché cet été un livre de mon ami Feydeau intitulé *Fanny*. On se pousse maintenant à l'*Hélène Peyron* de Bouilhet et au *Roman d'un jeune homme pauvre* de Feuillet ; la première est un chef-d'œuvre et le second une platitude. Voilà.

Il fait une pluie atroce, incessante, lugubre. Le soleil devient un mythe. Seul, au coin de mon feu, j'écoute le bruit du vent et, tout en fumant et en crachant sur mes cendres, pendant que ma lampe brûle, je rêvasse à la fille d'Hamilcar et aux paysages où vous vivez.

J'ai à vous apprendre que votre ami Grassot n'est plus qu'une ombre et sa voix à peine un soupir. Votre autre ami, Philoxène Boyer, va devenir le père d'un re-enfant.

M. Rousseau s'en va-t-il à Djeddah, comme je l'ai lu dans les journaux? Présentez mes respects, mes souvenirs et mes amitiés à tout ce monde-là.

Gardez pour vous la meilleure part. Songez à

moi quelquefois. Mille poignées de main très
fortes.

Gustave FLAUBERT.

Si vous pouviez m'envoyer quelque chose de
spécial comme couleur sur les mœurs des Psylles,
vous seriez bien aimable. J'aurais besoin de savoir
comment ces bonshommes-là s'y prennent pour
prendre et éduquer les serpents, et surtout quels
remèdes ils leur donnent, lorsque ceux-ci sont
malades. Si vous savez d'autres particularités co-
casses, je vous en serais très reconnaissant. Dans
vos excursions, avez-vous trouvé un endroit pouvant être le défilé de la hache, à savoir un endroit
complètement fermé, au milieu des montagnes
et ayant plus ou moins la forme d'une hache?
Voilà surtout ce que je voudrais savoir. Ça doit
être aux environs de Tunis, peut-être dans les
montagnes de l'Ariana.

Maynier est-il encore à Tunis?

G. F.

Nous avons demandé à M. de Saint-Foix s'il
n'avait pas d'autre document à nous communiquer
sur ce voyage de Flaubert. M. de Saint-Foix nous a
répondu, avec une inépuisable bonté :

« En fouillant nos papiers et nos archives, j'ai pu
mettre la main sur une lettre de mon père, datée de
Tunis le 17 juillet 1858, où il donne des détails très

nets sur sa première entrevue avec le futur auteur de *Salammbô*. Outre que cette lettre fixe la date du voyage de Flaubert à Tunis et celle de son entrevue avec mon père, j'ai pensé qu'elle serait de nature à vous intéresser.

Voici cette lettre :

L'auteur de *Madame Bovary* est, en effet, venu passer quelque temps à Tunis et s'est présenté chez moi, muni d'une lettre de recommandation de M. de Billing. Nous avons parcouru et étudié ensemble les ruines de Carthage et, *grâce à ses vastes connaissances historiques*, je connais parfaitement cet emplacement et mieux sans doute que beaucoup de Tunisiens. M. Flaubert s'occupe en ce moment d'un roman qui sera intitulé : *la Fille d'Amilcar* et qui lui est commandé par le journal *la Presse*. La scène se passera entre la première et la seconde guerre punique. Ce livre sera donc d'un tout autre genre que *Madame Bovary* et exige de profondes études sur l'histoire de ce temps. Flaubert est un excellent homme, ayant beaucoup d'esprit et d'instruction, mais artiste dans toute la force du terme, avec ses idées erronées et le physique de l'emploi... (1).

(1) M. de Saint-Foix, qui nous a communiqué ces lettres, est un critique musical très distingué. Il a publié de remarquables travaux sur la vie et les œuvres de Mozart.

A mesure qu'il composait le plan, les scènes ou l'exécution des chapitres de *Salammbô*, Flaubert soumettait son travail à Bouilhet, qui entrait alors dans les détails et le métier, comme le prouve ce passage d'une de ses lettres :

Mon cher vieux (1),

Je t'écris dès aujourd'hui, car tu parais pressé d'une solution quelconque. J'approuve pleinement le début de la scène : Hamilcar rencontré dans ses jardins, sa douleur éperdue quand il court chez Salammbô, et les cordes dont il garrotte le petit Annibal. Très bon, tout cela ; puis l'ordre donné au chef des esclaves, l'arrivée du môme ; mais là, je ne ferai pas encore apparaître la tête du père. Le père peut fort bien ne pas être là, dans le moment, et n'en être averti que quelques minutes plus tard. Ces trois apparitions me semblent allonger démesurément la scène et sont, en outre, d'un effet peut-être un peu *voulu*. Nous évitons encore, par cette suppression, la brutalité d'Hamilcar, qui sera suffisamment forte, une fois. Je voudrais qu'on vît l'étonnement du môme, son effroi instinctif, ses pleurs, ses grands yeux effarés, dans ces grands appartements qu'il n'a jamais vus, puis, quand on lui passe de beaux habits, il sourit,

(1) Dossiers Tanit.

il joue avec les franges d'or. Ça ferait un effet si-
nistre ; mais, je ne pense pas que, même en cette
occasion violente, Hamilcar et Salammbô oublient
assez leur dignité et leurs préjugés de caste pour
mettre leurs mains sur la *peau* d'un esclave. Ils
feront habiller le môme, devant eux, par le chef
des esclaves ; Salammbô pourra tout au plus
donner des conseils et, si tu veux qu'Hamilcar y
mette absolument la main, il faut que ce ne soit
qu'une fois, à la fin de la toilette, pour réparer une
faute du chef des esclaves, qui a oublié un *orne-
ment distinctif*, ou une manière de placer *un pli* du
vêtement ; il y a encore de la fierté dans cela. Il
faut que son fils soit digne, même dans son
image ; tout cela ne serait qu'un geste rapide.

« Au détour d'une allée, une voix dolente... »
Très bien, cette apparition-là, on ne l'attend pas
du tout ; elle fera son effet et le père finit par
tomber évanoui, sous le froid regard d'Hamilcar.

Douleur factice d'Hamilcar, très bien ! Deuxième
apparition du père et la mangeaille qu'on lui jette,
taïeb !

Et j'aime enfin toute la suite, avec le petit Annibal qui mord la main. En résumé, je suis presque
certain qu'il faut supprimer la première apparition
du père : 1º Ça allonge ; 2º Ça m'a l'air poncif ;
3º C'est trop appuyer sur la brutalité d'Hamilcar ;
une fois suffit, on le rendrait odieux, sans motif.

Non seulement Bouilhet remettait Flaubert dans le droit chemin ; mais, quand son ami doutait ou s'impatientait, il était le premier à calmer ses inquiétudes :

Non, mon vieux, lui écrit-il, mille fois non, les mercenaires ne ressemblent point à saint Antoine, sois sans crainte. D'abord, il y a un plan solide et vraisemblable, historiquement autant que possible, en pareille matière ; ensuite, ça n'aura jamais la couleur indécise de l'autre bouquin, indécision que tu avais voulue toi-même, en multipliant et variant les couleurs, en mêlant toutes les poésies et toutes les époques. Ici, au contraire, rien de *mythique*, rien qui vise à l'idée forte, *point d'anguille sous roche* (rappelle-moi : « anguille sous roche ! »)

Ton livre ne peut avoir un intérêt palpitant que du moment où le drame s'engage, c'est-à-dire à l'arrivée de la fille. Auparavant, vieux, contente-toi d'être un grand écrivain et un grand peintre, et *bran* pour ceux qui ne seront point satisfaits ! Tu ne fais pas un roman-feuilleton, tu n'es pas M. Paul Féval, va donc, dis *plus que moins;* on peut toujours couper, bien que ça fasse du mal à l'auteur.

Que si réellement, mais je ne le crois pas, au ton même de ta lettre (elle est trop gaillarde pour émaner d'un gros emm...) que si, dis-je, tu te crois réellement dans une mauvaise passe, viens ici, nous discuterons la chose ; mais viens de suite, il ne faut pas perdre de temps autour d'une difficulté qu'on peut lever à deux en une demi-heure. Tu sais comme un jour nouveau change la face des choses et comme, avec un mot, on découvre des horizons ; enfin, fais ce que tu jugeras à propos (1).

Flaubert admirait si sincèrement Bouilhet, qu'il considérait comme des ennemis personnels ceux qui n'aimaient pas l'œuvre de son ami. Barbey d'Aurevilly eut beau louer *Madame Bovary*, le romancier ne lui pardonna pas sa sévérité pour Bouilhet (2), et il montra la même indignation contre Sainte-Beuve, le jour où celui-ci reprocha à l'auteur de *Melænis* de ramasser les bouts de cigare de Musset.

Quant à Bouilhet, le reproche du grand critique lui alla droit au cœur ; il s'en plaint amèrement à Flaubert (3) :

Ce matin encore j'ai lu dans le *Constitutionnel*, article de Sainte-Beuve, quelques lignes à mon adresse, qui sont loin d'être flatteuses. J'étais plus content des injures de Cuvillier-Fleury. Sainte-

(1) Dossiers Tanit.
(2) *Autour de Flaubert*, par DECHARMES et DUMESNIL, I, p. 77.
(3) Dossiers Tanit.

Beuve a presque pour moi une compassion généreuse, après avoir fait entendre au préalable que
je ramasse les *bouts de cigare d'Alfred de Musset.*
Il me déclare avec bonté un copiste de *Mardoche*
en tout et pour tout. Du reste, il ne cite pas un
seul vers et loue indistinctement une série de
poètes qui ont publié cette année et dont il donne
des extraits. C'est, du reste, une contre-partie
de l'article du *Corsaire.* On loue la *Revue de Paris*
et tous les charmants poètes, à la tête desquels
marche l'illustre Arsène *Houssaie (sic).* Quant à
Gautier, il n'a jamais été si beau. Il plane comme
un dieu. Il n'y a pas jusqu'à Mme de Girardin qui
n'ait son éloge pour sa pièce de l'avant-dernier
numéro ; moi j'arrive à la queue, pour mémoire
et comme pour m'encourager à cirer des bottes.
Soyez plutôt maçon, si c'est votre talent. Voilà
où j'en suis ! Quelle sacrée chose que la publicité !

Connaissant le goût de Flaubert pour les énormités,
Bouilhet ne manquait jamais de lui signaler les drôleries qu'il découvrait, comme le montre la lettre
suivante, où il est question de Binet, un personnage
épisodique de *Madame Bovary :*

Écoute, maintenant, écrit Bouilhet, une « aultre
yoiyeuseté » : dans un livre de vers qu'un auteur
m'envoie, il y a une pièce intulée : *la Chanson du
tourneur.* Ç'a m'a rappelé Binet ; mais quelle diffé

rence ! Binet tournait pour tourner. Binet faisait de l'art pour l'art, sans chercher le beau moral, et se livrait à un véritable onanisme, le misérable ! Mais le tourneur de la romance tourne pour soulager ses semblables, pour aider, de ses légers moyens, la voisine malade, pour verser son obole, en un mot. Le refrain est charmant :

> Zon, zon, zon, file, file, file,
> Le bon tourneur tourne en rêvant !...

Il n'a pas trop pour lui, ce digne tourneur, il n'est pas millionnaire, mais, c'est égal, il songe aux pauvres qui n'ont pas de tour. Ça le pousse... zon, zon, zon !... Il leur crie, à travers sa lucarne :

> Venez, j'aurai cœur à l'ouvrage,
> L'amitié fait le dévouement.
> On tourne avec plus de courage,
> Quand on tourne par sentiment !...

Si j'étais tourneur, je ferais graver ces deux vers-là, dans mon atelier, en lettres d'or ; je trouve cela exquis...

> Quand on tourne par sentiment !

C'est effrayant comme je vois sa balle honnête !... sa sueur honnête !... son honnête meule ! et zon, zon, zon !... Il l'emporte sur Binet de toute la force de l'idéal sur la brutalité du réalisme !... Attrape, c'est bien fait ! Ça t'apprendra, mon bon, à ne pas « tourner par sentiment !... » J'en deviendrai fou ! J'ai envie de le faire graver sur un cachet. Je répète ces deux vers, jour et nuit. J'en mourrai !...

Adieu, je t'embrasse, ma mère va mieux. Qu'a donc la tienne? Dis-moi cela (1).

Bouilhet entretient souvent Flaubert de ses lectures. Ils avaient les mêmes haines littéraires et notamment le même mépris pour Béranger et Lamartine :

Puisque nous parlons de ce grotesque barde nommé Lamartine, écrit Bouilhet, sais-tu comment il s'exprime au sujet de Rabelais? « Les ordures de Rabelais... Le grand boueux de la triste humanité... Les grossières facéties de Rabelais... »

Il vomit des injures contre le *Don Juan* (de lord Byron)... Il ne restera que l'épisode amoureux... On oubliera tout avec bonheur... Il loue énormément le génie *idéaliste* de Byron. Il approuve, en somme, le côté guitariste et lamartinien du grand homme, mais il déplore avec des hypocrisies de sentiment les erreurs de cet ange égaré. Bref, *Don Juan* est une ordure indigne, d'un écrivain qui se respecte, nom d'un chien ! Lamartine s'est joliment respecté, lui ! (2)

On comprend le mépris que devait avoir l'auteur des *Fossiles* pour la langue lamartinienne, dont Taine

(1) Dossiers Tanit.
(2) *Ibid.*

a complaisamment signalé les expressions toutes faites. Par contre, Bouilhet, comme Flaubert, adorait Victor Hugo, ce qui ne les empêchait pas tous deux de voir les défauts du grand homme et d'en gémir secrètement.

J'ai enfin lu, écrit Bouilhet, les *Chansons des rues et des bois*. Je ne veux pas t'en parler. Je veux seulement te dire qu'il y a deux belles choses : *Le hausse-col du capitaine* et surtout *le Semeur*.

Hugo, qui met Dieu à toute sauce, ne l'avait jamais affublé d'un rôle plus canaille. Je vois Jehovah comme un vieillard immonde qui se cache derrière les buissons pour épier les privautés des moineaux. Le bon Dieu d'Hugo a lu le *Vieux*, il lui faut des tableaux lubriques, des choses qui l'émoustillent ; il regarde les mollets des filles, il fredonne des chansons grivoises, et il a créé la terre ronde et chaude pour son excitation personnelle, comme une pilule de cantharide ! (1)

Tout ce qui touche à Victor Hugo intéresse Bouilhet autant que Flaubert. L'auteur de *Melænis* envoie, entre autres, à son ami de curieux détails sur la fête organisée sous l'Empire en l'honneur du grand poète exilé :

Tu sais peut-être que les Meurice, Vacquerie et Hugo fils (les jeunes enfin !) avaient organisé une

____

(1) Dossiers Tanit.

grande fête pour Shakespeare. On devait jouer, toujours en l'honneur dudit grand homme, et cela à la Porte-Saint-Martin, l'*Hamlet* arrangé par Dumas et le *Falstaff* de Vacquerie... Voilà ce que j'appelle honorer les morts sans faire de mal aux vivants. Victor Hugo devait présider ; sa chaise serait restée vide — on ne dit pas si elle aurait tourné — Théo et Saint-Victor étaient du Comité organisateur !... C'était, en outre, une manifestation de politique littéraire. Le gouvernement empêche. C'est assez sot de tous les côtés... Quels bons discours nous perdons ! Figure-toi qu'on devait être six cents convives. Te figures-tu six cents littérateurs français de notre époque acclamant Shakespeare, pour lequel ils n'auraient pas assez de pommes cuites, s'il vivait ! (1)

Entre autres lectures, Bouilhet déclare « qu'il n'est pas content du dernier roman de Dickens, *l'Ami commun;* « c'est du Ponson fait par un poète, mais « c'est du Ponson. » Dans la même lettre, il ne paraît pas frappé par la ressemblance du *Petit Chose* avec Dickens. « J'ai lu aussi, dit-il, depuis mon retour à Rouen, le *Petit Chose*, histoire d'un enfant, par Alphonse Daudet, le beau Daudet. Je suis enchanté de ce livre. C'est jeune, très jeune, il y a bien des choses qui te feraient sourire, mais le fond, l'en-

(1) Dossiers Tanit.

semble et presque tous les détails sont vrais et charmants. »

Dans une lettre datée de Rouen (22 février 1868)
Bouilhet revient sur le roman de Dickens : « J'al iu
une nouvelle traduction de Dickens : *l'Ami commun.*
Ça m'a paru un peu confus et enchevêtré comme un
mélodrame, mais il y a de rudes paysages, des brouil-
lards sur la Tamise qui vous donnent envie de crever. »

Le bon Bouilhet, à qui Flaubert ne cachait rien,
fut naturellement mêlé de très près à l'histoire des
amours de Louise Colet avec l'auteur de *Madame
Bovary*. C'est dans le salon de la célèbre *Muse* que
Bouilhet avait fait ses débuts, en arrivant un soir, avec
ses manuscrits sous le bras, précédé d'une réputation
de bon garçon provincial et d'excellent poète érudit.

On sait le rôle d'amoureuse exaspérante qu'a joué
Louise Colet dans la vie de Flaubert. Née en Pro-
vence en 1808, poétesse ambitieuse, ayant débuté
dans *l'Artiste*, que Ricourt venait de fonder, Mme Colet
fut l'amie de Mme Récamier et, accueillie par Chateaubriand, elle devint bientôt célèbre par ses poésies,
ses prix à l'Académie, ses relations et son salon, que
fréquentaient Villemain, Cousin, Musset, Pelletan,
Patin, Vigny, Préault, Michel de Bourges, Victor
Hugo, Babinet, Girardin, Bouilhet, Champfleury,
Deschamps... Plus âgée que Flaubert de onze ans,
elle le rencontra pour la première fois en 1846, dans
l'atelier de Pradier, qui lui présenta en ces termes le
futur auteur de *Madame Bovary*, alors très beau
garçon : « Ce jeune homme veut faire de la littérature.

Vous devriez lui donner des conseils. » Ébloui par cette Junon du boulevard, Flaubert ne pouvait croire à son bonheur et ne tarda pas à être son amant. Une fois installé à Croisset, l'écrivain ne vit plus dans cette liaison qu'un voluptueux intermède qui n'embarrasserait pas l'exercice de sa vie, tandis que Louise Colet, absorbante et dominatrice, se proposait de l'accaparer tout entier. Après une première brouille, en 1849, l'irascible amante se donna à Musset. Flaubert la reprit, puis rompit définitivement, en 1855.

Louise Colet est certainement un des plus insupportables types de bas-bleus qui aient encombré la littérature française. Sa beauté fit son succès. Elle avait un corps magnifique, des yeux splendides, de lourds cheveux, d'opulentes épaules. Elle rendit Victor Cousin ridicule et donna un coup de couteau à Alphonse Karr, pour se venger d'un article publié dans *les Guêpes* (1). « Ces femmes de lettres, disait Alphonse Karr, sont de bien mauvaises femmes de ménage. En voilà une qui vient de dépareiller une demi-douzaine de couteaux. » Victor Cousin, le plus tenace de ses amants, n'était pas un personnage bien flatteur pour une femme. « Petit et laid, l'œil vif, il parle abondamment et spirituellement, avec une excessive mobilité de gestes. Il ne lui manque qu'une chose, qui leur manque à tous, savants ou

(1) Alphonse Karr était allé un peu loin. Il désignait Victor Cousin comme le père du prochain enfant qu'allait avoir Louise Colet.

ignorants, ministres ou épiciers : la distinction (1). »

Une femme demandait un jour à Théophile Gautier pourquoi Flaubert avait quitté Mme Louise Colet. « Parce qu'elle l'embêtait, dit Gautier. Elle lui lisait des vers dans des moments intempestifs. Elle arrivait toujours trop tôt et s'en allait toujours trop tard. Elle ne l'aurait pas laissé en tête à tête avec son pédicure (2). »

Louise Colet non seulement se brouilla avec Flaubert, mais elle publia un pamphlet grotesque où elle se crut obligée d'apprendre au public que Musset aussi l'avait aimée, et où elle peignit Flaubert sous les traits peu avantageux de Léonce. Les journaux de l'époque donnèrent la clef des personnages de ce roman : Nodier, Musset, Villemain, Vigny, Hugo, George Sand, Mérimée, Sainte-Beuve, Chopin, Delacroix, etc... Ce livre, bien oublié aujourd'hui et qu'on appelait « un petit à-propos hors de propos », accrut encore par ses révélations le scandale que venaient de provoquer les publications de Paul de Musset et George Sand : *Elle et lui* et *Lui et elle*.

Louise Colet mourut à Paris, en 1876, pauvre et délaissée, à l'âge de soixante-cinq ans. On l'enterra civilement, selon son désir.

Pendant son installation à Paris et à Mantes, Bouilhet voyait fréquemment la célèbre Muse et donnait de ses nouvelles à Flaubert.

(1) Hippolyte CASTILLE, *Les Hommes et les mœurs sous Louis-Philippe*, p. 236.
(2) *Gazette anecdotique*, 1882.

Voici le joli récit qu'il lui envoie d'une soirée passée chez elle avec Vigny et Musset :

Hier soir, j'ai dîné avec Durcy, et nous nous sommes rendus à neuf heures chez la Muse, moi dix minutes après. Durey était éblouissante de toilette et de jeunesse. Ses cheveux lui pendaient au-dessous du sein. Il y avait là réunion nombreuse, Musset, Vigny, Patin, Mignet, une foule d'autres plus ou moins académiciens et les habitués, Préault, Antonin (qui m'a beaucoup parlé de toi et qui t'adore), le père Babinet, très nul, le capitaine, les médecins ordinaires, le père Roger et son épouse laide à faire peur, une toilette à prétentions pyramidales et fort gauche, les inévitables Chéron, la fille soupirant toujours avec son grand nez, Delisle morne, et une honnête galerie de femelles, atroces et immobiles comme des divinités égyptiennes, moins la dureté des formes, à ce que je crois. Il y avait glaces, punch, thé, pâtisseries, sucreries, deux domestiques servants et un introducteur, soirée du grand monde, mais peu de paquet en général (?). Le père Chéron m'a sérieusement excité.

La Muse n'était pas mal, mais furieusement fardée, et avec une si grande maladresse, qu'on suivait la peinture sur la peau. Je crois qu'elle se fait aux grandes manières, ô Démocratie ! Maintenant voici mon tour. Tu comprends ma perplexité avec ces deux femelles en présence, se doutant déjà l'une et l'autre de quelque chose à mon endroit. Tu n'étais pas là pour occuper la Sylphide. Aussi la comédie a été du drame. La Sylphide, à mon entrée, m'a accaparé, comme d'autorité et en critiquant d'une façon indécente la jeune Durey : qu'elle est laide ! quel costume ! (Elle avait deux mille francs de dentelles sur le corps, *inde ira*). L'époux lui-même m'a dit à l'oreille : « Si je connaissais cette demoiselle, je lui conseillerais d'abandonner la déclamation. » (Note qu'elle n'avait encore rien dit.) Enfin on la tourmente, elle récite des vers de De Lisle ; mais, comme la Sylphide me parlait bas avec affectation, Durey se trouble, perd la mémoire, avec des larmes plein les yeux. A ce moment la Sylphide me disait : « Vous n'osez pas regarder en face vos sentiments. » Immédiatement j'ai été à Durey et je me suis assis à côté d'elle. Dix minutes après la Sylphide est venue, après avoir déblatéré avec tout le monde contre Durey et m'a dit : « Vous ne voulez pas être franc? — Je vous le jure. — M'aimez-vous encore? — Non. » Alors elle a changé de figure, passé dans le petit salon et plaisanté sur la baladine de Montmartre, etc., etc. Elle avait regret de se trouver avec de pareilles femmes !... Elle est partie en me donnant la main ; mais je ne lui ai pas dit un mot d'adieu... Je vais l'envoyer... d'une façon congrue. Durey nonobstant a été superbe d'aplomb, quand elle a vu mon jeu. Elle a déclamé du Vigny, lequel est enthousiasmé d'elle. Quant à moi, j'ai formellement refusé de dire des vers, ou d'en laisser dire de moi devant Musset, dont la Sylphide a dit la *Nuit de mai*. Musset m'a paru assez incolore, mais moins déjeté que je ne le croyais. J'ai nécessairement emmené Durey chez moi... et me voilà seul ce matin avec ta lettre, cher vieux... Travaille, travaille...

. . . .

Ton mastodonte,

POLYDAMAS (1).

Bouilhet, qui avait toujours deviné les intentions matrimoniales de Louise Colet, finit par lâcher le grand mot à Flaubert :

Je viens d'avoir avec elle, écrit-il, des dialogues impossibles et d'une longueur désespérante. « Tu es un égoïste, tu es un monstre, tu es un tas de choses. » Outre l'ennui mortel de pareilles confidences, je finirai par jouer malgré moi le rôle d'un sot. Les intentions de la Muse ne me paraissent ni franches ni désintéressées. Cet étalage de sentiments couvre un grand égoïsme qui me dégoûte.

(1) Dossiers Tanit.

Elle a compromis, pour une jouissance physique l'avenir de sa fille, de sa tendre fille, de sa charmante fille, etc.

Veux-tu que je te dise mon sentiment? Veux-tu que je te déclare net où elle veut en venir, avec ses visites à ta mère, avec la comédie en vers, avec ses cris, ses larmes, ses invitations et ses dîners?

Elle veut, elle croit devenir ton *épouse!* (Le vers y est, ma foi!)

Je le pensais sans oser me le formuler à moi-même, mais le mot m'a été bravement dit, non par elle, mais comme venant d'elle positivement. Voilà pourquoi elle a refusé le philosophe (Victor Cousin).

Tout cela me paraît pyramidal. Elle n'est pas malade, elle est m'al'aise *(sic)*, elle est furieuse et dépitée. Je vois maintenant son jeu, elle veut te tenir par tous tes aboutissants, par les amis, Ducamp autrefois, moi aujourd'hui, par les connaissances agréables, Babinet, Préault, etc., enfin par ta famille. Voilà le grand dernier point, la dernière scène de la comédie (en vers).

Elle a su par moi que ta mère était à Paris. Elle était venue m'inviter à dîner ce jour-là. Je n'ai pas vu d'utilité à lui cacher la présence de ta famille. Alors elle m'a proposé, elle m'a écrit, une demi-heure après, de parler d'elle à ta mère, de lui dire comme elle t'aime, etc. Je lui ai déclaré

net que je n'en ferai rien et que je ne voulais pas
de semblables commissions.

Enfin, cher vieux adoré, je suis pour le moment
dans une exaspération énorme. C'est au point
que je ne sais si je reverrai la Muse comme par
le passé. Elle a été bien complaisante pour moi ;
mais tout cela avait un but tellement évident,
que j'en suis honteux. Je reconnaîtrai par un
cadeau convenable les quelques démarches qu'elle
a faites pour mon installation, et peu à peu, sans
bruit, je la lâcherai. Peut-être que je vois les
choses trop en noir. Écris-moi poste pour poste.
Conseille-moi, en sage et en ami.

Demain dimanche, j'irai dîner chez elle. Elle
voudra voir ta lettre. Je la lui refuserai ; peut-
être nous fâcherons-nous. Je m'en frotte l'œil ;
du moment que ton avenir est en jeu, je saute par-
dessus les convenances ; je ne veux pas qu'on
touche à ça.

. . . .

Cette pauvre Muse se fait des ennemis de toutes
ses connaissances passées et présentes. Personne
ici ne la prend au sérieux. Elle se ridiculise à plaisir.
Moi, je suis navré de tout cela, parce que je l'aime
au fond et qu'une déception est toujours douloureuse (1).

(1) Dossiers Tanit.

Bouilhet ne racontait pas seulement à Flaubert ce qui se passait à Paris, mais la vie qu'il menait lui-même à Mantes. Une de ses lettres, à ce propos, mérite d'être sauvée de l'oubli. C'est le récit d'un déjeuner avec Alexandre Dumas père et qui montre bien le caractère du grand romancier et l'extraordinaire popularité dont il jouissait à cette époque.

Si je ne vais pas à Paris, les Parisiens viennent à Mantes. Figure-toi que j'ai subi, l'autre jour, une véritable invasion. Le jeune Allais, qui m'a dit t'avoir vu avant ton départ pour l'Afrique, m'écrit *ex abrupto* qu'il sera le lendemain à Mantes, avec le fameux commandant que tu as vu et un capitaine de ses parents. Je vais au-devant d'eux, à l'heure dite, et je vois débarquer de l'omnibus, au milieu de la rue, le commandant, le capitaine, Allais, avec une caisse de madère, Lafontaine, acteur, avec une bourriche d'huîtres, et... l'immense Alexandre Dumas père, avec une poularde truffée !... Tableau ! Dumas m'embrasse dans la rue ! Sens-tu la beauté de cela ? je ne lui ai parlé qu'une fois, chez M. Blanche. « Cher ami ! » « Cher confrère !... » Le monde aux portes, Dumas sans chapeau, le toupet bandant ; un événement complet, une révolution ! On le reconnaît, on fait queue à la porte de l'hôtel, où je commande le déjeuner pour mes visiteurs ; on prend l'absinthe, au café ; puis on retourne à la

cuisine. Dumas, en chemise, met la main à la
pâte, fait une omelette fantastique, rôtit la poularde au bout d'une corde (on garde ici le clou,
avec vénération), coupe l'oignon, remue mes chau-
drons, jette vingt francs aux marmitons et prend
les gros têtons de la cuisinière reconnaissante !
Énorme ! Quelle jeunesse ! Il était heureux comme
un écolier en vacances. Et quelle gueule !... J'ai
rarement vu manger avec cette force-là. Il boit
moins. Nous nous sommes embrassés à diverses
reprises ! Excepté lui et moi, tout le monde était
gris. Ce qu'il y a de très beau, c'est que la maîtresse d'hôtel a revendu aux amateurs de Mantes,
à très haut prix, les restes de l'omelette et de la
poularde ! Forte femme ! Mais une chose qu'on
ne peut nier et que je ne croyais pas si réelle,
c'est l'immense popularité de ce gaillard-là.

Je suis posé dans Mantes, d'une façon formi-
dable.

Quelques jours après, on a dîné *chez lui* à Paris.
Il m'avait invité avec instance ; mais j'ai pré-
texté des affaires de famille et je suis resté à
Mantes.

Je crois que, dans le fond, il n'a pour son fils
qu'une médiocre estime. Il en parle peu et toujours assez froidement. Il arrivait de son fameux
four de Marseille ; mais on n'a point fait allusion
à cet épisode,

Hier, dimanche, les mêmes convives dînaient, à Saint-Mandé, chez Allais. J'ai également refusé l'invitation, aussi bien que celle des nombreux admirateurs de *Philoxène Boyer*, qui, à la clôture de son cours, lui offrent, aujourd'hui même un banquet d'honneur ; ne trouves-tu pas que les littérateurs passent leur vie à manger? C'est vraiment superbe (1).

Après la mort de Bouilhet, Flaubert resta fidèle à son souvenir ; il s'occupa de faire jouer ses pièces et envoya son portrait à tous ses amis, comme

(1) Dossiers Tanit. Alexandre Dumas avait la manie de la familiarité. Dans une conférence qu'il fit après le succès du *Passant*, François Coppée raconte à ce sujet l'anecdote suivante : « Au lendemain du *Passant*, je venais d'être présenté à cet incomparable inventeur dramatique qui s'appelait Alexandre Dumas père ; et, jeune homme très timide encore, je regardais tout ému ce colosse bon enfant, dont la large figure bistrée me souriait sous une chevelure de laine grise. J'allais essayer de lui balbutier un compliment plein de respectueuse admiration, lorsque l'auteur des *Trois mousque-taires* me prit brusquement par la tête, m'embrassa sur les deux joues, et me cria de sa voix chaude et vibrante : « Tutoie-moi, homme de talent ! » Tutoyer Dumas père ! prendre une telle familiarité avec un écrivain illustre, un maître admiré ! Cela m'était tout à fait impossible. D'autre part, comment refuser d'obéir à cet ordre amical, qui m'était donné avec une rondeur presque impérieuse? Heureusement, je ne perdis pas la tête ; je sautai au cou de l'excellent homme, je lui rendis son accolade, et je lui répondis avec émotion : Je n'oserai jamais, homme de génie ! Il éclata de rire... Et voilà comment j'ai eu le bonheur de faire plaisir à Alexandre Dumas père, sans lui manquer de respect (*Revue anecdotique*, 15 mars 1879).

le prouve la lettre suivante de Banville (Dossiers Tanit).

Paris, 12 février 1872.

Mon cher ami,

J'ai reçu la belle épreuve du portrait de Louis Bouilhet, et je vous suis mille fois reconnaissant de m'avoir jugé digne d'un tel souvenir Je suis profondément touché, et croyez que je serai fidèle à la mémoire et à l'œuvre du poète que vous aimez si noblement. Je le chérissais pour son mérite seul ; je le chérirais aussi rien que pour l'affection si tendre et si vaillante que vous avez pour lui. Toujours, tant que je tiendrai une plume, je remettrai en lumière, tant que je le pourrai, ses poèmes et ses drames. Janin a bien raison : votre belle et bonne colère contre ce conseil municipal idiot nous console et nous guérit. C'est si bon de rencontrer un homme ! Je suis, mon cher ami, avec la plus sincère admiration,

Votre dévoué,

Théodore DE BANVILLE.

CHAPITRE II

Après Louis Bouilhet, c'est Maxime Du Camp qui
fut, non le plus fidèle, mais le plus vieil ami de Flaubert. L'auteur de *Salammbô* avait vingt ans quand
il connut Du Camp, en faisant son droit à Paris.
D'abord inséparables, ils écrivirent ensemble le récit
d'un de leurs voyages en Bretagne (1847). La partie
rédigée par Flaubert a été publiée sous le titre : *Par
les champs et par les grèves*. Du Camp partit en 1829
avec son ami pour l'Orient, puis vint à Paris et, avec
Houssaye, Gautier, Cormenin et Laurent Pichat,
fonda, en 1855, la *Revue de Paris*, où fut publié *Madame
Bovary*, la première œuvre de Flaubert.

Des divergences d'opinions littéraires, une façon
contradictoire d'envisager la vie créèrent très vite
entre les deux amis un malentendu qui ne tarda pas à
les séparer. Du Camp, dans les lettres que nous avons

sous les yeux, se montre souvent froissé des prétentions de Flaubert encore inconnu.

Flaubert était le désintéressement même et voulait mettre des années à écrire des chefs-d'œuvre. Plus pressé d'arriver, Du Camp cherchait avant tout le succès et visait déjà l'Académie. Après la mort de Flaubert, Du Camp fit connaître la vie de son ami et poussa l'indiscrétion jusqu'à révéler les attaques d'épilepsie dont souffrait Flaubert et qui furent la terreur et le chagrin de sa vie.

Après avoir publié une histoire de la Commune, les *Convulsions de Paris*, cinq volumes représentant un dépouillement de 130 kilogrammes de dossiers autographes avec pièces justificatives, Du Camp fut nommé académicien en 1880, en remplacement de Saint-René-Taillandier. « C'était un homme de beaucoup d'aplomb, dit du Bled, de grande mémoire, brillant causeur, ayant beaucoup lu et aimant à se faire écouter. »

Les dossiers de la villa Tanit contiennent de nombreuses lettres de Du Camp à Flaubert. C'est un échange incessant et un peu monotone d'appréciations et de conseils dont Flaubert, au début, paraît avoir tenu compte. Les difficultés que souleva la publication de *Madame Bovary*, dans la *Revue de Paris*, finirent cependant par exaspérer Flaubert. Les lettres de Du Camp précisent les incidents de cette mémorable histoire, la suppression du fiacre, les protestations d'abonnés et certains détails qui visent même le texte.

Du Camp est plein de bonne volonté et ne demande
pas mieux que de faire les corrections exigées par son
cher Gustave ; il lui apprend que Théophile Gautier
est très content du roman, que La Rounat en fait
grand cas. Il reproche cependant à Flaubert d'avoir
fait dépenser à Emma Bovary 25 francs de citrons
par mois, pour la toilette de ses ongles, ce qui, au prix
des citrons à cette époque, eût fait cent citrons par
mois !

Ce que Flaubert ne pardonna pas à Maxime Du
Camp, ce ne sont pas les corrections de ce genre, mais
les suppressions et les coupures dont son œuvre fut
victime et dont la responsabilité, comme nous le verrons plus loin, revient surtout à Louis Ulbach. Enfin
ces malentendus se dissipèrent, et Du Camp ne cessa
pas de s'intéresser à *Madame Bovary*.

A propos de l'article de Sainte Beuve sur ce fameux
roman, Maxime Du Camp prend fait et cause pour
l'auteur et proteste contre les insinuations du célèbre
critique, qui semblait accuser Flaubert d'avoir cherché
le scandale. En homme qui sait à quoi s'en tenir,
Du Camp déclare que son ami n'a jamais voulu faire
qu'une œuvre d'art et de style, et qu'il est absurde de
mettre en parallèle *Fanny* et *Madame Bovary*, deux
œuvres qui sont loin d'avoir la même valeur...

Comme il avait fait pour *Madame Bovary*, Flaubert,
avant de publier *Salammbô*, soumit son manuscrit à
Maxime Du Camp, qui le lut quatre fois, à tête reposée,
et prédit à cette nouvelle œuvre un très grand succès.
Il trouvait cependant qu'il y avait trop de massacres

et de batailles, et le récit lui paraît un peu noyé dans la description. Ce qu'il reproche surtout à Flaubert, c'est d'avoir abusé de la conjonction *et*. « Tu peux, sans crainte, en retrancher 300 ou 400. Tous tes paragraphes, tous tes chapitres, presque toutes tes phrases, tu les termines par un *et*, qui finit par devenir odieux ; c'est du mauvais et du plus mauvais romantique ; et remarque bien ceci : tu joins par un *et*, par une *conjonction*, des membres de phrases qui n'ont aucun rapport, mais aucun rapport entre eux. » Du Camp dénonce non seulement les répétitions des *et*, mais les amphibologies qu'il prétend rencontrer à chaque page. Cette critique dut certainement impressionner Flaubert, et il est probable qu'il en fit son profit.

Les dossiers Tanit contiennent bien des lettres intéressantes de Maxime Du Camp. Nous regrettons que ses héritiers nous aient formellement refusé l'autorisation de les publier.

Si Maxime Du Camp et Louis Bouilhet ont été les premiers camarades de Flaubert, son véritable inspirateur, son modèle et son maître fut certainement Théophile Gautier, celui que Philarète Chasles appelait très justement le « grand teinturier du romantisme ». C'est dans Chateaubriand, mais c'est aussi chez Gautier qu'il faut aller chercher l'origine du talent de Flaubert, ses idées, son caractère, sa tournure d'esprit. C'est l'auteur du *Roman de la momie* qui donna à l'auteur de *Salammbô* le terrible péssimisme de la *Comédie de la mort*, la vocation descriptive, la passion de la couleur, sa doctrine de l'art pour l'art, son culte exclusif de la forme, son truculent romantisme et enfin sa haine du bourgeois. Mais ce que l'exemple de Gautier enseigna par-dessus tout à Flaubert, c'est l'importance de la description. A cet égard, l'élève surpassa le maître, car Flaubert ne s'est pas contenté de peindre les choses au courant de la plume, comme Gautier ; il a fait un sort à chaque sensation. Il ne les voulait pas nombreuses, mais fortes ; si bien que la description, *toute en étendue* chez Gautier, est *toute en intensité* chez Flaubert.

Charles Monselet, dans une amusante satire qui s'appelait *le Vaudeville du Crocodile*, met plaisamment en scène Flaubert et Gautier, qui déclarent vouloir supprimer l'humanité au profit de la description : « Dans un vaudeville égyptien, dit Gautier, il ne doit y avoir ni hommes ni femmes ; l'être humain gâte le paysage, il coupe désagréablement les lignes, il altère la suavité des horizons. L'homme est de trop dans la nature. Parbleu ! dit Flaubert. Et Gautier ajoute : Au théâtre, également, il empêche de voir les toiles de fond (1). »

Le talent de Théophile Gautier est tout entier dans ce prodigieux don d'assimilation que signalait Victor Fournel et qui inspirait à l'auteur d'*Émaux et Camées* le rutilant pastiche du *Capitaine Fracasse* et ce fantaisiste *Albertus*, reflet direct des *Contes d'Espagne et d'Italie*, que Musset venait de publier. Fournel a

(1) DUSOLIER, *Nos gens de lettres*, p. 54.

justement caractérisé Gautier, quand il l'appelle un
« esprit flottant à tous les souffles, vibrant à tous les
chocs, propre à recevoir toutes les empreintes et à
les transmettre à son tour, mais ayant besoin d'être
mis en branle par un esprit voisin, cherchant toujours à prendre un mot d'ordre, que tant d'autres sont
venus lui demander ensuite », et faisant « successive-
ment du chinois, de l'indou, du grec, de l'espagnol,
du moyen âge, du seizième siècle, du Louis XIII et
du Louis XIV, du rococo et du romantique » (1).

L'œuvre et les idées de Gautier eurent également
une énorme influence sur Louis Bouilhet, que Flaubert lui avait présenté en 1848. Conquis par sa verve
contagieuse, Bouilhet devait garder longtemps l'empreinte du métier et des procédés du bon Théo. Flaubert reprochera plus tard à l'auteur des *Fossiles* d'être
infidèle à cette amitié et de ne plus assez aimer l'auteur du *Roman de la momie*.

Flaubert et Gautier avaient de grandes ressem-
blances de tempérament et de caractère, et surtout
un besoin commun de familiarité et d'épanchement
qui rendait leurs réunions bruyamment attendris-
santes. « Se confier, se raconter, c'était la nature de
Gautier, » nous dit Feydeau. Tout chez lui allait à
l'outrance. Il fut un des premiers écrivains romantiques qui s'imposèrent à l'attention par la singularité tapageuse du costume et des manières. A trente
ans, il allait chez Gavarni en veste de velours noir

____

(1) V. FOURNEL, *Figures d'hier et d'aujourd'hui*, p. 24.

et babouches de cuir jaune, avec de longs cheveux flottants sur les épaules.

Ce qu'il y a de curieux, c'est qu'au fond cet insolent romantique n'était bel et bien qu'un classique qui lisait l'*Iliade* dans le texte, rêvait d'écrire une belle tragédie grecque et qui, pour l'amour d'Homère, s'était lié avec Paul de Saint-Victor, le féerique évocateur des *Deux masques*, auquel il prétendait avoir laissé son gaufrier. Flaubert, lui aussi, en bon classique, avait appris le grec pour lire Homère (1).

Quand parut *Madame Bovary*, Jean Rousseau signala le premier, dans le *Figaro* (2), Théophile Gautier comme l'inspirateur direct de ce style descriptif, auquel il reprochait, bien avant Weiss, l'abus de l'érudition et du détail. On disait déjà : « Ce n'est plus de la littérature, c'est de la peinture, » ce qui ne signifie pas, bien entendu, qu'un roman comme *Madame Bovary* doive nécessairement plaire à tous les peintres. « C'est l'histoire d'un crétin, dont la femme veut devenir quelque chose, a déclaré Renoir, et, quand on a lu ces trois cents pages, on ne peut s'empêcher de dire : « Mais je me f... de tous ces gens-là (3). » Voilà qui est net.

Que Flaubert ait pris le goût de la description chez Gautier, rien n'est plus certain, et il est également très possible que les conseils de ce dernier et la publi-

---

(1) Cf. BANVILLE, *Mes souvenirs*, et DREYFOUS, *Ce que je tiens à dire*, p. 324.

(2) 27 juin 1858.

(3) Ambroise VOLLARD, *Renoir*.

cation du *Roman de la momie*, en 1858, aient directement inspiré *Salammbô*. Gautier, dans son roman égyptien, décrit, comme Flaubert, la ville antique, ses palais et ses terrasses, le repas, les foules, les habitations, les trésors. La fille d'Hamilcar rêve d'amour avec sa confidente Taanach, comme la jeune Tahoser rêve d'amour avec sa confidente Nofré. Seulement le *Roman de la momie* est encore écrit à l'ancienne mode des Gozlan et des Méry ; c'est du lavis et de l'aquarelle, tandis que chez Flaubert c'est de l'eau-forte et du bas-relief. A peine pourrait-on citer une vingtaine de lignes du *Roman de la momie* (la descente dans le puits, entre autres) qui rappellent exactement la forte sensation de Flaubert.

Procédés à part, ce qu'il y a de sûr, c'est qu'avant d'écrire *Madame Bovary*, Flaubert eut un moment l'idée d'écrire un roman égyptien, une sorte d'*Anubis*. Effrayé par l'abondance de la documentation, il craignit qu'une pareille « reconstruction » ne parût « conventionnelle et fausse » devant les « découvertes modernes. » Il avait raison. Les réalités de Tu Tan Kamen ont fait pâlir les imaginations du *Roman de la momie*, qui suivit pourtant de près la découverte du Serapeum par Mariette.

Leur similitude de talent et de nature devait créer, entre Flaubert et Gautier, un lien d'affection indissoluble. La violence du bon Normand, sa despotique parole, sa familiarité tonitruante, enthousiasmaient le poète d'*Albertus*, qui gueulait (comme il disait) encore plus fort que lui, et prenait plaisir à scandaliser ses interlocuteurs par son rabelaisien et perpétuel paradoxe. Cette incontinence verbale, qui n'empêchait pas Gautier d'être quelquefois tout à fait muet, avait fini par lui faire une déplorable réputation. Quand il alla voir M. de Sacy, pour ses visites académiques, comme celui-ci semblait un peu effaré, Gautier lui dit : « Rassurez-vous, monsieur. Je ne viens pas ici pour vous dire des cochonneries (1). »

Causeur étincelant, mais vite effarouché, Gautier fut le type du grand romantique indolent. Les Goncourt l'appelaient le Poussah torpide. Charles Yriarte nous le peint « devenu majestueux en avançant en âge, avec ses longs cheveux qui lui pendent sur les épaules, le front antique, les traits calmes, la physionomie d'un autre âge... On pense, en le voyant, aux camées et aux onyx, à Albert Durer et à la Renaissance... Tout le poème des *Émaux et Camées* est dans ce vague regard qui flotte et ne se fixe point ; il paraît plongé dans une éternelle somnolence, qui se trahit dans ses yeux » (2)... « Le bon Théo, un peu alourdi, était sobre de paroles et nous traitait avec une bienveillance endormie (3). » Troubat dit qu'il marchait dans la rue comme un éléphant.

Werther désabusé, matamore de franchise, « épicurien mélancolique atteint du mal du siècle (4), » —

<hr>

(1) Gustave CLAUDIN, *Souvenirs*, p. 28.
(2) Charles YRIARTE, *Portraits cosmopolites*, p. 62.
(3) THEURIET, *Souvenirs des vertes saisons*, p. 245.
(4) Hippolyte CASTILLE, *Les Hommes et les mœurs sous Louis-Philippe*, p. 307.

Théophile Gautier se montrait, dans l'exercice de la vie, le plus simple et le plus doux des hommes, « accueillant, léger, sceptique », toujours « ennuyé par l'obligation de faire en public les honneurs de sa vice-royauté (1) ». Tout le monde connaissait le chemin de la villa de Neuilly. Le grand « teinturier » interrompait son travail pour recevoir ses visiteurs et reprenait ensuite tranquillement sa besogne. « Pas un étranger, pas un compositeur de séguedilles, pas un guitariste, pas un inventeur de métronome, ne laissait échapper une occasion de venir heurter à cette porte hospitatalière (2). »

On a reproché à Gautier de pousser quelquefois jusqu'à l'indifférence critique ces excès d'indulgence et de bonté. « Blâmer lui répugne, disait Levallois ; discuter l'ennuie, juger le fatigue ; il se sauve par la description. On croirait qu'il n'y a pour lui ni bonne ni mauvaise peinture, et qu'il se préoccupe des tableaux simplement au point de vue de la phrase (3). » On accusait Gautier de faire ses Salons par ordre alphabétique, comme un livret d'exposition. « Son grand défaut, disait-on, c'est une indulgence excessive. Si l'auteur de *Mademoiselle de Maupin* avait une douceur moins inaltérable, on le respecterait sans doute davantage. Il fut un temps cependant où il savait châtier les fausses vertus et les pruderies littéraires (4). »

<hr>

(1) Villemessant, *Mémoires d'un journaliste*, 3ᵉ série, p. 291.
(2) Charles Yriarte, *Portraits cosmopolites*, p. 69.
(3) Jules Levallois, *Critique militante*, p. 125.
(4) *Revue anecdotique*, 1861.

Théophile Gautier avait pour Flaubert une affection émue et touchante. Il l'aimait comme un ami et le vénérait comme un maître. Il l'appelait le « grand vaisseau du désert ». « Sais-tu, disait-il à Bergerat, que ce grand vaisseau du désert est l'un des hommes les plus prodigieusement érudits de ce siècle, et qu'il en remontrerait à tous les professeurs de l'Allemagne crasseuse ! Mais si Flaubert est un grand savant, il est aussi un grand génie ; de là vient que tous ses livres sont des chefs-d'œuvre (1). »

Il suffisait de parler de Flaubert, pour que Théophile Gautier prît aussitôt une figure attentive et intéressée, comme nous l'apprend le récit d'une dame qui dînait un jour avec l'auteur d'*Émaux et Camées* :

« On se met à table, dit-elle, je suis près de lui, on mange de mauvaises choses, on en dit d'insignifiantes, l'impatience me brûle l'esprit, et je coupe court à une discussion sur les tagliarini, en lui disant, sans préambule : « Avez-vous des nouvelles de M. Flaubert, depuis « qu'il a quitté Paris? » Alors l'homme, que j'avais à peine vu de profil, se tourne de trois quarts et me dit d'une voix enfin amollie : « Vous connaissez Flau-« bert? » La glace était rompue. J'avance un peu mon coude : il pose carrément les siens sur la table, joue avec le bout de son couteau, et me dit sans attendre ma réponse : « Quel charmant garçon ! et quel talent, « quel cœur ! Celui-là, je l'aime ; je déteste les cama-« rades, je ne vis en concubinage avec aucun homme,

_____

(1) BERGERAT, *Théophile Gautier*, p. 142.

« mais celui-là, c'est autre chose. Il a des délica-
« tesses de sauvage, n'a pas peur des mots et res-
« pecte les choses. Si j'étais femme, je voudrais qu'il
« m'aimât (1). »

Flaubert et Gautier, ordinairement si tranchants
dans leurs opinions, eurent pourtant tous deux pour
Victor Hugo une admiration ardente, mais craintive
et presque soumise, qui survécut aux années de sépa-
ration et aux dissentiments politiques. Le talent
inspirait toujours à Flaubert un respect superstitieux.
« Si je voyais Shakespeare en chair et en os, disait-il,
je crèverais de peur. » Quant à Gautier, on sait qu'il
faillit mourir de peur, lui aussi, la première fois qu'il
alla voir Victor Hugo. Il était si troublé, qu'il s'assit
dans l'escalier et partit sans l'avoir vu. Trente ans
plus tard, intime avec lui, il avouait ne pouvoir
encore l'aborder sans éprouver une sorte de saisisse-
ment. La même aventure arriva au peintre Gervex
allant demander à Victor Hugo quelques renseignements sur un sujet de poésie à interpréter. Gervex
s'arrêta devant la maison et n'eut pas le courage
d'aller plus loin (2). Ce sentiment de vénération ne
faiblit jamais chez Gautier. Vers la fin de l'Empire,
il menaça de donner sa démission de chroniqueur
dramatique au *Moniteur*, si l'on changeait un mot à
l'article qu'il voulait publier sur la reprise d'*Hernani*.
Pendant le siège de Paris, Gautier lisait constamment

(1) *Gazette anecdotique*, 15 avril 1882.
(2) H. GERVEX, *Souvenirs*, p. 92.

la *Légende des siècles* et le début de *Ratbert* (1). Il disait à l'éditeur Dreyfous, à propos des *Chansons des rues et des bois :* « Si j'avais le malheur de penser qu'un vers d'Hugo ne fût pas bon, je n'oserais pas me l'avouer à moi-même, tout seul, dans la cave, sans chandelle (2). » C'est à peu près l'idée qu'exprimait Flaubert sous une autre forme : « C'est très mauvais, *les Misérables*, mais il ne faut pas le dire. »

La confiance de Flaubert dans le talent de Gautier était illimitée. C'est à lui qu'il songea d'abord pour le libretto de *Salammbô*, car s'il refusa toujours de transporter « la Bovary » au théâtre, Flaubert admettait très bien une Salammbô en musique. Sachant Théophile Gautier non seulement grand poète, mais bon versificateur, il le pria, dès le mois de mars 1863, de mettre ce projet à exécution. Gautier se chargeait d'interpréter en vers le plan de Flaubert, qui est à peu près celui qu'a suivi Du Locle pour Reyer (3). Toujours débordé de besognes, Gautier mourut le 8 octobre 1872 sans avoir fait ce travail. Catulle Mendès s'en chargea ; mais Flaubert n'aimait pas Catulle et se brouilla avec lui. D'après Arsène Houssaye, c'est Gautier qui aurait conseillé à Flaubert d'écrire un roman carthaginois et qui lui persuada plus tard de le mettre à la scène.

Une seule chose eût suffi à lier indissolublement

---

(1) BANVILLE, *Mémoires*, p. 456.

(2) DREYFOUS, *Ce que je tiens à dire*, p. 74.

(3) V. le texte de Lovenjoul donné par Georges DUBOSC, *Trois Normands*, p. 182.

Flaubert et Gautier : c'est la haine du bourgeois.
L'auteur du *Capitaine Fracasse* fut un des premiers
romantiques qui affectèrent de mépriser le bourgeois.
L'horreur de la banalité le jeta dans ce travers. « La
peur de ressembler à Joseph Prudhomme, dit Sainte-
Beuve, a fait commettre bien des excès. » Au dîner
Magny, Flaubert et Gautier vociféraient contre les
bourgeois. Gautier poussait l'exagération jusqu'à ne
pas vouloir se servir de parapluie, de crainte d'être
pris pour un bourgeois. Le bourgeois était devenu
son ennemi personnel. Nous trouvons, à ce propos,
dans les dossiers Tanit, quelques lignes amusantes
écrites à Flaubert au sujet de la publication d'un
chapitre de la *Tentation* dans *l'artiste :*

Mon cher Flaub,

Fais recopier le fragment d'Appollonius de
Thyane et envoie-le vivement à Ducessois, afin
qu'on ait le temps de le composer et d'avoir ton
épreuve corrigée. Il est bon de faire écrouler
d'énormes plâtras sur la tête des bourgeois stu-
pides, et cela sans interruption. Jamais trop de
cul, disait Robespierre, la margoulette fracassée.
Jamais trop de métaphores! voilà ma devise.

Tout à toi. Une poignée de main au Bouilhet.

Théophile GAUTIER.

L'auteur de *Mademoiselle de Maupin* reconnut plus
tard qu'il avait peut-être poussé un peu trop loin cette

haine du bourgeois. Rappelant le souvenir d'*Hernani*, il regrettait qu'on lui eût fait porter toute sa vie un gilet qu'il n'avait mis qu'une fois, et il avouait « s'être couvert de ridicule, en revêtant les toilettes les plus truculentes, pour réagir contre nos hideux affublements ». En réalité, même à l'époque de son plus fort romantisme, il faisait déjà des concessions à cet abominable public bourgeois et, sur les conseils de Charpentier, dans l'intérêt du succès, il se résignait, la mort dans l'âme, à changer le dénouement du *Capitaine Fracasse* (1). Le fait était connu des contemporains ; on y fit allusion à l'époque où l'on monta le *Capitaine Fracasse* à l'Opéra-Comique (2). Flaubert, à sa place, n'eût pas transigé.

Trouvant, lui aussi, qu'on a peut-être « un peu trop vilipendé les bourgeois », Champfleury cite la curieuse apostrophe de Gautier dans la *Toison d'or* :

« Vous écrasez d'un ineffable dédain tout honnête commerçant qui préfère un couplet de vaudeville à un tercet du Dante... Cependant il est de ces bourgeois dont l'âme (ils en ont) est riche de poésie, qui sont capables d'amour et de dévouement, et qui éprouvent des émotions dont vous êtes incapable, vous, dont la cervelle a anéanti le cœur (3). »

La vérité c'est qu'au fond, malgré ses rodomontades romantiques, Gautier ne fut jamais, lui aussi,

(1) Judith GAUTIER, *Le Deuxième rang du collier*, p. 106.
(2) *Les Soirées parisiennes*, par Arnold MORTIER, p. 223.
(3) *Le Réalisme*, p. 285.

qu'un bon fonctionnaire de lettres, le plus simple et le plus ponctuel des bourgeois. Retiré à Neuilly, père de famille vivant avec sa femme et ses enfants, bon patriote pendant la guerre, le poète d'*Albertus* se plaignait du public et des besognes qu'on lui imposait au journal, mais il se soumettait docilement. « C'est heureux, disait-il, que je ne sache pas scier des bûches, car ils me feraient scier du bois. » « Sa vie inconcevablement laborieuse a été occupée à subvenir aux besoins de quatre ou cinq existences qui s'étaient accrochées à lui et sous les exigences desquelles il a pu ne pas fléchir, grâce à sa santé et à sa vigueur (1). » Feydeau et Bergerat ont longuement raconté le martyre de Gautier journaliste et chroniqueur dramatique. Il écrivait à ses sœurs qu'il était obligé, le jour de la mort de sa mère, de faire un feuilleton pour payer l'enterrement. Le labeur de Gautier fut gigantesque. En y comprenant sa correspondance, sa production totale dépasserait trois cents volumes. Le seul catalogue de ses ouvrages, publié par Spoelberch de Lovenjoul, remplit deux volumes.

Flaubert se vantait, lui aussi, d'avoir énormément écrit, non seulement des articles de journaux, mais des prospectus de parfumeurs. « Peut-être, dit M. Steckel, ne faut-il voir là qu'une de ces galéjades chères aux romantiques. »

En tous cas, ce serait une légende que de représenter uniquement Théophile Gautier comme un rêveur et

____

(1) Du Camp, *Souvenirs*, I, p. 417, et II, p. 250.

un bohème. Ce poète, qui ne savait ni acheter un chapeau, ni faire une malle, avait un bon sens bourgeois qui lui ouvrait même les yeux sur les dangers du mariage de sa fille avec un homme comme Catulle Mendès.

On a reproché à Théophile Gautier, comme à Victor Hugo, d'avoir renié l'idéal romantique en posant bourgeoisement sa candidature à l'Académie. Cette abdication, conseillée peut-être par sa famille, lui donna le déplaisir de se voir préférer Auguste Barbier, l'auteur des *Iambes*, type de Joseph Prudhomme en retraite, qui n'arriva jamais à comprendre comment s'était faite cette élection. Il y eut trois tours de scrutin. Gautier obtint quatorze voix à chaque tour; il en fallait seize. C'est à contre-cœur que Gautier avait fait ses visites. Il refusa d'aller voir M. Thiers, parce que l'auteur du *Consulat et de l'Empire* incarnait le bourgeois et « écrivait comme un cochon (1) ».

Non seulement l'auteur du *Capitaine Fracasse* vivait en bourgeois, mais, comme tous les bourgeois, le souci du lendemain le tourmentait, et il plaçait la préoccupation de la vie matérielle au-dessus même de l'art. « Avoir une petite rente, » ce fut toujours son idéal, dit Goncourt.

Il reçut un jour la visite d'un jeune étranger qui voulait faire de la peinture, malgré l'opposition de sa famille, décidée à lui couper les vivres.

(1) Dreyfous.

— C'est très beau, dit Gautier, de faire des sacrifices à son art ; mais c'est grave aussi de renoncer à une belle situation pour se jeter dans une lutte incertaine et périlleuse. A ceux qui viennent me consulter sur leur vocation littéraire, je demande toujours : « Avez-vous de quoi vivre? » S'ils me répondent non, je leur conseille de se faire épicier, bottier, recureur d'égouts, tout plutôt que littérateur... J'en ai peut-être sauvé quelques-uns (1). »

Essayant de se sauver lui-même et n'aimant au fond que la littérature et le style, Théophile Gautier poussait l'amour de son métier jusqu'à croire sincèrement à la possibilité d'une démonstration de l'art d'écrire. Il se vantait de pouvoir « doter son pays d'une génération de bons écrivains » et s'engageait à faire « un cours de critique en vingt leçons », en ouvrant un atelier de littérature et en formant des élèves (2) ». Tout s'apprend, disait-il, même l'art. Comme Flaubert, il disséquait les phrases, en faisait l'anatomie, démontrait leur construction, leur couleur, leur beauté. « Je lui dois, dit Feydeau, la connaissance des plus solides notions de l'art d'écrire. » Gautier eût voulu qu'on gravât sur les murs l'axiome de Flaubert : *De la forme naît l'idée;* et c'est lui qui légua à l'auteur de *Madame Bovary* son aversion pour les verbes auxiliaires.

(1) *Le Second rang du collier,* par Judith GAUTIER, p. 94.
(2) BERGERAT, *Théophile Gautier,* p. 76.

Théophile Gautier était cependant quelquefois effrayé par le travail acharné de son ami et ne comprenait pas (s'il faut en croire Goncourt) qu'on pût mettre un temps si considérable à composer des phrases. Il se vantait d'écrire sans ratures et de ne travailler que de tête (1), donnant au fur et à mesure à l'imprimerie les pages des articles qu'il rédigeait dans le vacarme d'un atelier et sans prendre la peine de les relire. Il disait à Olympe Audouard : « Laissez-moi vous dire, madame, ce que c'est que le grand art d'écrire. On prend une pensée, elle représente le brillant ou la pierre fine ; ensuite, pour l'exprimer, on doit choisir les mots, construire la phrase, la faire belle, correcte, élégante. Les mots représentent la garniture dont l'orfèvre entoure le diamant. L'idée n'est rien, l'arrangement est tout (2). » Il prêchait d'exemple et écrivait admirablement. A propos des incorrections de Flaubert, Émile Faguet dit que, « sous le rapport de la langue, le seul Théophile Gautier, en notre siècle, a été impeccable ».

L'auteur de *Mademoiselle de Maupin* aimait, comme Flaubert, les grosses charges et, volontiers pitre et imitateur, il était de toutes les réunions et ne manquait pas un dîner Magny. Balzac songeait à l'utiliser pour les projets de commerce imaginaire où il comptait faire fortune. « Je me ferai épicier, disait-il. Pour-

(1) Judith GAUTIER, *Deuxième rang du collier*, p. 229.
(2) Olympe AUDOUARD, *Voyage à travers mes souvenirs*, p. 125.

quoi pas? Mirabeau s'est bien fait marchand de drap. Une très belle boutique sur le boulevard ; l'enseigne suivante en lettres d'or : *Balzac et C^le, Epicerie en gros et en détail*. Dans le fond du magasin, en guise de dame de comptoir, Mme Sand avec une rose blanche dans les cheveux. Sur le pas de la porte, Théophile Gautier en costume de néophyte, faisant rissoler du café dans un moulin de tôle. Gérard de Nerval pesant de la cassonade ; et moi-même, moi, Balzac, en bourgeron et en casquette de loutre, promenant l'œil du maître sur tout l'établissement. Voilà mille causes de succès, ou je ne m'y connais pas (1). »

Ce beau plan croula comme un château de cartes. Balzac ne trouva pas assez de résolution chez ses amis.

« Pour être garçon épicier, ajoutait Balzac, il faut être coiffé à la Titus, et ce crapaud de Théophile Gautier a la faiblesse de tenir à ses cheveux ».

L'auteur de la *Comédie humaine* subit lui aussi très fortement l'influence de Théophile Gautier et ne sut pas toujours se défendre de copier servilement ses procédés et son style. Victor Fournel a recueilli toute une série d'expressions et d'images, et même des phrases entières de *Béatrix*, paru en 1838, empruntées par Balzac à des portraits publiés par Gautier l'année précédente dans le *Figaro*.

____

(1) *Paris bohème.*

Voici quelques-unes de ces curieuses citations (1) :

<table>
<tr><td>

BALZAC

———

BÉATRIX

(Édition Michel Lévy).

Cette chevelure, au lieu d'avoir une couleur indécise, *scintillait* au jour comme des *filigranes d'or bruni.*

Son front, large et bien taillé, recevait avec amour *la lumière, qui s'y jouait en des luisants satinés.* Sa prunelle, d'un bleu de turquoise, brillait *sous un sourcil pâle et velouté d'une extrême douceur.*

Ce nez, d'un *contour aquilin, mince,* avec je ne sais quoi de *royal...*

Des bras noblement *arrondis,* sa peau *tendue et lustrée,* avaient *un grain plus fin; les contours avaient acquis leur plénitude.* (Pages 24 et 25.)

Ce visage, plus rond qu'ovale, ressemble à celui de quelque belle *Isis des bas-reliefs éginétiques.*

Le front est plein, large, renflé aux tempes.

Le nez, mince et droit, est coupé de narines obliques assez passionnément dilatées.

</td><td>

GAUTIER

———

PORTRAITS
CONTEMPORAINS
(Édition Charpentier).

Les cheveux... *scintillent* et se contournent aux faux jours, en manière *de filigranes d'or bruni.*

Le *front, large,* plein, bombé, attire et retient *la lumière, qui s'y joue en luisants satinés.* Une prunelle brune scintille *sous un sourcil pâle et velouté d'une extrême douceur.*

Le nez fin et *mince,* d'un *contour assez aquilin* et presque *royal...*

Les bras prennent de la *rondeur,* la peau, mieux *tendue* par un embonpoint naissant, devient *d'un grain plus fin,* se *lustre* et se satine, *les contours acquièrent de la plénitude.* (Pages 381 et 393.)

Elle ressemble à s'y méprendre à une... *Isis des bas-reliefs éginétiques.*

Mlle Georges a *le front plein, large, renflé aux tempes.*

Le nez mince et droit, coupé d'une narine oblique et passionnément dilatée, etc...

</td></tr>
</table>

(1) *Gazette anecdotique,* 15 janvier 1877.

S'il faut en croire Flaubert, Théophile Gautier n'était pas très « épistolier ». Arsène Houssaye a publié des lettres de lui écrites à la manière grandiloquente de Flaubert. Pour nous, nous n'avons trouvé dans les dossiers Tanit que quelques billets sans importance, comme les deux suivants :

Mon cher Flaubert,

Ci-joint un numéro de l'*Ordre*, qui contient un article sur les *Trois contes*. Je souhaite qu'il vous satisfasse. J'y ai mis tout ce que je pense et tout ce que je sens sur ce volume.

Bien à vous,

Théophile GAUTIER.

Ou encore ceci :

Petite flambe en baguenant, j'ai le chagrin de ne pouvoir aller chez toi aujourd'hui. Je dîne chez la princesse, sans métaphore. Ne m'attends donc pas. Je croyais te voir hier à Neuilly. Sans cela je t'aurais écrit plutôt *(sic)*.

Bien à toi,

Théophile GAUTIER.

On devine avec quelle impatience Gautier dut attendre la publication d'un livre comme *Salammbô*, dont il avait, dit-on, proposé lui-même le sujet à Flaubert. Il lui écrit de Londres :

Mon cher Gustave,

Je te remercie de la peine que tu as prise de

m'écrire à l'hôtel Sablonière et à Panton Square. Tes deux lettres me sont arrivées très régulièrement et, si je ne t'ai pas répondu tout de suite, c'est par une paresse bien naturelle à un homme écrasé par ses visites à l'Exposition, les notes qu'il y faut prendre et la copie qui en résulte. Présente mes compliments respectueux à M. et à Mme Cornu. Je ferai avec bonheur les articles sur les Étrusques, les tableaux et ce qui reste libre, si l'on veut bien avoir la patience d'attendre mon retour de Londres. J'espère que ton bouquin est fini, sans quoi je crierais comme le vieux Caton : *Delenda est Carthago!* Tu ne te figures pas avec quelle impatience j'attends l'apparition de *Salammbô*. Ce que tu m'en as lu est si pur d'humanitairerie, que je désire vivement connaître le reste. Quel effet ont produit les quatre volumes de Hugo nouvellement parus? Donne une bonne poignée de main à mon intention au Bouilhet, et embrasse la Dupin, si tu la rencontres.

Je baise ta vieille moustache grisonnante,

Théophile GAUTIER,

P.-S. — Et le colonel des métaphores, *alias* Feydeau, que devient-il (1)?

(1) Dossiers Tanit.

Salammbô paraît. Gautier est au comble de l'admiration :

Cher maître,

La lecture de *Salammbô* me laisse à peine la lucidité d'esprit nécessaire pour vous envoyer mon Hurrah ! Cela repose et cela fatigue comme une femme brune qui serait jeune et aurait beaucoup de gorge, joint à un grand développement musculaire.

Je vous insinue sous çe pli une lettre du cabinet du ministre de la Marine et des Colonies, qui vous indiquera où en est l'affaire de M. Godefroy. C'est sur la recommandation de votre nom que l'on s'en occupera, car elle n'est pas du ressort de la direction centrale.

Tout à vous et à bientôt.

Théophile GAUTIER (I).

La mort de Gautier fut pour Flaubert un coup terrible. Sa correspondance et les Lettres à George Sand et à sa nièce, nous montrent l'auteur de *Salammbô* littéralement « écrasé » par la mort de son grand ami... Longtemps après sa mort, le docteur Fauvel nous dit « qu'à propos de tout, Flaubert regrettait le passé et surtout le pauvre, pauvre Théo, à qui il ressemblait

(I) Dossiers Tanit.

tant par l'attitude, par l'esprit, par la plasticité de son art ».

On ne pouvait être l'ami de Théophile Gautier sans devenir, tôt ou tard, un ami de Flaubert. C'est ainsi qu'Ernest Feydeau ne tarda pas à se lier avec Flaubert par des sentiments d'affection sincère, où il n'entrait, du reste, ni la modestie, ni la soumission d'un disciple.

L'article de Sainte-Beuve sur *Fanny* tourna la tête à Feydeau, qui se crut subitement un grand homme et se mit à étaler dans sa conversation et dans ses écrits une vanité puérile qui divertissait tous ses amis. Il disait, en parlant de lui-même : « L'auteur de *Fanny*. » Il avait offert à sa seconde femme une bague dont le chaton représentait l'œil de Feydeau, et il ne comprenait rien aux plaisanteries que son orgueil provoquait (1).

Dans une lettre assez curieuse et dont des extraits ont dû paraître dans des revues, le *Mercure* notamment, Feydeau, agacé par le succès de *Salammbô*, prend un ton aigre-doux pour prédire à Flaubert la roche tarpéienne après le Capitole :

9 décembre.

J'ai lu l'article de Sainte-Beuve, et ta phrase sur moi, qui, pas plus que tant d'autres, déjà écrites à mon sujet, n'altérera mon amitié pour

(1) Judith GAUTIER, *Deuxième rang du collier*, p. 270.

toi. Le Bon Dieu, en me donnant de grands défauts, m'a épargné celui de la jalousie, et je l'en remercie tous les jours.

Il y a cependant dans l'article de Sainte-Beuve une chose qui ne me semble pas équitable. Quand il dit que mon talent est moindre que le tien, il dit une vérité désagréable à entendre publiquement, surtout dans sa bouche ; mais enfin, c'est une vérité ; je n'ai pas le droit de me plaindre. Mais, quand notre oncle dit que tu m'as précédé dans l'*arène littéraire*, il commet une erreur, et je réclame, car je suis ton ancien, ô Flaubert ! Le jour de la naissance de *Madame Bovary*, qu'on te fait renier (si tu la renies, tu as tort), j'avais publié déjà un volume d'archéologie et les *Quatre saisons* de l'*Artiste*. S'il m'a plu, depuis, d'écrire des romans, j'ai fait simplement le contraire de ce que tu fais : passant du grave au doux, comme toi tu as passé du plaisant au sévère. Mais je n'entends pas qu'on fasse de moi un cadet, quand je suis un aîné. C'est bien assez de n'être que caporal dans le régiment dont vous êtes, monsieur, le colonel.

Tu as eu de la chance pour ton second bouquin. Rappelle-toi comment on s'est conduit avec moi ; mes amis publicistes me lâchant, et mes ennemis me trépignant, le jour de l'apparition de *Daniel*.

Tu as donc eu de la chance, toute question de

talent à part, pour ton second bouquin. Mais gare au troisième !...

Je t'embrasse,

E. FEYDEAU.

Les prétentions de Feydeau font sourire. Ses livres d'archéologie et ses *Quatre saisons* sont bien oubliés aujourd'hui et, quoi qu'il dise, il n'en reste pas moins que *Madame Bovary* a paru en 1856 et 1857, avant *Fanny* (1858) ; que Flaubert l'a précédé dans l'arène littéraire et qu'il est son maître et lui le disciple (1).

Feydeau devait bientôt, du reste, changer de ton. Ses romans se vendirent moins ; les éditeurs refusèrent ses manuscrits ; il fut réduit à demander à son grand ami de pressantes lettres de recommandation, comme celle-ci (Dossiers Tanit) :

24 septembre 72.

Mon cher vieux,

J'ai fait tous les adoucissements que tu m'as indiqués, au point de vue des mœurs. Mon éditeur, avant de conclure, ne m'en demande pas moins ton satisfecit.

Veuille donc m'écrire les lignes suivantes et me les envoyer :

« J'ai lu, à la prière de M. Bachelin-Deflorenne, un ouvrage manuscrit de M. Ernest Feydeau,

---

(1) Dans ses *Conversations littéraires*, Hippolyte Rigaud relève chez Feydeau de fréquentes réminiscences de la *Bovary*. Cf. DESCHARMES et DUMESNIL, *Autour de Flaubert*, I, p. 88,

intitulé : *Mémoires d'une demoiselle de bonne famille*, et les corrections que j'ai indiquées ayant été faites, je pense que cet ouvrage ne pourra pas être poursuivi.

« *Signé :* FLAUBERT. »

Je pense que ce n'est pas trop exiger de ton amitié ! Tu ne feras pas un mensonge. En devrais-tu faire un, d'ailleurs, tu pourrais bien commettre ce péché pour me rendre service.

Je t'embrasse,

Ernest FEYDEAU.

Feydeau persista jusqu'à la fin de sa vie à se croire un homme célèbre. En 1878, quand Flaubert refusa son portrait à l'éditeur Lemerre, celui-ci lui écrivit : « Vous n'êtes pas comme Feydeau, qui me disait, deux mois avant de mourir : « Je vais ouvrir boutique, place de la Bourse, et toutes les femmes viendront pour voir l'auteur de *Fanny*. »

L'auteur de *Fanny* mourut, hélas ! oublié, infirme et dans la misère.

Un autre écrivain, Champfleury, qui avait plus de talent que Feydeau, entretint des relations très suivies avec Flaubert, et apparaît dans de nombreuses lettres comme un de ses plus empressés et plus intéressants correspondants.

Critique, musicien, antiquaire, bouquiniste et romancier, l'auteur de *Chien-caillou* et des *Bourgeois de Molinchart* se piquait, avec Duranty et Assezat, d'avoir inventé le réalisme et se croyait tout au moins le premier théoricien du roman d'observation.

Grand parleur à la brasserie des Martyrs, où il retrouvait Murger, Courbet et Monselet, Champfleury déclamait avec eux contre Ingres et les Beaux-Arts officiels, qu'on ridiculisait alors à plaisir. L'auteur des *Amoureux de Sainte-Périne* commença par prendre très au sérieux son titre de grand prêtre du réalisme. Le réalisme répondait à tout. Il le voyait partout. Un jour, Versivor, son tailleur, lui ayant demandé un acompte, sur près de 2 000 francs qu'il lui devait, Champfleury lui répondit le mot suivant, que reproduisirent les petits journaux de l'époque :

Cher monsieur,

Je me brouille décidément avec vous, si vous n'enlevez cette horrible étiquette de *Maison de confiance pour messieurs les Universitaires*. Pourquoi ne prendriez-vous pas le titre de *Tailleur réaliste?* Votre fortune serait faite promptement et vous établiriez plus facilement vos charmantes filles.

Dans la lettre qu'il adressait à Flaubert, à propos de *Madame Bovary*, Champfleury fit l'éloge du fameux roman, mais avec des réserves et en signalant l'abus descriptif (1).

(1) Cf. DUMESNIL,

« *Madame Bovary*, a-t-il dit plus tard, pour compléter son opinion, sera le dernier roman bourgeois. Il faut trouver autre chose (1). »

Son amour-propre l'empêchait de rendre justice à Flaubert, et leur désaccord persista sous leurs bonnes relations. « J'ai rêvé autrefois, dit Flaubert, un livre sur Sainte-Périne: Champfleury a mal traité ce sujet-là, car je ne vois pas ce qu'il y a de comique. Moi, je l'aurais fait atroce et lamentable. Je crois que le cœur ne vieillit pas. »

Ce qui indignait surtout Flaubert, c'est que l'auteur des *Bourgeois de Molinchart* déclarait que le roman réaliste pouvait se passer de style et de belles phrases, témoin Balzac. Flaubert croyait, au contraire, qu'on pouvait traiter en belle prose les sujets les plus médiocres. « J'ai fait *Madame Bovary*, disait-il, pour embêter Champfleury. J'ai voulu montrer que les tristesses bourgeoises et les sentiments médiocres peuvent supporter la belle langue. »

« Flaubert a échoué dans sa tentative, » dit M. René Johannet, et depuis lors « romancier et styliste font bande à part (2) ». Ceci est une contre-vérité. Non seulement Flaubert a parfaitement réussi ; mais « après lui, dit Faguet, il a été défendu à un romancier de n'être pas un écrivain et un écrivain original » ; et la preuve qu'après Flaubert romanciers et stylistes n'ont pas fait bande à part, c'est que, grâce à

(1) *Souvenirs et portraits*, p. 246.
(2) *Revue universelle*, 15 juillet 1925.

lui, le roman est devenu, au contraire, une œuvre de style autant que d'observation, et que toute une école d'écrivains, à la fois « stylistes et romanciers, » est sortie de Flaubert, avec Alphonse Daudet, Goncourt, Zola, Maupassant, Huysmans, etc. Avant Flaubert, en effet, on n'avait pas l'habitude d'écrire du roman en beau style. On n'avait pas, non plus, avant Montesquieu, l'habitude d'écrire du droit en beau style ; Montesquieu l'a fait et a réussi ; et Buffon a fait la même chose pour la science. Comment blâmerait-on un artiste de traduire ce qu'il sent comme il l'entend et en beau style, s'il aime le beau style ?

Si Champfleury contestait à Flaubert l'invention du réalisme, il ne se gênait pas non plus pour refuser aux Goncourt le rôle d'initiateurs, qu'ils réclamaient avec leur *Germinie Lacerteux* (qui ne parut que six ou sept ans après *Madame Bovary*). Il les traite de « compilateurs d'almanachs, de valets de chambre de Gavarni, de simples amateurs en gravure, de clercs d'huissiers se piquant de style ». Il est vrai que les Goncourt, dans leur *Charles Demailly*, avaient portraituré Champfleury sous les traits de Pommageot, « petit homme assez râpé, qui portait ses bras comme des poids et sa tête comme un Saint-Sacrement ».

Plus tard Champfleury sembla vouloir ramener à des proportions plus modestes la part qu'il avait prise dans le mouvement réaliste. Il s'excuse ; il fait observer qu'il était alors sans fortune et sans influence ; qu'il n'a jamais fait de propagande ; qu'il fréquentait à peine le monde ; qu'il était timide et sans ambition,

et que « cette crédulité publique le faisait sourire (1) ».
Même dans son premier livre, le *Réalisme*, il raillait
déjà les réalistes et répudiait à l'avance le rôle qu'il
allait jouer :

« En ce moment, disait-il, tous ceux qui apportent
quelques aspirations nouvelles sont dits réalistes. On
verra certainement des médecins réalistes, des chi-
mistes réalistes, des manufacturiers réalistes, des histo-
riens réalistes. M. Courbet est un réaliste ; je suis un
réaliste, puisque les critiques d'art le disent, je les
laisse dire. Mais, à ma grande honte, j'avoue n'avoir
jamais étudié le code qui contient les lois à l'aide
desquelles il est permis au premier venu de produire
des œuvres réalistes. Le nom me fait horreur par sa
terminaison pédantesque ; je crains les écoles comme
le choléra... Je ne vous définirai pas, madame, le réalisme ; je ne sais d'où il vient, où il va, ce qu'il est (2). »

Au fond, c'est le peintre Courbet qui fut le véritable
inventeur du réalisme. Il en revendiquait la gloire.
Pour l'Exposition qu'il organisa en 1855, et qu'il
devait recommencer en 1867, place de l'Alma, il faisait distribuer des prospectus portant le titre :
*Exhibition et vente de trente-huit tableaux et quatre
dessins de l'œuvre de M. Gustave Courbet. Prix :*
10 *centimes. Le Réalisme.*

« Le titre de réaliste, disait-il, m'a été imposé comme
on a imposé aux hommes de 1830 le titre de roman-

(1) *Souvenirs et portraits*, p 294.
(2) *Le Réalisme*, p. 272.

tiques. Les titres en aucun temps n'ont donné une idée juste des choses ; s'il en était autrement, les œuvres seraient superflues (1)... »

Théories et doctrines devaient cependant rapprocher Flaubert et Champfleury ; ils avaient les mêmes goûts, la même conscience, le même genre d'observation, presque les mêmes procédés de travail. L'auteur de *Chien-Caillou* affectait de mépriser le style, mais ne cessait de raturer le sien. Il mit trois ans à écrire *M. Boisd'hyver* et quinze ans à publier son *Histoire de la caricature*. Critique irascible, grincheux confrère, cherchant avant tout comme Flaubert la vérité et le document, il « mettait deux jours à écrire un article et deux heures à écrire un post-scriptum. Il n'avait de facilité qu'en parlant et pour conter avec beaucoup d'esprit des histoires amusantes (2) ». Le directeur du *Corsaire* lui ayant demandé de vouloir bien lui donner « quelques crottes », Champfleury répondit : « Sachez que mes crottes sont taillées comme des perles fines. Il aimait, comme Flaubert, le comique, la grosse drôlerie ; ses *Excentriques* sont pleins de jolis souvenirs personnels. Cherchant comme Zola à se documenter sur place, il revint un jour d'un voyage à Toulouse, regrettant de n'avoir pu prendre des notes sur les femmes du pays et se promettant d'y retourner (3). *Les Souffrances du professeur Delteil* sont l'histoire de sa jeunesse, et

----

(1) *Revue anecdotique*, 1855.
(2) Dreyfous.
(3) *Lettres inédites*, publiées par Troubat, *Mercure*.

Chien-Caillou un récit dont il connaissait le héros (1). On représentait Champfleury ramassant des trognons de chou, examinant des épluchures de carottes, analysant de la bouse de vache (2).

La critique ne fut pas toujours unanime à reconnaître les prétentions du soi-disant inventeur du réalisme. Dès 1855, le *Figaro* protestait.

« Que reste-t-il à M. Champfleury? disait-on. Le bénéfice d'une grosse méprise de ses contemporains. On a voulu voir en lui le chef d'une école prétendue réaliste, et que nous appellerons, nous, s'il était permis de faire un si monstrueux barbarisme, l'école trivialiste. Au surplus, le silence commence déjà à se faire autour de ce nom dont le passé date d'hier. Qu'un véritable romancier surgisse, et M. Champfleury, qui se croit peut-être le Christophe Colomb du Réalisme, n'en sera peut-être pas même l'Améric Vespuce (3) ! »

Ce qui est sûr, c'est que Champfleury a toujours sincèrement recherché la vérité et la bonne observation. La fin des *Bourgeois de Molinchart* est d'un amer moraliste. Fureteur et paperassier comme Flaubert et plus tard Daudet, il notait tout, faits et lectures ; et, au bout d'un an, il accumulait « tellement de sujets, de types, d'études et de portraits, qu'il ne s'y reconnaissait plus (4). »

Champfleury haïssait, comme Flaubert, les verbes

(1) DUSOLIER, *Nos gens de lettres*, p. 309.
(2) *Revue anecdotique*, 1er mars 1859.
(3) *Ibid*, 16 septembre 1855.
(4) *Souvenirs et portraits*, p. 243.

auxiliaires. « Je lisais dernièrement, dit il, les *Confessions* de Rousseau et je ne m'inquiétais guère d'éplucher les fautes, car je les crois nécessaires à un bon livre. En copiant un passage dont j'avais besoin pour ma citation, je trouvai dans une phrase le verbe avoir répété huit fois (1). »

Ailleurs, citant une phrase de Villemain, il lui reproche d'abuser des *qui* et des *que*, et il l'appelle pacha à plusieurs *que*.

En dehors des questions de forme, l'auteur de *Chien-Caillou* avait, en somme, la même méthode de travail que Flaubert, les mêmes procédés, les mêmes buts d'observation. En prenant parti pour Flaubert à l'occasion du procès de *Madame Bovary*, Champfleury défendait donc un peu lui aussi ses propres idées et sa propre cause. On a raconté tout cela. Nous n'insisterons pas. Champfleury écrit, d'ailleurs, à Flaubert, à propos du procès de *Madame Bovary* :

Gazette de Champfleury.

Mon cher confrère,

Si vous voulez bien vous donner la peine de passer lundi, je serai chez moi jusqu'à midi, et je serais très heureux, si vous m'annonciez un acquittement, car la publication à l'étranger n'est qu'une demi-publicité, et je regarde comme très importante la mise en vente en France d'un livre à son heure.

(1) *Le Réalisme*, p. 244.

Je sais bien que votre roman sera publié en France, un jour ou l'autre, mais j'aurais préféré demain plutôt qu'après-demain. Vous étiez (même en dehors du procès) dans de merveilleuses conditions de succès. Il ne se dessine d'homme neuf ni dans les arts, ni dans les lettres ; et, *dans le mouvement qui ne tardera pas à se faire,* vous apportiez une œuvre en dehors des publications de feuilletons, un livre écrit avec amour et à loisir. Voilà ce qui était curieux à étudier. J'espère toujours en une lueur de justice.

Croyez-moi, mon cher confrère, votre tout dévoué,

CHAMPFLEURY (1).

Ce que Champfleury écrit à Flaubert à propos de *Salammbô* est beaucoup plus intéressant. Il blâme Flaubert de s'être donné tant de mal pour un public incapable de le comprendre, et il termine en formulant son opinion sur les *Misérables :*

Mon cher confrère (1),

En vous remerciant du livre que vous avez bien voulu m'envoyer, permettez-moi de m'exprimer en toute franchise. C'est vous dire l'estime que j'ai pour votre caractère.

(1) Dossiers Tanit.
(2) *Ibid.*

J'ai lu *Salammbô*, comme on doit le lire, à tête reposée et sans y chercher ce que croyait trouver le public de *Madame Bovary*. Et tout d'abord, je me rends compte de la surprise de la critique légère, qui voulait être émue et intéressée par les procédés habituels.

Il est fâcheux qu'à l'avance vous n'ayez pas indiqué le fossé qui séparait les deux œuvres, et c'est ce qui amène les nombreux bêlements des moutons qui, ne pouvant franchir la distance entre *Madame Bovary* et *Salammbô*, geignaient sur tous les tons.

Jacques le fataliste, pour prendre un exemple, n'était pas lu par les mêmes gens pour qui était écrit l'*Essai sur le régime de Claude*.

Nous sommes à une époque où le romancier, étant tenu d'être une sorte d'encyclopédiste, peut se permettre d'aborder toute espèce de sujets les plus divers ; mais vous avez jeté dans la gueule du gros public un morceau trop substantiel.

Les fortes qualités qui se retrouvent à chaque page dans *Salammbô* ont été amoindries par l'encadrement romanesque. Une monographie carthaginoise eût pu renfermer tout ce que votre livre contient de beautés, et même le roman s'y fût facilement plié ; mais il fallait s'adresser directement au public savant et ne pas vouloir faire manger de beefsteaks à de trop jeunes dents.

Comment se peut-il que l'horrible public, qui va voir jouer cinq cents fois cette ineptie d'*Orphée aux enfers*, lise avec le recueillement que votre œuvre exige, des études antiques qui vous ont demandé tant de travaux? Soyez certain que, si le même public a lu *Madame Bovary*, il n'a tenu compte ni de la recherche du style, ni des observations minutieuses, ni même du drame; il a entendu parler d'un scandale, de procès en police correctionnelle, et cela lui suffit.

Je ne sais si vous goûtez les *Misérables*. Pour moi, c'est un livre réconfortant et plein de substance. Victor Hugo me paraît avoir profondément étudié les aspirations modernes, en publiant ce beau roman trente ans après le *Notre-Dame*. Il a abandonné le romantisme et ses combinaisons historiques un peu forcées, pour entrer de plain-pied dans la réalité, et cela sans perdre une seule de ses grandes qualités.

. . . .

Pardonnez-moi ma franchise et croyez-moi votre tout affectueux confrère,

CHAMPFLEURY.

14 septembre 63.

En résumé, malgré les lettres louangeuses qu'on trouve dans l'édition Conard, il semble bien démontré que l'auteur des *Bourgeois de Molinchart* n'a pas tout à fait sincèrement aimé l'œuvre de Flaubert.

CHAPITRE III

La lecture des volumineux dossiers que nous avons sous les yeux montre l'inépuisable bonté de Flaubert, non seulement pour ses amis intimes, comme Bouilhet, Poittevin, Du Camp, Gautier et Feydeau, mais pour de simples et récents admirateurs, comme Champfleury et le fameux Philoxène Boyer, qui lui adresse le billet suivant :

Mon cher ami,

Si vous êtes toujours de ceux qui veulent me soutenir en mon métier de parleur, vous serez bien bon de m'envoyer par l'être ci-joint vos dix francs de bon concours pour le présent mois. Sans votre aide, je ne saurais comment payer ma salle où, pour la seconde fois, la plus chère viendra m'entendre.

J'espère vous voir ce soir : j'en aurai un peu

plus d'esprit, car j'aurai beaucoup plus de bonne
volonté.

Votre

Philoxène BOYER (1).

Ce Philoxène Boyer fut un des types les plus curieux
de la bohème romantique. Flaubert devait aimer ce
colossal maniaque de science et de lectures, qui eût
fait pâlir Bouvard et Pécuchet. Venu à Paris à dix-
neuf ans, fraternellement uni avec Banville (2), érudit
insatiable, sachant le grec, le latin, l'anglais, l'allemand, excellent poète, généreuse nature, doux, poli,
bien élevé, mal vêtu (3), Philoxène eut son moment
de célébrité avec sa *Sapho*, à l'Odéon. Il en profita
pour manger sa fortune, en offrant des dîners à ses
amis (« Veuillez assister à l'exécution de la crémaillère
destinée à être pendue »), et finalement, il fut réduit
à donner des leçons de latin et à faire des conférences
sur Shakespeare, pour nourrir sa femme et ses filles.
Il mourut à quarante ans, vieilli, courbé, en cheveux
blancs, épuisé par la lecture et le travail.

La toilette et les accoutrements de Philoxène
étaient légendaires. Un soir, chose inouïe, il arrive au
foyer du Palais-Royal, vêtu d'un habit noir qu'il
venait d'acheter au Temple, un superbe habit, mais
si étroit, qu'il n'osait pas remuer, de peur de faire
craquer les coutures. Cris d'admiration de ses amis.

(1) Dossier Tanit.
(2) *Mes souvenirs*, p. 262.
(3) *Souvenirs et anecdotes*, par les frères LIONNET.

Théodore Barrière lui demande : « Combien as-tu
payé cet habit? — Devine! dit Boyer. — Trente
francs? — Non. — Vingt? — Non. — Quinze? —
Non. Dix francs tout juste. — Juste, c'est le cas de
le dire, ajouta Barrière en riant. Ce n'est pas cher;
cent sous de plus et tu le boutonnais (1). »

Ami de Sainte-Beuve, Gautier et Vacquerie, Philoxène Boyer ne quittait pas Banville et, comme
Flaubert, il adorait Victor Hugo. Il se repentit un
jour amèrement d'avoir froissé le grand poète, en
écrivant, avec l'auteur des *Cariatides*, une pièce de
vers en l'honneur de l'Empire (2).

Philoxène Boyer eut pour Flaubert une admiration sincère. Il lui demandait communication des
épreuves de ses livres, et Flaubert les lui envoyait,
comme le prouvent les deux billets suivants de Philoxène (Dossiers Tanit) :

Mercredi, 5 novembre.

Mon cher ami,

Le 1er décembre j'entre en fonctions de critique au *Nord*, qui devient un journal parisien.
Il me serait bien doux de consacrer mon premier
article à un esprit que j'admire et que j'aime.
Votre livre sera-t-il paru à cette date? Si oui,
pourrez-vous m'en communiquer les épreuves,
afin que j'aie le temps de la réflexion, et que je

---

(1) *Mémoires* de LASSOUCHE, p. 189.
(2) *Lauriers et cyprès*, par AUDEBRAND, p. 64.

ne m'exprime pas à la légère sur une œuvre profondément méditée. Si votre réponse est affirmative, vous allez me rendre bien heureux.

Et puis dites-moi donc à quelle heure je pourrai aller causer avec vous sans vous déranger. J'ai grand besoin, triste et malade comme je suis, de l'appui et de l'entrevue des forts.

A vous de tout cœur,

Philoxène BOYER.

95, boulevard Beaumarchais.

Jeudi.

Mon cher ami,

J'ai passé tous ces jours dans une grande souffrance et de trop grands embarras. Sans cela je vous aurais déjà supplié de me donner de la pâture. Je vous remercie mille fois de m'avoir prévenu. Mais vous me frustrez d'une feuille. Je n'ai pas lu la dixième et j'ai besoin de tout lire et de tout relire.

A bientôt, mon cher ami. Je vous aime et je vous admire.

Philoxène BOYER.

Dans cinq jours j'irai vous voir et vous montrer ma critique. Critique, cela ne veut dire avec vous qu'enthousiasme. Je vous envoie un curieux article américain sur *Madame Bovary*. Vous verrez que ces Yankees sont moins bêtes que les Parisiens du boulevard.

P. B.

Tant d'empressement devait toucher le bon Normand, toujours enclin à l'indulgence pour le talent de ses amis. Cette faiblesse n'allait pourtant pas jusqu'à l'aveuglement. Ainsi Flaubert a très bien vu les défauts de Renan, qu'il aimait beaucoup et avec qui il était très lié. Il ne reste dans les dossiers Tanit que quelques billets de Renan sans grand intérêt. Flaubert lisait toujours attentivement les œuvres de Renan. « Il est encore en progrès », disait-il à propos de l'*Anté-Christ*. Il loue le style, tout en faisant remarquer qu'il manquait d'arêtes. Il lui écrit, à propos de la *Prière sur l'Acropole* : « Je ne connais pas une plus belle page de prose. » Les *Carnets inédits*, publiés par Louis Bertrand (1), contiennent à ce sujet des remarques piquantes. Flaubert souligne quelques phrases de la dédicace de *Saint Paul* et blâme cette tournure : « La compagne fidèle qui ne retire pas sa main *de celle qu'elle* a une fois serrée. » Le livre de Renan sur sa sœur Henriette paraissait à Flaubert « vague et abstrait ». Il eût voulut connaître « la taille, la figure, l'habillement » de Mlle Renan. « Mais rien ; c'est une généralité ; cela devrait s'appeler : le moral de Mlle Renan (2). »

(1) *Gustave Flaubert* p. 268.
(2) Taine, *Correspondance*, II, p. 235.

Certains amis de Flaubert paraissent avoir plus fidèlement reflété sa tournure d'esprit et son caractère. Le poète Heredia, par exemple, avait bien des points de ressemblance avec l'auteur de *Salammbô*, et l'on s'explique très bien les sentiments d'amitié que le grand romancier témoignait à l'auteur des *Trophées*.

Ceux qui ont connu de près Heredia savent dans quels termes il parlait de Flaubert et avec quelle franchise il avouait ce qu'il devait lui-même au maître de l'épopée carthaginoise. On constate cette indéniable filiation, quand on prend la peine de comparer *Salammbô*, non seulement avec les sonnets d'Heredia, mais surtout avec la préface de sa traduction du *Journal de Bernal-Diaz* (1). Cette préface inspirait tant d'enthousiasme à Flaubert, qu'un jour, à Chenonceaux, debout sur une table, il se mit à déclamer quelques-unes de ces pages qui font si étonnamment revivre l'attente des conquistadors, les veillées nocturnes au son des guitares, la foule assoiffée d'or, hidalgos en loques, coureurs d'aventures, capitaines et pirates, dont les atrocités, exagérées par Las Cases, ne furent pas pires que les boucheries des mercenaires ou les exterminations de la guerre de Trente ans, Vallenstein, Mansfelt et Tilly...

Déjà lié avec Théophile Gautier, Heredia connut Flaubert au dîner des Parnassiens et, à partir de 1872,

---

(1) Heredia commençait à publier ses premiers vers, quand *Salammbô* parut, en 1862.

il allait souvent à Croisset et aux réceptions de Paris. Le tempérament de l'auteur des *Trophées*, sa passion pour la poésie, sa sonore cordialité devaient enchanter un homme comme Flaubert. Ils se ressemblaient trop pour ne pas se comprendre et s'aimer (1). Le docteur Pozzi, qui possédait quelques sonnets inédits de Heredia, racontait que le poète déclamait ses vers, la nuit, en se promenant dans sa chambre, comme Flaubert. « C'était sa manière de composer, » dit Claretie. Ce n'est pas exact. Heredia composait ses sonnets posément, la plume à la main, à force de corrections et de ratures. C'est seulement quand ils étaient finis qu'il se mettait à déclamer ses vers.

Comme nous l'avons rappelé dans nos *Souvenirs de la vie littéraire*, Heredia admirait sans restriction l'œuvre entière de Flaubert et ne cachait pas son goût particulier pour *Bouvard et Pécuchet*. « Si Flaubert avait pu achever ce livre, nous disait-il, nous aurions eu notre *Don Quichotte*. » Ce rapprochement n'a rien d'exagéré. Un écrivain espagnol, M. Unamuno, qui certainement ignore ce détail, a insisté lui aussi sur la parenté de *Bouvard et Pécuchet* avec le célèbre chef-d'œuvre de Cervantès ; il trouve que les deux bonshommes de Flaubert, comme Don Quichotte et Sancho, « sont profondément tragiques », bien que « comiques à première vue (2) ».

Quelques billets d'Heredia, que nous choisissons

(1) Cf. Miodrac IBROVAC, *José Maria de Heredia*, p. 129.
(2) *Pages choisies* de UNAMUNO. Édit. Pavolosky.

dans les dossiers Tanit, montrent dans quel étroit échange de pensées il vivait avec Flaubert :

Mercredi.

Cher maître,

Le mauvais état de mes yeux me force depuis plus de quinze jours à garder la maison et m'a privé du plaisir d'aller passer, dimanche, quelques instants avec vous.

C'est demain la mi-carême et le bal d'enfants que vous avez désiré voir et où je serai heureux de vous accompagner. Vous seriez bien aimable de venir me prendre vers deux heures. Nous fumerons un cigare et, à trois heures, nous irons, de compagnie, admirer quelques jolis museaux de bébés, qui nous mettront du rose et du bleu dans l'âme.

Adieu, cher grand Flaubert, je vous serre affectueusement et respectueusement les mains.

J.-M. DE HEREDIA.
14, rue de Berry.

Heredia acceptait toujours avec joie les invitations de Flaubert :

Biarritz.

Cher grand Flaubert,

Je trouve, en rentrant d'Espagne, votre aimable lettre, votre affectueux souvenir. Votre amitié m'est chère, je vous en remercie du meilleur de mon cœur.

Je pars demain avec tout mon monde. Je serai à Paris le jour de la Toussaint au matin. Le lendemain, jour des Morts, je partirai pour Rouen, par l'express de 8 heures ; j'y serai à 10 h. 40. Je tâcherai, avec une bonne voiture, d'aller à Bon-Secours immédiatement et d'être à midi à Croisset, pour déjeuner avec vous, si cela ne change rien à vos habitudes et à celles de Madame votre nièce. Mais je ne pourrai accepter l'hospitalité nocturne que vous m'offrez si cordialement. A peine rentré à Paris, j'aurai mille choses à y faire.

Envoyez-moi, rue de Berri, un petit mot pour me faire savoir si cette combinazione vous va. J'ai lu *les Rois en exil*. Je lis *Nana*. Nous en causerons, et de B... et P... Vous voyez que je n'ose même pas prononcer ces deux noms fatidiques. Adieu, merci. Je vous aime et vous embrasse tendrement et respectueusement,

J.-M. DE HEREDIA.

Voici enfin le dernier billet d'Heredia à Flaubert :

22 avril.

Cher grand Flaubert,

Je suis bien heureux que mon bouquin vous ait fait passer quelques bons moments, et il me tarde .

bien que vous soyez de retour. J'ai été fort malade
d'un phlegmon au cou, ce qui vous explique le
retard de ma réponse. Quinze jours d'une fièvre
atroce. Le coup de bistouri a été une délivrance.
D'ailleurs, cet hiver a été détestable pour nous.
Ma femme l'a passé tout entier dans les angoisses
d'une maladie nerveuse, qui avait horriblement
attristé la maison. Enfin, nous voici, je l'espère,
hors de cet *estrif*, comme dit le bon capitaine
Diaz. Vous·serez bien gentil de me prévenir de
votre retour. Avez-vous poussé le roman? Avance-
t-il? Vous avez rudement travaillé ; nous n'aurons
qu'à nous réjouir en le lisant.

Je viens de relire avec enthousiasme l'*Éducation*, que j'ai beaucoup plus goûté que lors de son
apparition.

Adieu, cher grand Flaubert, portez-vous bien,
faites un beau livre et songez quelquefois à ceux
qui vous admirent et vous aiment comme

J.-M. DE HEREDIA.

Toujours mécontent de son propre travail, Flaubert éprouvait une vraie joie à découvrir le talent
d'autrui et à tendre la main à un inconnu. L'histoire
de Pecméja est intéressante à cet égard. Chef de
bureau aux Affaires étrangères, ce Pecméja venait de
publier un petit roman intitulé *Rosalie*, aujourd'hui

introuvable, qu'il envoya à Flaubert. La réponse ne tarda pas. Flaubert lui écrit que ce roman est « une chose exquise, à la fois simple et forte, une histoire émouvante comme celle de Manon Lescaut, moins l'odieux Tiberge, bien entendu ». Il s'agit d'une pauvre fille qui s'en va à Paris à pied retrouver son amant journaliste. On comprend que ce récit, copié dans la vie, ait séduit Flaubert.

Voici dans quels termes Pecméja, qui était alors à Bucarest, remercie Flaubert de lui avoir écrit cette lettre, qu'il devait donner plus tard comme préface à sa *Rosalie*.

Bucharest, 17 février 1861 (1).

Hier seulement, monsieur, m'est parvenue votre si aimable lettre. J'ai hâte de vous en remercier. Mieux que cela : j'ai besoin de vous dire la joie qu'elle m'a faite.

J'ai couru vite à la signature où j'ai vu briller votre nom. Il n'en fallait pas davantage pour me griser. Justement le nom que j'aurais souhaité d'y voir, si j'avais eu le choix. C'était une bonne fortune inespérée.

J'admets monsieur, que vous croyez à ma franchise et que vous n'attribuez pas ce que je suis si heureux de vous déclarer à un pur désir de représailles courtoises. C'est fort loin de là.

____

(1) Dossiers Tanit.

Enfin, si je me réjouis des faveurs de votre critique, cela ne tient-il pas évidemment à l'autorité qui me les rend précieuses?

Il y a longtemps que je suis préoccupé de vous. Je ne vous connaissais pas encore, lorsque j'écrivis *Rosalie* ; mais depuis l'apparition de votre livre éclatant, je me demandai aussitôt et n'ai cessé de me demander depuis ce que vous penseriez du mien. La réponse que je reçois dépasse de beaucoup mon humble espoir. Vous m'envoyez la croix d'honneur, et ceci vous explique mon allégresse ; je viens d'illuminer.

Quand j'eus le bonheur de vous lire (dans la *Revue de Paris*, d'abord), j'éprouvai à travers mon admiration un véritable étonnement, dans la force originelle du mot, pour ces beautés entièrement neuves, un sentiment de fraternelle sympathie inséparable d'un vif désir d'en connaître l'auteur. Venu si amicalement au-devant de mes souhaits, vous me trouvez donc tout prêt à vous rendre de tout cœur votre double et trop lointaine poignée de main. Quand pourrai-je rapprocher les distances? C'est ce que j'ignore encore moi-même. Assurez-vous, en tous cas, qu'un voyage, sinon un retour en France, implique une visite à Croisset.

. . . .

Mon pauvre diable de livre avait d'abord

frappé à la porte d'une Revue ; visage de bois.
De là chez la *Presse* où il a fait un an de stage pou-
dreux, pour se voir, au bout de ce laps, flanquer
à la porte avec ignominie, par suite d'instances
un peu vives de l'auteur. Pendant ce temps le
parquet, sous prétexte d'immoralité, me saisissait
un autre livre bien inoffensif pourtant. Ici promesse toujours éludée de Dentu, d'imprimer *Rosalie* comme compensation d'un sacrifice demandé.
Deux ans d'attente en pure perte, au bout desquels je me décide à publier moi-même, à mes
frais. Je ne dis là qu'une faible partie de mes tri-
bulations.

Puisque vous me traitez en ami, et vous faites
très bien, permettez-moi de m'ouvrir à vous comme
si je vous connaissais depuis toujours. Je vous
avouerai donc sans ambages un très vif appétit
de réussite littéraire ; malheureusement pour mes
desseins, la Critique ne paraît pas jusqu'ici vouloir se prêter à favoriser cette passion coupable ;
elle s'obstine à un morne silence et je n'ai aucun
moyen de l'en tirer. De tous nos critiques influents
je ne connais guère que Théophile Gautier (c'est
lui que j'ai revu à Constantinople). Je l'ai prié,
en lui envoyant le livre, de me rendre le service
de dire quelque part ce qu'il en trouverait *(sic)*.
Il n'a pas répondu.

Ma première tentative me paraît donc avortée.

La perte ne serait pas grande ; mais une nouvelle *sortie* aura-t-elle plus de succès ? Je ne vois aucun motif raisonnable de l'espérer. Et puis toujours publier à ses frais, c'est... fatigant...

Donc que faire ? Si je ne craignais d'être indiscret je vous demanderais, cher confrère, un conseil à cet égard, voire un service, mais...

Enfin la bienveillance extrême qui empreint votre lettre m'enhardit et je me risque (c'est votre faute) à réclamer un coup d'épaule, à charge de retour, ajouterai-je, si la distance, le milieu, les conditions où je me trouve ne rendaient pas cette offre dérisoire.

Quoi qu'il en soit, merci du sentiment fraternel qui a mis votre main dans la mienne. Je la serre de tout mon cœur et vous prie de me croire

Tout à vous,

Ange PECHMÉJA,

chef de bureau aux Affaires étrangères, à Bucharest.

Le cas de Jules Lemaître fait mieux connaître encore l'encourageante bonté avec laquelle le Solitaire de Croisset accueillait les hommages et le talent. Jules Lemaître, au début de sa carrière, éprouva pour Flaubert des sentiments d'admiration auxquels il resta toujours fidèle. Professeur au lycée du Havre, le futur critique lisait à ses élèves des pages de *Madame Bovary* et de *Salammbô*. C'est lui qui nous le dit : « A propos de Tite-Live et du *Conciones*, je leur lisais des chapitres de *Salammbô*, pour leur apprendre ce que c'était que la guerre antique ; et je leur lisais dans *Madame Bovary* le discours du conseiller Lieuvain au Comice agricole, pour leur apprendre comment il ne faut pas écrire (1). »

Il est intéressant de savoir que Jules Lemaître lisait *Madame Bovary* ou *Salammbô* à ses élèves ; mais est-ce bien exact et Jules Lemaître ne fait-il pas erreur? « Je me souviens, dit-il ailleurs, dans le même volume, page 280, que mon professeur de rhétorique nous lisait le discours du conseiller de préfecture Lieuvain dans *Madame Bovary*, pour nous montrer comment il ne faut pas écrire, la description du *Comice agricole* pour nous montrer comment il faut peindre, et le siège de Carthage et les batailles de *Salammbô* pour illustrer le *Conciones* et nous donner une idée de la guerre antique. »

Il faudrait choisir entre ces deux récits. Est-ce Jules Lemaître ou son professeur de rhétorique qui lisait du Flaubert à ses élèves, ou ont-ils fait tous deux la même lecture? Nous soumettons la question à Mme Myrriam Harry, qui a publié ce huitième volume des *Contemporains*.

Henri Fauvel étant allé voir, en 1879, l'auteur de *Madame Bovary*, lui signala ce professeur « pas ordinaire qui lisait ses œuvres en classe ». Désireux de connaître un si original universitaire, Flaubert l'in-

<hr>

(1) *Les Contemporains*, 8ª série, p. 5.

vita à déjeuner et causa plusieurs heures avec lui.
« Il était grand et fort, dit Lemaître, haut en couleur,
et ressemblait, avec sa moustache tombante, à un
pirate débonnaire ; il était bon, d'une candide et déli-
cieuse bonté ; il semblait incapable de parler d'autre
chose que de littérature. Il est vrai qu'il le faisait
peut-être pour me faire plaisir. Nous causions tout
le temps littérature contemporaine et classique. Je
crois que nous en causions surtout par exclama-
tions (1).

Flaubert s'intéressa à ce nouveau disciple et, par
la recommandation de Maupassant, alors chef de
cabinet du ministre, obtint la nomination de Jules
Lemaître comme professeur à Alger, « une terre voisine de celles où naquit Salammbô ».

Flaubert « lui fit un jour le grand honneur » de lui
lire « sa Didon à lui, sa femme de quarante ans »,
c'est-à-dire le passage de *Bouvard et Pécuchet* où
Gorju envoie promener Mme Castillon. Un autre jour,
Flaubert lui lut une pièce de Maupassant, qui devait
figurer dans le recueil : *Des vers*. Il parlait avec enthousiasme de Maupassant.

En 1879, Lemaître publia sur Flaubert, dans la
Revue bleue, deux articles « débordants d'admiration
et d'amour », qui figurent dans la huitième série des
Contemporains. Il envoya ces articles à Croisset
avec les billets suivants, que j'extrais des dossiers
Tanit :

(1) *Contemporains*, 8ᵉ série, p. 6.

Le Havre, 24 octobre 79.

Monsieur et cher maître,

Je le vois bien maintenant, je n'ai compris qu'à moitié *Hérodias*. Mais j'ai un autre remords, plus cuisant : j'aurais dû dire bien autre chose de l'*Éducation sentimentale!* Heureusement vous avez des trésors d'indulgence. Eh oui, il y a une belle place à prendre dans la critique, mais ai-je les reins assez forts? Je vous envoie un peu de ma prose des derniers mois : une petite étude sur les poètes contemporains (dans *la Revue*) et deux petits bouts d'articles sur les vers d'un de mes amis et sur Théophile Gautier (dans le *Dix-neuvième Siècle*).

J'ai toujours l'intention d'aller vous voir à la Toussaint, sauf contre-ordre. Agréez, je vous prie, mon cher maître, l'express'on de ma reconnaissance et de mon respect.

Jules LEMAITRE.

Dans un autre billet, Jules Lemaître annonce à Flaubert un second envoi d'articles :

Le Havre, 19 octobre 79.

Monsieur et cher maître,

Vous ne sauriez croire le plaisir que m'a fait

votre bonne lettre, si indulgente et si cordiale. Je vous envoie le second article, avec l'espoir que vous me pardonnerez, s'il contient quelque chose qui vous déplaise. Vous trouverez dans les dernières pages de la *Revue*, quelques humbles sonnets de ma façon, des vers de pédagogue, une espèce d'appendice rimé au *Manuel du baccalauréat*.

Je me hâte de dire qu'il y aura aussi des vers d'un autre genre dans le recueil que je prémédite. Je vous remercie de votre gracieuse invitation. Je compte aller vous voir à la Toussaint, le samedi ou le dimanche. Agréez, monsieur et cher Maître, l'hommage de mon respect affectueux.

Jules LEMAITRE,
Professeur au lycée.

Enfin, dans un dernier billet, Jules Lemaître annonce sa prochaine visite :

Le Havre, 8 octobre 79.

Mon cher Maître,

Mettons *samedi*, si vous voulez (si, par réflexion, dimanche vous convenait mieux, vous n'auriez qu'un mot à dire). Merci pour l'invitation que j'accepte de grand cœur, et pour la sollicitude dont témoignent les renseignements relatifs aux moyens de locomotion (ouf !).

Donc à samedi, et croyez, mon cher maître, à ma reconnaissance et à mon profond respect.

Jules LEMAITRE.

Les éloges du critique touchèrent profondément Flaubert, qui crut lui faire plaisir en l'invitant un jour, avec d'illustres amis de Paris, probablement Daudet, Zola et Goncourt, etc. Lemaître fut désolé de manquer cette réunion. Il exhale son dépit dans le billet suivant (Dossiers Tanit) :

Le Havre, 6 avril 1880.

Mon cher Maître,

Les mots me manquent. J'étouffe de rage. Laissez-moi rugir. Votre billet m'est arrivé au Havre après mon départ, et je l'ai trouvé ce matin à mon retour. C'est ma faute, j'aurais dû vous écrire plus tôt. Je suis plein de colère contre le sort et pénétré de reconnaissance pour votre admirable bonté. Dire que j'aurais pu, moi indigne, être mêlé à vos lieutenants... Mais je ne veux pas y penser. Enfin peut-être une occasion semblable se retrouvera-t-elle un jour, dont vous songerez encore à me faire profiter. J'irai vous voir à la Pentecôte. Ma... va un peu mieux. Elle m'a fait perdre bien du temps. J'achève une assez longue machine sur votre ami Leconte de Lisle, et j'ai d'autres projets, tous superbes.

On vous a trahi. Je sais que ça s'appelle *Bouvard et Pécuchet*. Je ne le dirai pas.

Mon cher maître, je vous offre mélancoliquement l'expression de mon respect affectueux.

Jules LEMAITRE.

J'ai su que, sur une quarantaine de *Marivaux*, les vieillards impurs de l'Académie en ont retrouvé *cinq* pour une seconde lecture. Le mien en est.

Je n'ai pas pu voir Guy de Maupassant. J'ai fait la connaissance de Coppée, qui est drôle et très gentil et qui vous vénère. — J. L.

Flaubert eut des amis dans les milieux les plus divers, parmi les personnes d'opinions les plus opposées. Lui qui ne pouvait entendre mal parler ni du Christianisme ni de Voltaire, il se lia avec le père Didon, cédant à un de ces mouvements de sympathie secrète qu'il avoue dans sa *Correspondance :* « Les robes de moines, dit-il, avec leurs cordelières à nœuds, me chatouillent l'âme en je ne sais quels coins ascétiques et profonds (1). »

Maigre, d'une santé délicate, avant de devenir le robuste moine que nous avons connu, le père Didon

______

(1) *Correspondance*, II, p. 227, 1ʳᵉ édit. Conard.

était un esprit très moderne, de large culture. Professeur de philosophie au couvent de Saint-Maximin, où l'avait fait placer Lacordaire, le père Didon commença de prêcher en 1867, à Saint-Jacques-du-Haut-Pas, puis à Saint-Germain-des-Prés, à Metz, à Toulon, et, en 1877, à Saint-Roch et à Saint-Philippe-du-Roule. Ami de Claude Bernard, au courant de la littérature et de la science, le père Didon prit une part active au mouvement des idées et à la vie publique de son temps.

Flaubert fit sa connaissance un jour, au Salon de peinture, où le dominicain lui fut présenté par Mme Robert des Genettes ; puis Flaubert le revit souvent chez sa nièce, et leurs relations se continuèrent. Flaubert lui envoyait ses livres, et le père Didon admirait son talent, comme le prouve le billet suivant à propos des *Trois contes* :

Cher Monsieur,

Je vous remercie de votre hommage ; vous êtes un maître dans l'art de peindre, de ciseler et de faire vivre les choses. Ces trois petits contes sont trois chefs-d'œuvre. Mon admiration est bien au-dessous de votre grand art ; mais elle vient d'une âme sincère ; à ce titre, elle vous sera agréable, j'en suis sûr.

DIDON,
de l'Ordre de Saint-Dominique.

Paris, mardi soir (1).

(1) Dossiers Tanit.

CHAPITRE IV

Parmi les bons amis de Flaubert, Dumas fils est un
de ceux que l'auteur de *Madame Bovary* tenait en
très grande estime, à qui il écrivait quelquefois et
dont nous ne trouvons cependant dans nos dossiers
que quelques billets insignifiants, Ils se voyaient au
dîner Magny, et leur mutuelle affection pour George
Sand ne tarda pas à créer entre eux un lien de réelle
sympathie.

Ce n'est certes pas l'amour du théâtre qui eût
rapproché les deux écrivains. Après le mémorable
insuccès du *Candidat* au Vaudeville, l'auteur de
Salammbô avait fini par considérer l'art dramatique comme un art inférieur, dont il raillait et
dénonçait les prétendus secrets. La pièce qu'il écrivit
avec Bouilhet vers 1866, une féerie, le *Château des
cœurs*, fut également, comme nous l'avons dit, refusée
par tous les directeurs de théâtres, y compris Offenbach, qui dirigeait alors la Gaieté et qui répondit à
Flaubert le billet suivant :

Théâtre de la Gaieté. Cabinet du directeur.

Mon cher Confrère (1),

J'ai lu avec un véritable intérêt votre féerie. C'est une très bonne chose, vraiment littéraire, mais hélas ! n'offrant pas assez de développement, au point de vue musical.

Or, vous savez qu'à la Gaieté surtout, sous ma direction, la partie lyrique doit prendre une grande importance. Je vous renvoie donc votre poème, à mon regret, et j'espère bien, mon cher confrère, vous prouver un jour combien j'estime votre si grand talent.

Recevez les compliments les plus empressés de votre

Jacques OFFENBACH.

Le mépris de Flaubert pour les secrets de l'art dramatique ne l'empêchait pas de reconnaître le talent de Dumas fils. Dans le récit de sa visite à Croisset, le docteur Fauvel dit que « Flaubert louait sa maîtrise, sa vigueur scénique, toutes géniales, » tout en faisant des réserves sur la prose du polémiste qui venait de publier la *Question du divorce* et chez lequel il ne trouvait pas la grâce aisée et souple que donne l'apprentissage du latin (2).

(1) Dossiers Tanit.
(2) *La Chronique médicale*, 1ᵉʳ août 1908.

Amateur de vérité humaine, malgré ses paradoxes, Dumas fils devait admirer la profondeur d'observation d'un livre comme *Madame Bovary*. Ce qu'il aimait avant tout dans une œuvre, c'était le son du vrai, la sensibilité vivante. Quand il reçut Leconte de Lisle à l'Académie, il lui reprocha d'avoir « immolé l'émotion personnelle, vaincu la passion, étouffé le sentiment », ce qui indignait l'auteur des *Poèmes barbares*, « qui croyait avoir mis tant de larmes passionnées dans ses œuvres (1). »

Dumas fils poussait l'amour du réel jusqu'à transporter au théâtre les événements de sa propre vie. *La Dame aux camélias*, *Diane de Lys*, le *Demi-Monde*, sont des histoires vécues par lui. (Dumas père se chargea de l'apprendre au public.) Un boulevardier, le comte de Briges, disait même, à propos de *Diane de Lys* : « Il paraît qu'il en est de cette pièce comme de la *Dame aux camélias;* ce serait, au fond, l'histoire d'une des maîtresses de l'auteur. Ah ! çà ! quand M. Dumas n'aura plus de maîtresses, il ne fera donc plus de pièces (2) ! »

Dumas fils adorait *Manon Lescaut* et les *Scènes de la vie de bohème*, parce que c'étaient des romans vrais, et il disait qu'il donnerait tous ses livres pour avoir fait la *Chanson de Musette*. Avide de psychologie, curieux de la vie des autres, conseiller des crises d'amour, confident de ménages en détresse, le

(1) *José Maria de Heredia* (t. I, p. 373), par MIODRAC.
(2) *Alexandre Dumas à la Maison d'or*, p. 213.

besoin d'étudier le cœur humain était si sincère chez
Dumas fils, qu'il lui a inspiré un livre, trop peu connu,
le Régent Mustel, qui est une véritable curiosité psychologique. « Rien de surprenant, lui disait un ami,
que vous soyez si fort sur le chapitre des infidélités,
avec tout ce que les femmes vous racontent. —Ce n'est
pas ce qu'elles me disent, qui est intéressant, repartit
Dumas, c'est ce qu'elles ne me disent pas (1). »

Dumas fils a été sincèrement aimé de tous ses
amis. Il poussait la délicatesse jusqu'aux plus fines
nuances. Lacretelle raconte qu'un jour l'arrivée du
célèbre auteur dramatique à Monceaux, chez Lamartine, causa une telle rumeur, que le poète dut inviter
bien du monde à dîner pour leur montrer son grand
ami. Celui-ci, qui voulait qu'on vînt uniquement pour
Lamartine, affecta de ne pas dire un mot pendant
tout le repas et ne causa à mi-voix (lui ordinairement
si brillant) qu'avec le grand poète. Tout le monde
fut dépité, et Lamartine convenait qu'il lui avait
donné une leçon (2).

L'auteur du *Demi-Monde*, comme Flaubert, n'était
jamais content de ses propres phrases et ne cessait
de raturer son style, mettant parfois douze mois à
faire une pièce. Il refit trois fois la longue préface qu'il
publia en tête de la *Recherche de la paternité* de Gustave Rivet « et, à chaque refonte, dit Maurice Dreyfous, cette préface devenait supérieure encore ». Dumas

(1) Jules JANIN, *Alexandre Dumas*, p. 91.
(2) *Lamartine et ses amis*, p. 225.

fils n'était pas encore satisfait de sa troisième version ; il la refit de fond en comble sur les épreuves. « Non content de parachever ce travail long et ardu, il m'envoyait à chaque instant des lettres où il s'excusait du temps qu'il me faisait perdre et des frais qu'il m'occasionnait par ces corrections. Il ne faut pas m'en vouloir, m'écrivait-il, car je pense que lorsqu'on fait quelque chose, il faut tâcher de le faire le mieux possible. »

Ces laborieux scrupules n'empêchaient pas Dumas fils d'improviser la *Princesse de Bagdad* en sept jours et de blâmer les ratures de Flaubert. « Il varlope une forêt, disait-il, pour faire chaque tiroir de ses meubles. »

Les deux écrivains gardèrent toujours leurs personnalités bien distinctes. Dumas fils aimait à scandaliser le public par l'audace de ses pièces et de ses préfaces. Flaubert haïssait la réclame, jusqu'à refuser la reproduction de son portrait à la presse, et il fut très vexé le jour où Bergerat lui apporta un portrait de lui au crayon, découvert dans une vente de l'hôtel Drouot (1). L'auteur de *Madame Bovary* ne s'était, d'ailleurs, trouvé beau que dans sa première jeunesse. Il eut de bonne heure cette figure couperosée, que Gautier comparait irrévérencieusement à une cerise à l'eau-de-vie tombée dans du feu.

Par un sentiment de pudeur qui contraste avec sa franchise, Flaubert tenait à cacher sa vie autant que son portrait. Renfermé dans son ermitage de Croisset,

______

(1) *Le Rire de Caliban*, p. 78.

il priait ses amis de bien remarquer un point important de sa solitude : pas de femmes, comme dans l'opérette. Un jour, pendant qu'il habitait Paris, une actrice s'avisa de lui envoyer sa photographie en lui annonçant sa visite. Flaubert se contenta de déposer le portrait chez son concierge, en lui disant : « Retenez bien ces traits, et quand cette dame viendra, dites-lui que je suis parti pour le Japon (1). »

Toujours prêt à se défendre et à se donner, Flaubert fut réellement le type du grand honnête homme, le contraire de l'artiste impassible qu'il voulait paraître (2). Sans rancune, malgré ses colères, il n'en voulut pas à Sainte-Beuve de son article sur *Salammbô*. Il se borna à le réfuter, tandis que les Goncourt ne pardonnèrent pas à l'auteur des *Lundis* de les avoir critiqués.

La modération et l'indulgence de Flaubert étaient d'autant plus méritoires, qu'il avait l'indignation retentissante et qu'il *gueulait* ses colères aussi fortement que les phrases de ses livres. Il ne jugeait un style que lorsqu'il avait passé par son gueuloir. Une nuit, raconte Maurice Dreyfous, il travaillait chez lui, faubourg Saint-Honoré, bougies allumées, au cinquième étage ; et il clamait tellement, que les cochers de fiacre, croyant à quelque réunion, sta-

____

(1) MORNAND, *l'Année anecdotique*, p. 216.
(2) Cf. la brochure de Félix FRANK, qui le connut de très près, *Gustave Flaubert, d'après des documents intimes et inédits* (1887), p. 15, 17, 23, 28.

tionnaient devant sa maison, pour attendre les gens de la soirée (1).

Flaubert, on le sait, aimait les grosses plaisanteries, les histoires extraordinaires. Ses amis ne négligeaient aucune occasion de lui signaler les drôleries les plus énormes. Eugène Noël, bibliothécaire à Rouen, lui raconte, à ce propos, dans une charmante lettre, une amusante histoire de chat (Dossiers Tanit).

Rouen, 30 mars 1880.

Il y eut hier huit jours, mon cher maître, que notre ami G. Pouchet me pria de vous écrire l'histoire d'un chat que je lui racontais ; je lui promis de vous l'écrire dès le lendemain ; mais vous savez comment les lendemains passent.

C'était un chat noir superbe ; on l'avait surnommé Robert. Son âge était d'environ dix-huit mois à deux ans. Né dans le grenier d'une ferme, il vivait à l'état sauvage, farouche, insaisissable. Jamais son poil soyeux et luisant n'avait connu le contact de la main humaine ; il vivait en brigand, dévorait les oiseaux, jeunes lapins, jeunes poulets. Le fermier, en vue de s'en débarrasser, avait déjà décroché son fusil. — Donnez-le-moi plutôt, lui dis-je. — Oh ! si vous pouvez l'attraper, je le **veux** bien.

(1) DREYFOUS, *Ce qui me reste à dire.*

J'imagine de changer un grand panier en une véritable ratière ou chatière. Comme ce chat était toujours affamé, la chose réussit très bien. Le voilà donc pris.

Il faisait dans son panier des cris épouvantables dont rien ne saurait vous donner une idée. Je l'emportai chez moi. J'habitais alors la campagne. Je sentais en l'emportant qu'il déchirait et dévorait sa prison. Je n'avais heureusement que quelques minutes de chemin à faire.

J'arrivai au logis. J'entrai dans une petite salle à manger où mon père, auprès du poêle, était occupé à lire le journal.

J'ouvris le panier. La description de ce qui se passa serait impossible, cher maître, même pour vous.

La foudre n'est ni plus rapide, ni plus terrible. Ce fut un bond du panier au plafond, accompagné de roulements de voix formidables. Il nous apparut en même temps aux quatre angles de la pièce, suspendu en l'air et rapide comme un oiseau. La colonne et les tuyaux du poêle cependant nous tombaient sur la tête avec bien d'autres choses. Une puanteur sans nom accompagnait une averse de toutes les matières possibles qui, de la gueule, de l'anus et du reste s'échappaient de l'animal comme par explosion. Les lambris et nous-mêmes et les meubles, tout en était couvert. Cela ne dura pas une seconde, et le chat tombait à nos pieds raide mort, vidé, flasque comme un vieux sac.

Voilà, mon cher Maître, quelle fut l'impression d'un chat sauvage entrant en civilisation bourgeoise, vers le milieu du dix-neuvième siècle.

Poignée de main cordiale et bien à vous,

Eugène NOEL,
Bibliothécaire à Rouen.

La correspondance personnelle de Flaubert offre à chaque instant des traces de semblables histoires, qui montrent bien, quoique indirectement, son vrai caractère. Le besoin de sortir de lui-même, d'échanger à la fois avec ses amis ses idées et ses plaisanteries, enfièvre toutes ses lettres. C'est là qu'on l'entend crier et gémir, s'exalter et s'indigner. C'est dans ces lettres qu'il défend ses opinions, son esthétique, son travail, et c'est par elles que nous savons ce qu'il aimait, ce qu'il écrivait, ce qu'il lisait, ses prédilections ou ses haines littéraires.

Flaubert avait passé sa jeunesse à lire l'*Ahasvérus* de Quinet, qu'il savait par cœur (I), et c'est certainement ce dialogue poétique qui lui inspira sa première *Tentation de saint Antoine*. Les romans de Tourgueneff lui semblaient des œuvres de premier ordre. « Ce Scythe, disait-il, est un immense bonhomme. » Il n'aimait pas Lamartine, il détestait

(I) DU CAMP, *Souvenirs*, p. 229.

la fadeur de *Graziella*, la langue clichée de *Jocelyn*,
et méprisait Musset, auquel il reprochait de n'avoir
chanté que ses propres passions. Il considérait *Télé-
maque* comme le modèle de la mauvaise description
et Boileau comme « un maître homme qui a réalisé
ce qu'il a voulu faire et que ses piètres annotateurs
ont défiguré ». Au fond, la doctrine de Flaubert était
celle de Boileau. « Nous sommes dans la tradition,
disait-il. Il n'y a qu'un Beau ; c'est le même partout.
Ce que j'admire dans Boileau, c'est ce que j'admire
dans Hugo » (*Corresp.*, II, p. 314). Il louait sans réserves *Manon Lescaut* et *Paul et Virginie* et, comme
tout le monde, il adorait Montaigne, en qui il retrouvait ·es propres idées et ses manies. Shakespeare
l'exaltait ; le *Roi Lear* l'enthousiasmait. Il avouait
ne comprendre ni la *Divine Comédie*, de Dante, « œuvre
d'un temps et d'une époque », ni Stendhal, ni Mérimée,
dont il abhorrait les expressions toutes faites. Balzac
l'avait découragé par son mauvais style. Il haïssait
Béranger, vantait Leconte de Lisle et méprisait
Feuillet. Certaines œuvres de Voltaire le ravissaient,
notamment *Candide*, qu'il mettait au-dessus même
de sa réputation. Son culte pour Chateaubriand est
connu ; il eût tout donné pour « quelques lignes de lui ».
Montesquieu est également un des écrivains que
Flaubert a le plus étudiés. Mais sa grande passion fut
toujours Victor Hugo et Gautier.

Au fond, quand on a lu ce qu'il a dit de Buffon, de
Boileau et de Montesquieu, on s'étonne qu'on ait pu
prendre Flaubert pour un romantique. C'est un

romantique, si l'on veut, mais un romantique de sensibilité et d'imagination ; l'artiste chez lui est toujours resté classique. Le *Discours sur le style* était son bréviaire et, comme Buffon, il voyait dans la patience et le travail les deux grandes sources de l'inspiration et du génie.

Célèbre après le procès de *Madame Bovary*, Flaubert n'eut pas de peine à trouver des amis parmi les admirateurs qui l'acclamaient. Il conquit le public et déconcerta la critique ; et, parmi les critiques, personne, il faut bien le dire, pas même Sainte-Beuve, n'aperçut la véritable signification de *Madame Bovary* et la nouvelle école qui allait en sortir. Nul n'eut l'idée de rechercher d'où venaient cette brusque invasion de la sensation brutale en littérature, ce parti pris de « faire sentir presque matériellement les choses » et qui, appliqué pour la première fois à l'adultère, déchaînait un si gros scandale. On ne vit pas que le procédé est contenu tout entier à l'état épars dans l'œuvre de Chateaubriand, surtout dans les *Mémoires d'outre-tombe* et dans le *Voyage à l'Ile de France* de Bernardin de Saint-Pierre. Flaubert isola le filon et en fit son unique procédé d'écrire. C'est en cela que consiste son originalité et c'est ce qui fit de lui le chef de l'école Zola, Daudet, Maupassant, Huysmans, etc. (1).

---

(1) Quand on lit Chateaubriand, on est frappé à chaque page par cette similitude d'idées, de sensations et de tournures. On reste confondu de voir, pour ainsi dire, à chaque ligne naître et se former le style de Flaubert. Sa phrase semble

Ce don de peindre par la sensation et par l'image devait fatalement incliner Flaubert vers la description exclusive. La description, en effet, domine son œuvre et déborde même *Salammbô*, qui n'est, il l'a dit en propres termes, que « l'application à l'antiquité des procédés du roman moderne ». Cette seconde tentative n'alla pas sans difficulté. La première rédaction de *Salammbô* était d'un lyrisme déplorable, s'il faut en croire les détails donnés par Jules Claretie, dans le *Temps* en 1882, sur la lecture du manuscrit, qui eut lieu en présence de quelques amis, au nombre desquels se trouvaient Louis Bouilhet et Bardoux. Flaubert avait fait un poème en prose, une succession de versets comme les *Paroles d'un croyant :* « Et Matho se leva... Et Salammbô répondit... Et Carthage s'endormait... Et les lions en croix rugissaient. Et toujours cet *Et* récité par Flaubert avec la conviction d'un apôtre. « Si tu publies cela, lui dit Bouilhet, qui l'interrompit, tu es perdu. On ne te prendra pas au sérieux. » Le malheureux Flaubert, pâle comme un mort, faillit s'évanouir, puis, bravement, il reprit son manuscrit, le roula, le serra et le refit entièrement, plus prosaïquement, si on peut dire, et plus exclusivement réaliste (1).

moulée sur celle de Chateaubriand. Flaubert n'a pas une image et une expression dont il n'y ait un exemple chez Chateaubriand. Les *Mémoires d'outre-tombe* contiennent non seulement le réalisme de Flaubert, mais *l'écriture artiste* des Goncourt. Nous avons essayé, matériellement et par des exemples, de démontrer cette filiation dans notre volume : *le Mal d'écrire* (p. 38 à 77).

(1) *Gazette anecdotique,* 30 juin 1882.

Ce titre de chef du réalisme, qui fit sa gloire, Flaubert ne voulut pourtant jamais l'accepter.Il ne concevait le réalisme qu'idéalisé par l'art et comme la plus parfaite expression du Beau. C'est pour cela qu'il ne séparait pas le fond de la forme. La réalité n'était rien pour lui sans la forme. « J'exècre ce qu'on est convenu d'appeler le réalisme », écrivait-il à George Sand.

Nous ne referons pas ici l'histoire de *Madame Bovary*, qui mit si violemment en relief la nouveauté réaliste de Flaubert. Le manuscrit fut expédié en mai 1856 à Maxime du Camp et parut cinq mois après dans la *Revue de Paris*, revue très suspecte au gouvernement impérial et dirigée par Du Camp, Laurent Pichat et Louis Ulbach. C'est ce dernier surtout qui fut effrayé par la hardiesse du roman et qui exigea la suppression du fiacre, intervention personnelle dont il a essayé de se justifier dans un de ses livres (1).

Flaubert, qui avait la prétention de disparaître de son œuvre, s'est peint tout entier dans *Madame Bovary*. Emma, c'est lui, c'est son état d'âme, ce sont ses liaisons d'amour, les épisodes mêmes dont on trouve le récit dans ses écrits de jeunesse, ébauches significatives de l'œuvre future, comme l'a très bien démontré M. Paul Louis-Robert (2).

Flaubert s'est toujours défendu d'avoir copié des personnages réels et prétendait avoir tout inventé.

---

(1) *Misères et grandeurs littéraires*, chap. 1.
(2) *Trois portraits normands*, p. 55-58 et p. 18.

Nous avons cependant sur ce point des renseignements précis (1). Delphine Delamare était bien Emma ; le mari a existé ; l'empoisonnement a eu lieu. Jules Levallois a connu Emma, le pharmacien Homais, Rodolphe et le médecin de campagne, et c'est le chirurgien père de Flaubert qui fut appelé pour l'empoisonnement (2). Alcide Dusolier va plus loin : il dit que, si Flaubert a pu écrire un pareil roman, c'est parce qu'il a connu Mme Bovary. « Elle a existé, dit-il, en chair et en os ; » ils « habitaient côte à côte ». Flaubert aurait observé Emma, épiée, suivie, poursuivie, sortant quand elle sortait, l'attendant des heures entières à la porte de M. Lheureux » ; il l'aurait suivie partout, en voyage, en diligence, et il « aurait noté au jour le jour ses faits et gestes (3). C'est inadmissible. Flaubert était incapable d'entreprendre une pareille poursuite.

En somme, Flaubert a bien écrit, en effet, un roman sur des données vraies, mais il y a mis malgré lui son propre tempérament, son âme romantique, ses idées, son caractère, jusqu'à cette haine du bourgeois, qui lui a inspiré la médiocrité de ses personnages et la faillite de leurs passions, et qui réapparaîtra plus implacable encore avec les Dambreuse, les Arnoux et les « 1848 » de l'*Éducation sentimentale*.

----

(1) Cf. Paul-Louis Robert, Georges Dubosc, Cleremblay, Brunon, Georgette Leblanc, Decharmes, Dumesnil, Maynial, etc.

(2) LEVALLOIS, *Mémoires d'un critique*, p. 27.

(3) DUSOLIER, *Nos gens de lettres*, p. 48.

Cette haine du bourgeois fut un des travers les plus singuliers de Flaubert. Il détestait « le bourgeois en blouse comme le bourgeois en redingote ». Quand il se mettait avec Théophile Gautier à déclamer contre les bourgeois, ils atteignaient la fureur, devenaient rouges comme des coqs et se voyaient forcés de changer de chemise (1). Ils eussent été bien en peine de définir ce qu'ils entendaient par bourgeois. « Le bourgeois, disait Flaubert, est celui qui pense bassement... Un homme qui a la haine de la littérature »... C'est dans la politique de l'époque qu'il faut chercher l'origine de cette aversion pour le bourgeois, que partagea la jeunesse sous Louis-Philippe et qui éclate si impitoyablement dans la faction du garde national aux Tuileries, de l'*Éducation sentimentale*.

Les rapsodies de Petrus Borel, stigmatisant les bourgeois « escompteurs et marchands de fusils, et maudissant un monarque ayant pour légende et pour exergue « Dieu soit loué et mes boutiques aussi », déchaînèrent en politique des haines de classes qui devinrent vite des haines d'idées chez les gens de lettres. Nous retrouvons la marque de cette origine même chez Flaubert, quand il va jusqu'à dire que « la cause de notre décadence, le fléau, c'est le bourgeois (2) ».

Conviction ou attitude, cette haine anti-bourgeoise

____

(1) Gustave CLAUDIN, *Mes Mémoires*.

(2) Cf. *Souvenirs d'un hugolâtre*, par Augustin CHALLAMEL, p. 42. A. CLAVEAU a de bonnes pages sur ce sujet, dans son livre : *Contre le flot.*

est commune à tous les romantiques. Roqueplan lui-même, qui était pourtant un homme d'esprit, feignit d'éprouver cette sainte indignation et se croyait obligé, lui aussi, pour épater le bourgeois, de faire des excentricités, de collectionner des bassinoires, de passer chez lui la matinée chaussé de grosses bottes à l'écuyère.

Ce sont naturellement les bourgeois de Rouen que Flaubert détestait le plus. Ceux-ci ne l'aimaient pas non plus, ou plutôt ils l'ignoraient ; et, quand ils le connurent, ils le prirent pour un maniaque. On menait les enfants jusqu'à la grille de Croisset, en leur disant : « Si tu es sage, on te montrera M. Flaubert. » On prétend qu'un bourgeois de Rouen, à qui on demandait son opinion sur Flaubert, répondit : « C'est un original. Aujourd'hui, il est chez lui installé bien tranquillement, et le lendemain il fait ses malles et part pour Carthage. Nous n'aimons pas beaucoup ça à Rouen. »

Tous les amis de Flaubert ne poussaient pas la haine anti-bourgeoise jusqu'à cette violence. Le bourgeois, par exemple, était pour Paul de Saint-Victor un prétexte à plaisanteries plutôt qu'un sujet d'irritation. Saint-Victor aimait les charges d'Henri Monnier, et tout lui était bon pour attiser les feux de calembours et de mots d'esprit qu'il échangeait avec Dumas fils et qui finissaient par fatiguer les habitués du dîner Magny. Flaubert aimait trop Théophile Gautier pour ne pas aimer aussi Saint-Victor, styliste jamais satisfait, qui connaissait à fond sa littérature grecque et écrivait au *Moniteur* de magnifiques feuilletons sur l'art dramatique, parus plus tard en librairie sous le titre des *Deux Masques*. On a critiqué cette prose ; on a reproché à Saint-Victor « d'avoir essayé une foule de mots qui faisaient doucement la sieste dans le dictionnaire ». Cet art de mosaïste n'empêche pas Saint-Victor d'être un somptueux écrivain et, bien que les dossiers Tanit contiennent peu de lettres de lui, nous savons qu'il admirait sincèrement Flaubert, comme le prouve le billet suivant, à propos de *Salammbô* :

Mon cher ami,

Je vous dirai, dimanche, ce que je pense des derniers chapitres. Votre livre mérite le surnom de son pays, *Africa portentosa*. J'en retiens un exemplaire sur papier de Hollande, ne pouvant en avoir un sur peau de lion, comme il conviendrait.

Tout à vous,

Paul DE SAINT-VICTOR.

CHAPITRE V

Ce qu'il y a d'amusant dans la haine que l'auteur
de *Salammbô* avait vouée au bourgeois, c'est que Flaubert, au fond, ne fut jamais lui-même, comme Théophile Gautier, qu'un bourgeois, avec toutes ses qualités
classiques, le goût du sédentarisme, l'esprit de famille,
le culte des amis, le patriotisme final (en 1870).

Traduit en police correctionnelle pour avoir publié
Madame Bovary, c'est en bon bourgeois que Flaubert
présente sa défense (1). Il s'adresse au préfet et, comme
Émile Zola, pour montrer à ses juges qu'il n'était pas
un bohème, mais un partisan de la religion et de
l'ordre, il fait valoir, par l'organe de Mᵉ Sénard, sa
situation, ses relations, la réputation de son père, ses
« racines profondes » dans le pays, son autorité, son
influence bourgeoise.

M. Thibaudet signale justement les colères du Flaubert bourgeois et propriétaire contre les communards

(1) Alexandre ZÉVAÈS, *Les Grands procès littéraires.*

« qu'on aurait dû, dit-il, condamner aux galères, la corde au cou, en simples forçats (1) ».

Quand la perte de sa fortune l'obligea à demander une pension au gouvernement, Flaubert eut à lutter contre le découragement qui l'envahit ; et, pour se résigner, « il relisait sans cesse, dit Maupassant, la fin de la lettre que lui envoyait George Sand pour le remonter : « J'espère bien, mon vieux, que tu ne vas pas regretter ton argent, comme un bourgeois (2). »

L'hostilité de Flaubert contre les bourgeois semble cependant s'être bien adoucie vers les dernières années de sa vie. Quand George Sand, convertie, elle aussi, aux idées saines et morales, lui disait : « C'est l'épicier qui a raison, » le romancier finissait par répondre : « Oui, il est peut-être dans le vrai. » Il se défendait de vouloir mettre la littérature au-dessus de tout. « Je ne suis pas si cuistre, écrivait-il à George Sand, que de préférer des phrases à des êtres. » Il citait et admirait un trait de la vie de Dickens. Le grand écrivain anglais, se promenant dans Londres avec un ami, s'était rué sur un homme qui maltraitait un enfant, avait rossé l'homme, consolé et embrassé l'enfant (3). Enfin, Flaubert paraissait à peu près réconcilié avec la bourgeoisie, quand il écrivait à George Sand que les choses changeraient, s'il y avait

(1) *Gustave Flaubert*, p. 189.
(2) Roujon, *Galerie des bustes*, p. 16.
(3) Frank, *Gustave Flaubert d'après des documents inédits*, p. 14.

dans chaque commune « un bourgeois qui ait lu Bastiat et qui fût respecté ».

L'auteur de *Salammbô* était un être d'une sensibilité si prodigieuse, un tempérament si vibrant de réalités et d'aspirations, qu'on pourrait faire de lui un portrait très ressemblant et pourtant parfaitement contradictoire.

Dans un livre allemand peu connu en France : *Gustave Flaubert et sa « Tentation de Saint Antoine », contribution à la psychologie de l'art,* le docteur Theodor Reik a essayé d'appliquer les théories du Freudisme à l'auteur de *Madame Bovary*. M. Reik reproche à Flaubert d'avoir allié la rêverie au sadisme (p. 125), d'avoir eu pour sa mère des sentiments équivoques ; d'être un fanfaron d'impuissance, un maniaque de luxure, un amateur de libertinage et de prostitution ; il le compare à Schâabarim et il fait de sa mère une déesse de Carthage (p. 140). M. Reik n'apporte, bien entendu, ni texte ni documents nouveaux ; il s'est contenté de dépouiller la *Correspondance*, les œuvres de jeunesse, les *Mémoires d'un fou* ; et, à l'aide de citations choisies, il arrive à donner l'idée la plus fausse qu'on puisse avoir de Flaubert. Il y a, en effet, chez Flaubert, un cynique, un sensuel, un crieur de paradoxes (Néron, Sade, Héliogabale, *Carnet de voyage*, notes, etc.) ; mais il y a aussi autre chose et il y a même tout le contraire. Le tort de M. Reik est d'avoir passé sous silence tout ce qui pouvait contredire sa thèse. Il ne serait pas difficile, en choisissant d'autres textes, de montrer que Flaubert fut

toute sa vie un sentimental et un romanesque et que
c'était même là le fond de sa vraie nature. Zola
s'étonnait de constater chez lui « l'idéal d'un amour
sans fin » *(Romanciers naturalistes)*, en même temps
qu'un étalage de gauloiseries et de crudités agressives.
Flaubert se peignait tout entier, quand il formulait
son rêve : « Une femme, un amour, toujours le
même (1). » Daudet le définissait : « Un cynique avec
les hommes et un sentimental avec les femmes. »
« Il n'y a pas d'homme plus moral, lui disait Bouilhet,
ni qui aime plus l'immoralité que toi. Une infamie te
réjouit. » Flaubert protestait contre la réputation
qu'on lui faisait. « Je passe, écrivait-il à Amélie Bosquet, pour n'avoir aucune espèce de sentiment, pour
un farceur, un coureur de filles, un Paul de Kock
romantique, » et il confesse qu'il est timide, qu'il a
aimé profondément, sans retour, dominé par un irré-
sistible besoin d'idéal. « On se méprend toujours sur
moi. Je suis plus élégiaque qu'on ne croit. » — « Sans
l'amour de la forme, dit-il encore, j'aurais été un
grand mystique. » Il admire à Athènes un sein de
marbre sur lequel « on se serait roulé en pleurant ».
Il avoue à Mlle Bosquet ses illusions, sa foi dans
l'amour, son épouvante du bonheur... Il a « une
chambre royale dans le cœur, mais il « l'a murée.
« Je suis un mystique, et je ne crois à rien. » Il écrit
des lettres de tendresse exquise à Louise Colet *(Corresp.*, I, p. 249). « N'as-tu pas vu, lui écrit-il, en 1854,

____

(1) GONCOURT, *Journal*, 1876, p. 277.

que toute l'ironie dont j'assaille le sentiment n'était qu'un cri de vaincu, à moins que ce ne soit un chant de victoire. »

Ses amis connaissaient bien ce Flaubert. « Je me rappelle qu'une fois, chez lui, M. Émile Zola voulait obtenir de lui une adhésion formelle pour son idée complètement crue et antisentimentale de l'amour. Il disait de l'amour purement physique, de celui que domine la jupe : « N'est-ce pas, au total, il n'y a que « ça? » Et Flaubert, se promenant et se dandinant dans la chambre avec son vaste pantalon turc, répliquait, de son air le plus bonasse : « Oui, il y a de ça. » M. Zola, féru de sa pensée, reprenait : « Oui, oui, il « n'y a que ça ! » Et Flaubert, de répondre encore : « Oui, oui, il y a de ça ! » L'auteur des *Rougon-Macquart* dut se contenter de cet écho passablement altéré. Y fit-il attention? Je l'ignore. Moi, cela me frappa, ce paisible entêtement dans l'expression d'une nuance qui était une contradiction (1). »

Flaubert a créé des types de pureté inoubliable, la petite Louise de l'*Éducation sentimentale*, et cette Mme Arnoux, vivant souvenir, dit-on, de la femme qu'il avait aimée à Deauville, au point de « passer trois ans sans sentir son sexe (2) ». Félix Frank rappelle la belle page sur Mme Arnoux et l'amour de Frédéric Moreau, « sans arrière-pensée, sans espoir de retour... avec une envie de se sacrifier, un besoin

---

(1) Félix FRANK, *Gustave Flaubert d'après des documents intimes et inédits*, p. 28.

(2) Marie Schlesinger.

de dévouement immédiat... » Est-ce du Freudisme,
tout cela?

La vérité, c'est que, dès ses plus jeunes années,
Flaubert fut un exagérateur et un passionné. L'expérience ne le changea pas, ne le guérit jamais, mais le
calma. Tranquille, désabusé, il mit « en bouteille ses
sentiments » et, spectateur de lui-même, il écrivit
Madame Bovary et l'*Éducation sentimentale*, où il s'est
peint, sans le savoir, tel qu'il était dans sa jeunesse (1).

Quant à son goût pour la courtisane (Aspasie, Cléo-
pâtre, Rolla, Marion Delorme), c'est encore un travers
commun aux romantiques, comme la haine du bourgeois.

La thèse de M. Reik ne doit donc pas être prise au
sérieux. Tout ce qu'il reproche à Flaubert, on pourrait
tout aussi justement le reprocher à Gautier, qui fut
cependant un homme parfaitement équilibré, de
corps et d'esprit. Avec sa vantardise de faux dé-
bauché, Flaubert représente tout simplement un
exemplaire frénétique et débordant de cet *homo
duplex* dont parlent les Anciens et que nous portons
tous en nous, comme une contradiction vivante.
Anatole France a bien compris ce caractère, quand il
a dit : « C'était un homme violent et bon, absurde et
plein de génie et qui renfermait en lui tous les contrastes possibles. Sa pensée était une éruption et un

(1) Tout cela a été bien mis en lumière par M. Georges
Dubosc (*Journal de Rouen*, 22 novembre 1890) et par M. Paul-
Louis Robert. « Sans les œuvres de jeunesse, Flaubert est
inexplicable », dit M. P.-L. Robert.

cataclysme. Il avait la logique d'un tremblement de terre (1). »

Revenons à la correspondance de ses amis.

Le grand intérêt de ces lettres, ce sont surtout les opinions et les jugements sur l'œuvre même de Flaubert. On y rencontre parfois des appréciations curieuses et inattendues, témoin cette lettre où Mme Leroyer de Chantepie résume l'émotion profonde que *Madame Bovary* a causée dans certaines âmes féminines de province.

Angers, ce 18 décembre 1856.

A monsieur Gustave Flaubert.

Monsieur,

Abonnée et lectrice assidue de la *Revue de Paris*, j'y lis, depuis sa première publication, votre drame si saisissant de vérité, intitulé : *Madame Bovary*. J'ai vu d'abord que vous aviez écrit un chef-d'œuvre de naturel et de vérité. Oui, ce sont bien là les mœurs de province où je suis née, où j'ai passé ma vie. C'est vous dire assez, monsieur, combien j'ai compris les tristesses, les ennuis, les misères de cette pauvre dame Bovary. Dès l'abord, je l'ai reconnue, aimée comme une amie que j'aurais connue. Je me suis identifiée à son existence,

(1) *La Vie littéraire, Œuvres*, t. VI.

au point qu'il me semblait que c'était elle, que c'était moi. Non, cette histoire n'est point une fiction. C'est une vérité, cette femme a existé, vous avez dû assister à sa vie, à sa mort, à ses souffrances. Pour moi, monsieur, vous m'avez fait voir, je dirais presque, souffrir tout cela. Il y a trente ans que je lis ; toutes les productions écrites pendant cet espace de temps par les meilleurs auteurs me sont connues. Eh bien ! je ne crains pas d'affirmer qu'aucun livre ne m'a laissé une impression aussi profonde que celle que je viens d'éprouver à la lecture de *Madame Bovary*. J'ai moi-même écrit plusieurs romans, je vous enverrai un exemplaire, si vous voulez ; je lis beaucoup et j'ai trop souffert dans ma vie pour ne pas pleurer difficilement et seulement dans les cas extrêmes. Eh bien ! depuis hier je n'ai cessé de pleurer sur cette pauvre dame Bovary ; de ma nuit je n'ai fermé l'œil ; je la voyais toujours et je ne puis me consoler ni me remettre de la commotion violente que m'a causée votre drame. Ceci est peut-être le plus bel éloge que je puisse en faire ; nul auteur ne m'a fait tant de mal et je regrette d'avoir achevé cette lecture ; je crois que j'en deviendrai folle. Ah ! monsieur, où donc avez-vous pris cette parfaite connaissance de la nature humaine? C'est le scalpel appliqué au cœur, à l'âme. C'est, hélas ! le monde dans toute sa hideur. Les caractères sont vrais, trop vrais, car aucun d'eux ne relève l'âme, rien ne console dans ce drame, qui ne laisse qu'un immense désespoir, mais aussi un sévère enseignement. Voici la morale qui ressort de ceci : les femmes doivent rester attachées à leur devoir, quoi qu'il leur en coûte. .Mais il est si naturel de chercher à être heureux ! Dieu lui-même veut le bonheur de ses créatures. Les hommes seuls s'y opposent. Enfin, souffrances pour souffrances, il vaut mieux mille fois souffrir en accomplissant son devoir. J'avais besoin, monsieur, de vous exprimer ce que j'ai ressenti en vous lisant. Recevez donc le faible tribut de mon admiration et croyez à la profonde sympathie avec laquelle je suis, monsieur, votre dévouée (1)

Marie S. LEROYER DE CHANTEPIE,
Auteur de *Cécile*, des *Duranti*, d'*Angélique Lagier*.

Adresse : Mme Leroyer de Chantepie,
Tertre Saint-Laurent, 20

Angers.

(1) *Madame Bovary* eut aussi du succès auprès des âmes simples et chez les personnes du peuple. Les domestiques mêmes de Flaubert appréciaient ce roman. Il eut un valet de chambre qui envoya à la bonne de Mme de Tourbey un exemplaire de *Madame Bovary*, avec cette dédicace étonnante : « A mademoiselle Jeanne, offert par le domestique de l'auteur. » (*Esquisse sur Flaubert intime*, par LAPIERRE, p. 16).

Flaubert a dû être certainement très touché par ce témoignage d'admiration si naïvement douloureux.

Nous avons trouvé dans les Dossiers Tanit beaucoup plus de lettres se rapportant à *Salammbô* que de lettres écrites à propos de *Madame Bovary*. Les principales sur *Salammbô* ont été publiées par l'éditeur Conard. Nous ne nous en occuperons pas.

Mais voici un hommage inattendu, celui d'un poète, d'un pauvre bohème, Albert Glatigny, qui écrit à Flaubert pour lui dire toute la joie que lui donne la réponse à Frœner et l'article de Théophile Gautier :

Mon cher Maître,

Je lis à l'instant, dans *l'Opinion* de samedi, votre amusant feuilleton. Combien j'en suis heureux ! et comme je bats des mains à cette victoire, si gaiement et si vaillamment remportée sur les savants qui n'ont lu que le titre des bouquins dont ils parlent. Tous les artistes sincères, qui ne vous demandaient aucune de ces explications, parce que votre livre leur donnait votre science, sans avoir l'air de les mener à l'école, ont dû être dans la joie en voyant cette réponse superbe. J'ai lu aussi le bel article de Théophile Gautier, et j'ai pleuré de contentement, en trouvant ce grand homme toujours à son poste, la lance au poing et défendant le bon droit. Je suis presque heureux de mon obscurité en des cas pareils. Cette obscurité qui me relègue dans les petits journaux, loin des maîtres que j'admire, me permet aussi de soutenir l'art aimé sur le terrain où on l'attaque le plus, dans le monde des vaudevillistes et des anecdotiers. J'ai mis toute ma joie dans cette tâche, et je vous jure que je ne l'abandonnerai pas. Maintenant que j'ai relu *Salammbô* quatre fois et que l'émotion me trouble moins, je vais essayer de définir plus nettement mes impressions dans un autre article mieux fait et plus calme. Je reviendrai aussi dans le *Boulevard* sur votre livre, à propos des *Miettes de l'histoire* de Vacquerie. Si faible que soit ma voix, elle sera toujours entendue par trois ou quatre honnêtes gens, et c'est tout ce que je veux. Je vous félicite encore et vous serre la main.

Albert GLATIGNY (1).

Toutes les lettres d'Albert Glatigny débordent d'admiration et d'affection pour Flaubert. L'auteur de *Salammbô* avait pris en amitié l'incorrigible comédien improvisateur, ce chemineau de génie, qui trouva, un instant avant de mourir, le repos dans le mariage.

Glatigny n'a pas été le seul bohème qui ait aimé le bon bourgeois Flaubert, et on ne sera pas surpris de rencontrer ici le nom de Villiers de l'Isle-Adam.

(1) Dossiers Tanit.

Ami de Beaudelaire, dont il savourait les excentricités et le satanisme, fanatique de Wagner dont il écoutait la musique « en roulant les yeux avec des gestes de convulsionnaire extatique (1) », l'exalté Villiers a toute la sensibilité de Flaubert, sa haine du bourgeois, le goût de l'Antique, la passion du style, l'amour de l'énormité et de la charge. L'*Ève future* est une conception dans le goût de Flaubert, et on retrouve Bouvard et Pécuchet sous Tribulat Bonhommet, sorte d'Homais macabre et savant, qui veut tuer les cygnes pour voir s'ils chantent avant de mourir, et salir les hermines avec de l'encre pour voir si elles supportent les taches. Certaines parties d'*Axel Akedysseril*, l'*Inde*, etc... font songer à une *Tentation de Saint Antoine* à la détrempe, à laquelle il ne manque que la solidité plastique.

Causeur infatigable, visionnaire passionné d'occultisme et d'histoire, l'auteur des *Contes cruels* n'a pas su donner tout à fait à sa forme la fixité qui fait la durée, bien qu'il atteigne souvent le grand style et qu'il travaillât parfois ses phrases comme Flaubert. « L'art est long, écrivait-il à Baudelaire, et le temps est court. Je le sais aussi bien que personne, moi qui travaille dix heures par jour à faire une page de prose (2). »

On a l'habitude de prendre Villiers pour un méconnu, parce qu'il passa la fin de sa vie dans la misère

----

(1) THEURIET, *Souvenirs de la verte saison*, p. 247.
(2) Lettres publiées par la *Nouvelle Revue*, 15 août 1903.

et qu'il se plaignait de « débuter tous les jours ». On refusait de jouer ses drames ; les éditeurs ne recherchaient pas sa copie. Villiers, cependant, était célèbre. Ses débuts furent retentissants ; il mérita d'avoir des admirations sincères, et il eut même de son vivant la réputation d'un homme de talent, une sorte de Lohengrin des lettres, un écrivain éminemment personnel et original.

Original, il le fut jusqu'à l'étrangeté. Son œuvre révèle une force d'invention et une haine de la banalité qui le classent parmi les esprits tout à fait supérieurs. Dans sa vie et ses écrits, il chercha toujours et avant tout l'originalité ; et Baudelaire, dont il fut le fidèle ami, n'était pas homme à décourager sa manie de vouloir étonner le bourgeois.

Nous trouvons dans les Dossiers Tanit deux lettres de Villiers, spirituelles et pleines d'humour. Dans l'une, il engage Flaubert à ne plus aller voir ses parents ; dans l'autre, il lui demande plaisamment un mot de réclame pour un mystérieux protégé.

Monsieur,

Je ne sais comment vous remercier de votre visite. Vous avez rencontré mes augustes parents, mais comme ils ne connaissent, en fait de littérature moderne, que *Riquet à la Houppe, Nostradamus*, et, sauf votre respect, *M. Belmontet*, vous avez dû vous trouver dans la surprise. N'allez plus là, c'est un coupe-gorge : on assassine les voyageurs dans l'escalier.

Je vis seul et je travaille beaucoup ; je demeure à l'hôtel du Brésil, passage Dauphine. Ceci soit dit, en cas que la pluie vous surprenne aux environs. Si je savais l'heure où vous êtes visible, ce serait pour moi un grand bonheur d'aller vous serrer la main ; car je vous admire, et vous êtes, dans le fond de ma pensée, un poète colossal et l'un des plus grands écrivains qui aient existé. D'ailleurs, vous savez bien ce que je pense, naturellement ; ainsi à quoi bon vous dire tout cela !

Veuillez bien recevoir, de nouveau, mes sentiments de reconnaissance profonde pour les heures que vous m'avez fait passer.

Comte Auguste VILLIERS DE L'ISLE-ADAM.

Paris, 25 mai 64.

Monsieur,

Je viens de recevoir une lettre signée : « Vicomte de Menou, » probablement un descendant du grand législateur indien. Je ne connais pas ce vicomte. Il m'est recommandé, à titre de mourant, par mon ami Catulle Mendès, auquel j'avais montré la lettre si aimable et si flatteuse que vous m'avez fait l'honneur de m'adresser.

Je serais allé vous voir et vous remercier, si j'avais eu moins de mariages, d'imprimeurs et de directeurs de « spectacles » sur le dos. Vous avez dû penser que des empêchements bizarres étaient survenus, ce qui fait que j'ose encore vous écrire. Voici le vœu du jeune homme en question. Il s'agirait d'une lettre de vous, n'importe laquelle ; cette lettre jointe à celles de plusieurs grands hommes, serait imprimée en tête de son livre (qu'il se propose, dit-il, de publier, comme consolation, avant sa mort) et cette lettre ferait acheter ce livre et en augmenterait la valeur aux yeux des l:braires.

Quant à ce qui est de cette conclusion, je n'en doute pas un instant, mais, ne sachant comment s'y prendre, il désire « que, sur l'avis de Mendès, je le recommande à vous » !

Mais... c'est à peine si j'oserais me recommander moi-même ! et je ne sais en vérité que dire et que répondre, si ce n'est cela.

Enfin voilà ce que c'est ; voyez maintenant si vous ne trouvez rien d'énorme dans l'accomplissement de ce que demande « mon protégé ».

Dans tous les cas, ce ne serait peut-être pas une mauvaise action, et il est toujours agréable de rendre service à des gens qu'on ne reverra plus.

Recevez, monsieur, de nouveau, l'hommage bien sincère de ma sympathie et de mon admiration.

Comte Auguste VILLIERS DE L'ISLE-ADAM.
7, rue Saint-Roch.

La publication de *Salammbô* surprit les lecteurs de Flaubert, qui attendaient une nouvelle *Madame Bovary*. Ses propres amis, Edmond About entre autres, n'étaient pas sans inquiétude sur le succès du roman carthaginois. Bouilhet écrit à Flaubert :

J'ai rencontré About. Je me suis promené un peu avec lui (pendant la représentation de la pièce de Camille Doucet, la *Considération*). Il s'est beaucoup informé de toi ; il paraissait inquiet de ce que tu peux faire, comme de raison. Il ne comprend pas comment tu n'aies pas continué ton succès par des études modernes. Je lui ai déclaré que ta machine carthaginoise était aussi vivante qu'une histoire de la rue Mouffetard. Il est devenu rêveur.

Du reste, mon vieux, nous devons nous attendre l'un et l'autre à une vive fusillade, moi pour ma comédie, toi pour ton roman. C'est moi qui vais ouvrir le feu. J'en suis prévenu officieusement (1).

Au moment où *Salammbô* parut en librairie, le bruit courut que l'éditeur Michel Lévy avait payé le manuscrit 30 000 francs (en réalité c'était 10 000). Le chiffre parut scandaleux ; on craignit que le prix du volume ne fût doublé. « A cette observation, écrivait Jules Lecomte dans le *Monde illustré* (4 octobre 1862), nous n'avons à faire aucune réponse,

(1) Dossiers Tanit.

n'étant pas dans les secrets de la maison Michel Lévy.
Si *Salammbô* est marqué 6 francs, ceux qui trouveront ce prix trop haut perché — loueront le livre pour
quatre sous, — ou l'emprunteront pour rien. Il faut
bien croire qu'il s'est pourtant trouvé un grand nombre
de *particuliers* qui se sont accordé les *Misérables* pour
50 francs, puisque les éditeurs belges paraissent si
enchantés. Si le livre de M. Flaubert est attachant,
fécond en émotion, beau de style, il se trouvera bien,
pensons-nous, dix mille individus doués de 6 francs
en trop : — *a destinarsi*, comme disent les Italiens, —
pour s'accorder une jouissance intellectuelle... Nous
n'avons donc rien à ajouter, à la veille du jour où
vont tomber les conjectures. Notre sentiment du
droit et du privilège des lettres nous a seul porté à
répondre, par ces sommaires explications, à des inter-
rogations révoltées contre un chiffre qui, s'il est vrai,
paraîtra, croyons-nous, désormais vraisemblable, —
dans le temps surtout où un tableautin de M. Meisso-
nier, qui coûte six semaines au pinceau photogra-
phique qui l'exécute, est payé bien plus cher que
l'œuvre qui aura coûté six ans de travail et de précieuses recherches à l'écrivain. »

Quand *Salammbô* parut, Mérimée, avec un mépris
qui ne fait pas honneur à son goût, s'excusa d'avoir un
instant feuilleté le nouvel ouvrage de Flaubert : « En
tout autre lieu, dit-il, où il y aurait eu la *Cuisinière
bourgeoise* à lire, je n'aurais pas ouvert le volume (1). »

____

(1) Augustin PILON, *Mérimée et ses amis*, p. 308.

Une lettre de la duchesse de Castiglione nous montre que l'opinion des gens du monde peut être quelquefois plus intéressante et plus juste que celle de certains écrivains célèbres.

L'amie de Napoléon III écrit à Flaubert pour lui dire l'émotion que vient de lui donner ce beau livre :

Naples, Hôtel de la Grande-Bretagne.

Il faudrait votre plume, monsieur, pour vous dire tout ce que m'inspire la lecture de votre *Salammbô*. J'ai longtemps hésité entre la crainte de mal dire et le désir de vous faire parvenir l'expression de mon enthousiasme. Ce dernier sentiment l'emporte aujourd'hui, et sa sincérité en fera supporter l'expression trop imparfaite. Ce sont des heures enchantées, celles que je vous ai dues, et non seulement ce mouvement prodigieux, ces apparitions fantastiques et grandioses m'ont charmée, dans cette création d'une originalité inouïe, mais c'est le grand beau, celui des êtres rares et vraiment doués pour l'art et votre personnalité si énergique, apparaissant au travers de ce spectacle colossal, qui m'ont vivement frappée. Je pense que Théophile Gautier avait bien raison, disant qu'enfin grâce à vous la France avait un poème épique.

Je ne connais pas l'Orient, mais il me semble

que c'est la révélation la plus majestueuse de ce grand passé, dont les pâtres de ce pays ne savent plus rien, que vous avez fait apparaître, en dégageant à la façon de Shakespeare dans *Antony and Cleopâtre*, l'histoire de son fatras, pour lui laisser seulement ce suc des sentiments qui ont animé un grand peuple ou de fortes individualités. Là est l'intérêt pour nous. On est lassé des récits variés, lassé des turpitudes contemporaines, lassé déjà de cette fange au delà de laquelle on ne peut aller, Dieu merci ! mais les âmes fières et passionnées ne se lasseront point des imprécations du Dante, de la douleur de Prométhée et des ardeurs du Cid. Vous avez ajouté une œuvre de plus à tout ce qui m'a émue, transportée. Je vous en remercie, monsieur, et vous prie de croire à mes meilleurs sentiments.

Duchesse DE CASTIGLIONE COLONNA.

Je suis malade depuis trois ans, et attends du climat du Midi l'amélioration. J'espère pouvoir aller à Paris. Il ne m'a pas été possible de me procurer ici vos plus récents ouvrages. Il me semble vous avoir dit ce que je pensais de *Madame Bovary* (1).

(1) Dossiers Tanit.

CHAPITRE VI

S'il est quelqu'un qu'on ne sera pas surpris de voir figurer parmi les plus fervents disciples de Flaubert, c'est Auguste Vacquerie. Tout les rapprochait et surtout leur commune admiration pour Victor Hugo, dont l'auteur de *Tragaldabas* fut l'acclamateur infatigable. Meilleur prosateur que poète, poussant l'imitation d'Hugo jusqu'au pastiche, Vacquerie est l'auteur d'un livre, entre autres, qui fit quelque bruit, *Profils et grimaces*, écrit dans un style solide et sobre, un des bons ouvrages qui aient nettement posé et exposé le programme et l'esthétique du romantisme. Rationaliste anticlérical, Vacquerie, comme Victor Hugo, était plein de superstitions et croyait aux tables tournantes. Le récit des séances de Jersey nous donne la mesure de sa crédulité (1).

Un livre comme *Salammbô* devait répondre aux

______

(1) *Paris qui passe*, par Paul BELON et G. PRICE.

rêves de grandeur épique qui tourmentaient Vacquerie. Son admiration est ici à l'aise ; il se félicite qu'un tel poème ait pu éclater au milieu de l'abaissement où la décadence impériale a jeté la France.

Mon cher ami, écrit-il à Flaubert, merci de votre envoi. J'avais lu votre livre, je l'ai relu. Je suis encore plus ravi que la première fois. Ce qui m'a touché particulièrement, c'est la grandeur. Faire grand, cela est donné à bien peu, surtout dans ce temps où tous ont le dos courbé sous le poids de l'aimable régime que nous portons. La loi est le rapetissement universel. Un maître et trente millions de chiens. La France est devenue un chenil. Défense de lever la tête, de regarder en haut, de voir les astres, se réfléchir à l'idéal, à la mort, au beau, au mystère. En politique, les coups de Bourse ; en librairie, des anecdotes ; au théâtre, des conversations ou des culs de danseuses ; voilà notre vie. Quand la comédie aborde la question sociale et annonce. qu'on va résumer les crimes du parti clérical et absolutiste, on l'accuse furieusement de se faire faire ses discours. Et tout s'émeut, et le parti clérical, à qui l'on n'avait encore reproché que les Saint-Barthélémy, les Cévennes et les Inquisitions, se déclare touché, cette fois, et hurle, et dit que M. Augier passe toutes les bornes. C'est au travers de ces puérilités que vous avez osé jeter votre large étude. Vous êtes trop intelligent pour vous être attendu à un succès unanime. *Salammbô* est presque une insulte pour le public actuel ; elle lui est une mesure de son amoindrissement ; elle lui rappelle qu'il y a autre chose que les cancans de coulisse, elle l'offense dans son esprit et dans ses calembours. N'importe, vous avez frappé un grand coup et qui aura un long retentissement. Ceux que vous n'avez pas convaincus, vous les avez avertis. Malgré eux, ils auront désormais votre voix dans les oreilles. Et, dès à présent, vous êtes compris de tous ceux qui ne consentent pas à l'abaissement intellectuel que nous a fait l'abaissement politique. Je suis de ceux-là, et je vous félicite de *Salammbô*, et je vous en remercie. Après tous les succès misérables et tous les chefs-d'œuvre rampants qu'on admire à quatre pattes et en prenant bien garde de les écraser, c'est si bon et si sain d'admirer debout, la poitrine ouverte aux grands souffles et les yeux dans les étoiles.

A vous de plus en plus,

Auguste VACQUERIE (1).

6 janvier 1863.

(1) Dossiers Tanit.

Vacquerie est heureux de transmettre en même temps à Flaubert les sentiments d'admiration de Victor Hugo :

Mon cher Flaubert, voici un mot que Victor Hugo m'envoie pour vous. Il doit vous dire ce qu'il me dit à moi ; qu'il est dans l'enthousiasme de *Salammbô*. Ce bravo-là couvre tous les autres ; mais je gueule tellement le mien, que vous devez en entendre quelque chose. Croyez au plus cordial et au plus convaincu des serrements de main.

Auguste VACQUERIE (1).

Les écrivains ne furent pas les seuls à s'enthousiasmer pour *Salammbô ;* il y eut aussi des artistes et des musiciens, comme Berlioz, ce grand foudroyé, ce Prométhée de l'art et du rêve. Berlioz est de même « race divine » que Flaubert ; il représente le même effort de réalisation surhumaine. On pourrait appliquer à *Salammbô* ce qu'Henri Heine disait de la musique de Berlioz : « Elle rappelle Babylone, les jardins de Sémiramis, les merveilles de Ninive, » et ce que disait Cherubini : « Elle fait penser au Jugement dernier de Michel-Ange. »

Célèbre en Allemagne, incompris en France, à une époque où Beethoven passait pour compliqué, malade, ravagé par un cancer, inconsolable d'avoir perdu sa

____

(1) Dossiers Tanit.

femme, Berlioz, après l'insuccès des *Troyens*, mena l'existence d'un martyr et d'un spectre et finit par mourir affreusement aux environs de Monaco.

Doués du même tempérament tragique, Berlioz et Flaubert connurent les mêmes crises de passion. « La rencontre de Mme Schlesinger en 1836 (Mme Arnoux de l'*Éducation sentimentale*), adorée frénétiquement pendant trois ans, fut pour Flaubert ce que fut la rencontre d'Estelle Dubœuf pour Berlioz (1). » Les *Mémoires* du grand musicien sont pleins du souvenir de cette Estelle, à laquelle il se remit à écrire à la fin de sa vie.

Bien qu'il n'ait jamais passé précisément pour un amateur de musique, Flaubert fut tout de suite conquis par ce magnifique Berlioz. « Voilà un homme ! s'écrie-t-il. Que ne l'ai-je mieux connu ! Je l'aurais adoré (2) ! »

Quant à Berlioz, la lecture de *Salammbô* fut pour lui une « apparition flamboyante ». Il en est *effrayé*, il en *rêve*. Quel style ! Quelle science ! Quelle imagination ! « Et qu'on ose maintenant calomnier notre langue (3) ! » Dans son feuilleton musical des *Débats*, il ne peut s'empêcher d'exprimer son admiration (4). Le grand musicien considère Flaubert comme un maître, et c'est à lui qu'il s'adresse pour la représen-

---

(1) *Trois portraits normands*, par Paul-Louis ROBERT, p. 23. Cf. aussi du même auteur la brochure : *Hector Berlioz*.

(2) *Correspondance*, 10 avril 1879.

(3) *Salammbô*, édit. Conard. Appendice. Cf. aussi *Autour de Flaubert*, de DUMESNIL et DECHARMES, I, p. 185.

(4) Le passage a été reproduit dans le *Crépuscule d'un romantique* d'Adolphe BOSCHOT, un excellent livre de documentation et de critique.

tation des *Troyens*, comme le montre la lettre suivante :

Savant poète,

Je suis allé chez vous aujourd'hui pour vous
demander un service. Nous nous occupons en ce
moment de mettre en scène mon opéra des *Troyens
à Carthage*. Le directeur du Théâtre-Lyrique et moi
nous serions bien reconnaissants, si vous vouliez
nous accorder quelques conseils pour les costumes
phéniciens et carthaginois. Personne à coup sûr
n'en sait autant que vous là-dessus. Soyez donc
assez bon à votre retour pour m'indiquer un
rendez-vous. Carvalho m'y accompagnera et nous
vous écouterons comme l'oracle de Delphes.

Mille admirations de votre dévoué,

Hector BERLIOZ (1).

6 juillet.   4, rue de Calais,

Cette visite fut-elle faite? On n'en voit pas de trace
dans les lettres de Flaubert. Quel résultat, d'ailleurs,
pouvait-on en attendre, puisque Carvalho, visant
l'économie, se proposait d'utiliser les costumes de son
habituel magasin d'accessoires? Le lendemain de la
représentation, en effet, les journaux manifestaient
leur étonnement : « Pourquoi disaient-ils, les Troyens

(1) Dossiers Tanit.

portent-ils des costumes grecs? Quel carnaval à prix réduits! Nous croyions que Berlioz avait consulté Flaubert, le maître en carthachinoiseries (1). »

Les écrivains et les peintres ont sincèrement aimé *Salammbô*; mais ce sont encore les écrivains, les vrais artistes de lettres, qui ont le mieux senti la splendeur vivante de cette œuvre; et on comprend très bien l'enthousiasme qu'elle devait inspirer à un pur descriptif comme Eugène Fromentin, l'auteur d'*Un été dans le Sahara*, paru en 1856, un an avant *Madame Bovary*.

Fromentin fit d'abord du dessin et de la peinture; en réalité, il se crut toujours écrivain plutôt que peintre. « Ma chère enfant, disait-il, à la fin de sa vie, à Mme Billotte, si tu entends dire parfois que j'ai été un peintre, tu ne diras rien, tu garderas le silence. Mais si tu entends exprimer ce sentiment que j'ai été un écrivain, alors je crois que tu pourras dire : Oui, c'est vrai, mon père était un écrivain. »

Fromentin eut le don de la couleur et du détail; mais sa description vient surtout de Théophile Gautier et n'a pas la violence de Flaubert.

Voici dans quels termes le peintre orientaliste parle de *Salammbô* :

Mon cher ami, je n'entreprendrai pas d'aller vous voir demain. Vous me l'avez vous-même interdit.

J'achève *Salammbô*. C'est beau et robuste,

____

(1) Cf. à ce sujet, les livres si documentés d'Adolphe Boschot, notamment le *Crépuscule d'un romantique*.

éblouissant de spectacle et d'une intensité de vue extraordinaire. Vous êtes un grand peintre, mon cher ami, mieux que cela, un grand *visionnaire*, car comment appeler celui qui crée des réalités si vives avec ses rêves et qui nous y fait croire? Il ne fallait rien moins que cet éclat et cet épanouissement définitif de toutes vos forces pour ne permettre à personne de regretter *Madame Bovary*, le grand écueil, vous le savez. De nouveaux horizons plus vastes, une mise en scène prodigieuse, ont permis à votre manière de se mettre au large, et votre exécution déjà si ferme a pris une âpreté et un relief qui font de vous un praticien consommé. Je parle ici seulement du métier.

Je vous dirai mal en courant tout ce que cette lecture m'a causé de surprise et d'intime plaisir. J'aime beaucoup l'auteur et je goûte singulièrement le talent ; je m'intéresse de tout cœur au succès du livre, succès déjà fait, mais dont nous recauserons, car je n'ai pas fini.

Au revoir, mon ami, je vous serre la main et je partage bien affectueusement avec vous des satisfactions que vous avez si rudement gagnées.

Eugène FROMENTIN.

Samedi soir, 29 novembre (1).

(1) Dossiers Tanit.

A l'exemple de Fromentin, les peintres, en général, furent séduits par l'œuvre et les procédés de Flaubert. Bonnat, qui fut son ami, lui adresse les lignes suivantes :

Non ! même en peinture, je vous assure que vous n'êtes pas un « bourgeois ».

D'ailleurs, nos arts se donnent la main, ont tant de points de contact ! Cette belle imagination qui nous entraîne dans les déserts, cette soif de lumière, de montagnes bleues, ce souffle de Dieu qui nous passe par la cervelle, qui nous brûle la joue comme jadis il brûlait le cœur des prophètes.

Et Vénus, sortant de la mer bleue, avec sa beauté immortelle ! Est-ce un poète ou un peintre qui l'a vue ? Pardon de vous dire ces choses-là à propos d'un portrait ; c'est votre faute. C'est vous qui m'avez transporté en Orient, c'est vous qui m'avez montré la Méditerranée, et je vous en suis très reconnaissant, car je viens de passer dix minutes exquises.

Tout à vous (1),

BONNAT.

9 mai.

Bonnat, on le sait, avait une très haute opinion de son propre talent ; il disait avec simplicité : « Velas-

(1) Dossiers Tanit.

quez et moi. » Cependant sa fierté d'artiste ne tran-
sigeait pas sur les questions de publicité et de réclame. Claudius Popelin raconte, à ce propos, à Flaubert une amusante anecdote :

Paris, 27 mars 1879.

Mon vieux Flaubert (1),

. . . .

A propos de Bonnat, que je vous dise. Vous
avez dû lire dans les feuilles que le jeune Coppée
a fait une conférence publique dont le sujet était
lui-même ! Sarah Bernhardt, Coquelin l'acteur, le
peintre V... doivent chacun en faire une. Il y a
un impresario qui monte ces farces. Il a l'idée
d'aller sonner chez Bonnat. Celui-ci lui ouvre la
porte, la palette à la main. — Qu'y a-t-il, monsieur? — M. Bonnat s'il vous plaît? — C'est moi,
monsieur, entrez. — Monsieur, nous organisons
en ce moment des conférences dans lesquelles...
les journalistes importants le pourront affirmer, etc.
Depuis longtemps le besoin se faisait sentir, etc.
Vous serait-il agréable de parler de vous, de vos
travaux, d'initier le public à vos débuts, à vos
luttes, à vos... — Monsieur me prenez-vous pour
un saltimbanque? (mettez l'accent languedocien).
— Oh ! monsieur ! Eh quoi ! Parler devant un

____

(1) Dossiers Tanit.

public d'élite, avide d'apprendre... — Monsieur, ce n'est pas mon métier. Je ne le saurais faire et ne me donnerai pas le ridicule de parler de moi. — Mais, monsieur, mais, illustre maître, M. V... — M. V... est un pitre ! Sortez !

Et voilà comment Bonnat ne fera pas de conférences... Mais il a fait un portrait du père Hugo qui est rudement beau.

. . . .

Au revoir, mon bon vieux. Je vous embrasse cordialement.

Claudius POPELIN

A l'époque où il se préparait à exécuter ce célèbre portrait de Victor Hugo, Bonnat guettait une occasion et se faisait une fête de se trouver un jour chez le grand poète en même temps que Flaubert :

Désolé, mon cher Flaubert, de vous avoir manqué ce matin, d'autant plus désolé, qu'il m'est absolument impossible de dîner lundi chez le grand maître. Je dîne chez des amis qui m'ont depuis longtemps donné à choisir le jour qui me conviendrait, et c'est lundi 1er avril que j'ai pris. Je ne pourrai donc pas arriver à vous entendre causer avec mon grand modèle ! Et cependant je voudrais commencer très prochainement son portrait. Voilà les tableaux destinés au Salon qui ont pris le chemin des Champs-Élysées. Je vais avoir du temps à moi, et je serais si heureux de lutter avec le vieux lion !

Nous reparlerons de tout ça ; j'irai même, si je le puis, en causer avec vous, lundi soir, rue de Clichy. En attendant, je vous envoie beaucoup, beaucoup d'amitiés.

BONNAT.

Samedi.

Mes respectueux souvenirs à Mme veuve Commanville, je vous prie (1).

Mon cher Flaubert,

J'apprends, à l'instant, par M. Viardot, que vous m'avez attendu lundi pour dîner chez Victor Hugo. Je vous avais écrit samedi soir ou dimanche matin qu'il m'était malheureusement absolument impossible de me dégager d'une invitation antérieure. Ma lettre ne vous serait-elle pas parvenue? De toutes façons, je déplore ce malentendu et vous serais très reconnaissant de m'excuser auprès du grand maître. J'ai l'habitude d'être poli et serais navré qu'il crût le contraire.

Tout à vous, mon maître,

BONNAT (2).

(1) Dossiers Tanit.
(2) *Ibid.*

Parmi les admirateurs de Flaubert il en est qui discutent , entrent dans le détail et prennent la peine d'insister, en donnant leurs raisons, comme le baron Walckenaër, qui trouve que les éloges de la Critique ne sont pas suffisants :

Le Farochet (?), 3 mai 1863.

Je me trouvais dernièrement avec Bonenfant, mon cher monsieur Flaubert, et je lui disais que *Salammbô* était un des livres les plus extraordinaires, les plus originaux qui, à ma connaissance, se soient produits depuis quarante ans. Il y a dans ce livre du biblique, de l'homérique et des *Mille et une Nuits;* je veux dire du sublime, de l'épique et du merveilleux, sans que la marche du récit en soit moins naturelle et en paraisse moins vraisemblable ; ce n'est point un petit mérite, qui offrait bien des écueils et de grandes difficultés. Le style est constamment à la hauteur du sujet et varie sans efforts, suivant la nature des scènes qui y sont décrites, ferme, nerveux, concis, grandiose, émouvant ou terrible. Je crois que votre livre n'a été ni bien apprécié, ni bien compris de tous les lecteurs, et il ne pouvait l'être. A mes yeux, c'est ce qui en rehausse la valeur, car, comme pour toute œuvre capitale, c'est le temps qui en assignera la place. Je ne vois qu'un homme de lettres qui l'ait bien jugé, c'est Saint-Victor. Quant à George Sand, je n'ai pas été satisfait. Elle concluait en disant que vous étiez *un malin*. J'aurais pu admettre cette expression, malgré sa familiarité, après *Madame Bovary*, mais après *Salammbô*, c'est comme si l'on venait à dire que Boccace et l'Arioste sont des espiègles. Les grands écrivains font généralement de mauvais critiques. La raison s'en devine. Voyez Lamartine disséquant les *Misérables* et ayant l'air d'avoir raison. Eh bien, selon moi, il n'a compris ni Victor Hugo ni son œuvre. Voici, en somme, ce que je disais à Bonenfant ; il m'a engagé à vous faire part de ma façon de penser, m'assurant que vous ne m'aviez pas oublié et que mon souvenir ne vous serait point indifférent. Le fait est que j'ai toujours conservé pour la famille de mon regrettable ami, M. Flaubert, et pour vous, en particulier, mon cher monsieur Gustave, le plus sincère attachement, dont je vous prie d'agréer l'expression.

Baron WALCKENAËR (1).

La publication de *Salammbô* fit du bruit à Paris ; mais qu'en pensait-on à Rouen, la patrie de Flaubert? Une lettre d'Alfred Nion, son ancien camarade de classe, qui n'était pourtant qu'un bourgeois, nous

(1) Dossiers Tanit.

fait connaître la rumeur de curiosité, les alarmes
pudiques que le livre souleva dans la société bourgeoise de la bonne ville normande :

Mon cher Gustave,

Depuis tout à l'heure huit jours que j'ai reçu
ton livre, je le lis, mes occupations en souffrent,
et cependant je ne l'ai pas encore fini. Après avoir
eu le bonheur unique de t'entendre me lire *Salammbô*, je me complais à le lire avec toute l'attention, l'admiration qu'il mérite ; je le dévore lentement, voluptueusement, en gourmet. Je voulais
avoir tout lu avant de t'écrire. Mais non. Ce serait
trop attendre. Je me reproche même mon retard
d'une semaine.

A Rouen, on ne parle que de *Salammbô*. C'est
déjà un grand succès d'occuper d'une œuvre littéraire la ville qui t'a vu naître. Dès vendredi soir,
il m'a fallu rompre des lances en l'honneur de
Carthage. Les femmes, les curiosités oisives de
M. Cuvillier-Fleury, ne veulent pas lire la sœur
de la Bovary. L'aînée nuit à la cadette, en attendant que celle-ci ajoute à la légitime réputation
de celle-là. Le compte-rendu un peu obscur du
Nouvelliste a effrayé ; l'extrait du fameux passage
de Mathô, tenant Salammbô entre ses genoux et
la regardant de bas en haut, a effarouché les bégueules. Les articles parisiens vont bien faire,

puisqu'à Rouen (comme ailleurs, du reste) pour consentir à admirer une chose admirable, il faut que des hommes, reconnus juges souverains comme MM. Sainte-Beuve, Théophile Gautier, aient dit qu'il y a lieu d'admirer. Mais ce qui m'indigne par-dessus tout, c'est d'entendre des gens intelligents juger ton livre, après la lecture des trois ou quatre extraits donnés par les journaux. Il y en aura tant d'autres qui le jugeront sans même en avoir rien lu ! N'importe ! la curiosité est éveillée, on veut lire, on me demande mon exemplaire. Mais je le refuse obstinément. Qu'on achète. Je te veux non seulement un immense succès littéraire, mais encore un succès d'argent, et tu les auras tous les deux, tu les as déjà. Quel style bref, vigoureux ! Quelle richesse infinie de détails, d'observations, que je déclare vrais, malgré mon extrême igno-rance. L'intrigue est simple, mais cela attache, captive l'attention. Je suis confondu, moi qui t'ai vu travailler le jour, la nuit, je ne puis croire qu'en cinq ans tu aies eu le temps de faire un tel livre. Ton génie créateur, divinateur, est l'égal de ta science. Ce que les autres ne t'ont pas appris, tu l'as trouvé. Chaque mot est une image, une pensée. Je suis fier de toi ; ta ville, ton pays le seront aussi. Je t'embrasse à pleines joues. Émile t'envoie son tribut d'éloges. Il est aussi emporté que moi contre tous ceux qui n'admirent pas comme nous trouvons qu'ils le doivent. Dis, je te prie, à ta mère, que je prends part à sa légitime joie.

Je t'embrasse encore.

Alfred NION (1).

L'*Éducation sentimentale* fit beaucoup moins de bruit que *Salammbô*. Les dossiers de la villa Tanit contiennent peu de lettres concernant l'*Éducation sentimentale*. Les amis de Flaubert se montrent plus sobres d'éloges; en revanche, ceux qui aiment ce roman l'aiment sans restriction, comme l'aimait Théodore de Banville, qui écrit ces lignes enthousiastes :

Paris, le 15 décembre 1869.

Mon cher ami,

Je viens seulement de pouvoir me procurer votre adresse actuelle, et je m'empresse de vous exprimer tout mon enthousiasme pour votre livre. Avant que vous m'eussiez donné la grande joie de le recevoir de vous, je l'avais déjà lu avec l'admiration que j'ai pour votre génie toujours grandissant, et j'en avais parlé dans le feuilleton de théâtres du *National*, mais avec bien moins de développements que je ne l'aurais désiré, car, officiellement, je n'ai que le droit de raconter les vaudevilles. Si l'*Éducation sentimentale* est pour

(1) Dossiers Tanit.

tout le monde un beau livre, il faut avoir vécu
comme nous en 1840 pour savoir avec quelle puis-
sante d'évocation vous avez ressuscité cette époque
de transition, avec ses défaillances et avec ses
aspirations impuissantes. Tout cela est vrai jusque
dans la moelle des os et exprimé dans une forme
immortelle.

A vous, mon cher ami, bien fidèlement,

Théodore DE BANVILLE.

10, rue de Buci (1).

Pour la *Tentation de Saint Antoine*, le succès, on le
sait, fut considérable. Nous en avons de nombreux
témoignages dans nos dossiers. Les lettres des amis
sont unanimes à rendre hommage à la beauté du style
et à l'effort de travail que Flaubert poussait jusqu'à
la coquetterie. Voulant effacer de son livre toute trace
d'érudition, il avait supprimé systématiquement les
notes et les reports qu'il eût pu mettre au bas des
pages. Son ami Alfred Nion lui reproche cet excès de
modestie :

C'est de ta part, je le sais, pure coquetterie ; je
me souviens qu'à ma demande tu me répondais
que tu ne mettrais pas même une note, une indication de source dans *Salammbô*. Tu as procédé
de nouveau de la même façon pour Saint Antoine,

(1) Dossiers Tanit.

mon bon Gustave, Je suis plus économe que toi, quelque innombrable que soit le trésor de tes connaissances, et je t'écris uniquement pour te dire, avec la *Revue politique*, ce que je te disais, il y a déjà quelque dix ans : fais-nous un vrai livre de science, un beau livre d'histoire et je te garantis un grand et durable succès.

Frappé par l'habileté de la mise en scène et la sobriété des transitions, Alfred Nion signale, en même temps, à Flaubert l'opinion de deux Rouennais qui ont lu *Aashvérus* :

Deux de tes lecteurs rouennais m'ont dit que ton *Saint Antoine* leur avait un peu rappelé *Aashvérus* de Quinet ; il me semble qu'il y a du vrai dans leur observation, mais seulement avec quelle différence ! et comme, malgré avec un mérite réel, la conception de M. Quinet reste éloignée de ta merveilleuse et savante épopée ! J'ai relu la *Tentation*. Or, ce que j'y ai le plus admiré, ce n'est pas ton inépuisable érudition, ton imagination, c'est l'habileté de ta mise en scène ; pour moi, il y a là un véritable tour de force. Sans les longueurs de transitions incessantes, sans avoir à répéter sans cesse : *il dit, il se lève, arrivent tels ou tels* et autres phrases semblables, au contraire, en ne les employant pas une seule fois, tu es parvenu à écrire un livre d'une clarté merveilleuse,

qui marche d'un pas vertigineux ; sans arrêt, sans
station plus ou moins obligée. C'est, je le répète,
un résultat surhumain, dont je ne peux pas assez
te complimenter (1).

Un certain nombre de lettres, écrites par les amis
de Flaubert sur la *Tentation de Saint Antoine*, ont été
publiées par l'éditeur Conard. Il en reste cependant
encore quelques-unes dans nos dossiers, notamment
celle de François Coppée, qui est intéressante.

C'est vers 1869, chez la princesse Mathilde, que le
poète des *Humbles* rencontra Flaubert. Séduit par la
familiarité du bon Gaulois, connaissant sa manie de
déclamer les belles phrases de Chateaubriand et de
Montesquieu, Coppée lui cita le passage d'un sermon
de Bossuet, qui rappelle en ces termes la promesse
de Jésus au bon larron : *(En vérité, vous serez avec moi,
aujourd'hui même, dans le Paradis.)* « Dans le paradis,
quel séjour ! Aujourd'hui même, quelle promptitude !
Avec moi, quelle compagnie ! » Flaubert délirait d'admiration.

Coppée récitait aussi avec transport, dit Jules
Lemaître, la magnifique période d'*Un cœur simple* :
« Après avoir été d'abord clerc de notaire, puis dans
le commerce, dans la douane, dans les contributions
et même avoir commencé des démarches pour les
Eaux et forêts, à trente-six ans, tout à coup, par une
inspiration du ciel, il avait découvert sa voie : l'enre-

____

(1) Dossiers Tanit.

gistrement, et y montrait de si hautes facultés, qu'un vérificateur lui avait offert sa fille, en lui promettant sa protection (1). »

Cette phrase prudhomesque devait enchanter Coppée. On dirait une de ses poésies mise en prose.

Voici en quels termes l'auteur du *Passant* s'exprime sur la *Tentation* :

Mercredi.

Cher maître et ami,

J'ai tenu à lire et à relire la *Tentation* avant de vous remercier de me l'avoir envoyée. Quelle gigantesque et magnifique vision ! J'en suis positivement ébloui. Jamais, à mon humble avis, on n'a poussé à ce degré l'intensité de la couleur et la netteté du dessin, et, en vous admirant, je pense à la fois à Rembrandt et à Albrecht Durer. Encore n'osé-je vous parler que de l'œuvre d'art et d'imagination, ne pouvant que m'incliner, en ignorant et en profane, devant l'immense travail historique et la belle synthèse philosophique et religieuse.

Merci encore et de tout cœur, pour le *Candidat.* Malgré les cris des Béotiens, je persiste à applaudir cette comédie vraie, trop vraie pour le petit goût et le médiocre idéal d'à présent.

Je vous serre bien affectueusement les mains.

François COPPÉE (2).

(1) *Contemporains,* 8ᵉ série, p. 9.
(2) Dossiers Tanit.

Il manquerait quelque chose à ce concert d'hommages, si nous ne rappelions ici les sentiments bien connus d'un des meilleurs amis de Flaubert, Leconte de Lisle. Les deux écrivains se tutoyaient, unis par les mêmes goûts, le même idéal, la même tournure d'esprit atrocement pessimiste. L'esthétique de l'auteur des *Poèmes barbares* était celle de Flaubert et pouvait se résumer dans ce conseil : « Fuir la facilité et la banalité, et travailler son œuvre jusqu'à ce qu'on ne puisse plus l'améliorer. »

Pontife farouche, méprisant le public et les romanciers, Leconte de Lisle recevait, le samedi, les poètes du *Parnasse*, Coppée, Houssaye, Judith Gautier, etc. Sa femme, « vive petite brune », accueillait ses amis avec grâce ; on lisait des vers, on jouait du Wagner.

Le grand olympien ne détendit son orgueil et ne devint un peu traitable que vers la fin de sa vie, quand, après avoir appelé les académiciens « vieux gredins chargés de crimes », il consentit à entrer enfin dans leur compagnie.

L'impassibilité de Leconte de Lisle n'est qu'une légende. Son cœur a saigné ; quelques-unes de ses poésies sont d'une personnalité très vibrante. Avide de cacher sa sensibilité, timide et bon, dédaigneux et nostalgique, Leconte de Lisle a mis dans son œuvre toutes les émotions que pensent inspirer l'effrayante destinée humaine, l'obsession de l'Au-delà, le sens désespéré du néant...

La lettre publiée par l'éditeur Conard nous fait connaître l'admiration de Leconte de Lisle pour

Salammbô : « Une œuvre moderne par excellence, quoi qu'en disent les imbéciles. »

Voici maintenant ce qu'il écrit à Flaubert, au sujet des *Trois contes* :

Paris. 10 mai 1877.

Mon cher ami,

J'ai enfin ton adresse, après l'avoir inutilement cherchée pendant huit jours. J'ai lu deux fois ton livre, avec la sérieuse attention que je mets à lire tout ce que tu écris. Ton premier conte — *Un cœur simple* — est une merveille de netteté, d'observation infaillible et de certitude d'expression. La légende de saint Julien et *Hérodias* n'ont pu être signés que par l'auteur de *Salammbô* et de la *Tentation*. Tu as un grand et puissant talent, et nul n'en est plus convaincu et plus heureux que ton vieil ami,

Leconte de Lisle (1).

L'auteur des *Poèmes barbares* devait sincèrement admirer le style solide et simple des *Trois contes*. Ce style irréprochable, qui a fait l'admiration de tous les artistes, a cependant inspiré à un vieil ami de Flaubert, Auguste Sabatier, quelques réserves curieuses :

Cher grand poète,

Je viens d'avaler vos trois nouvelles comme mon

____

(1) Dossiers Tanit.

ami Carrière avale trois verres de bon vieux rhum en une heure. Vous avez été plus grand peintre ailleurs peut-être ; nulle part vous n'avez été plus grand poète. Vous n'avez pas seulement vu les choses extérieures, en les rendant avec ce relief qu'on appelle le trompe-l'œil ; vous avez vu des âmes et vous les avez fait voir. Le *Cœur simple* m'a paru une étude psychologique magistrale. J'ai pleuré une seconde fois en lisant cette féerique légende de Saint-Julien. J'ai eu des éblouissements dans les yeux en lisant *Hérodias*. Me permettez-vous deux ou trois remarques de détail?

1º Dans cette dernière, à la page 211, vers le milieu du paragraphe finissant par « l'impie Achab », n'y a-t-il pas quelque obscurité, quelque chose d'oublié, ou tout au moins quelque vice de ponctuation?

2º Page 125, en haut, vous dites : « Extirper des trésors. » Le mot *extirper*, en prenant sa signification étymologique de *stirps*, racine, se dit bien de tout ce qui tient à un homme, comme ses sentiments, ses vertus ou ses vices, qui sont comme une végétation. Mais les trésors tiennent-ils d'assez près à la personne, même d'un empereur, pour dire : « en *extirper* des trésors »? N'est-ce pas une faute d'impression : *extorquer?*

Pardon de ce pédantisme. Merci pour votre

gracieux envoi et pour tout le plaisir que m'a donné cette lecture.

Bien à vous,

A. SABATIER (1).

Ces scrupules de grammairien ont dû faire sourire Flaubert. Leconte de Lisle ne s'y serait pas arrêté.

En apprenant, en 1880, la mort de son grand ami, l'auteur des *Poèmes barbares* écrivait à Heredia, le 19 mai :

« La mort foudroyante de mon pauvre Flaubert m'a profondément attristé. Je l'aimais beaucoup. C'était un grand écrivain et un excellent cœur. Personne ne remplacera l'homme qui a écrit *Madame Bovary* et le magnifique poème de *Salammbô*... Tous mes contemporains s'en vont l'un après l'autre, et ce sera bientôt mon tour (2). »

(1) Dossiers Tanit.
(2) *José Maria de Heredia*, par MIODRAC-IBROVAC, p. 141,

CHAPITRE VII

Bien qu'il ne reste dans les dossiers Tanit que quelques billets inédits de Sainte-Beuve, il ne serait pas possible, dans un livre comme celui-ci, de passer sous silence les relations de Flaubert avec l'auteur des *Lundis*, devenu, comme on sait, l'ami du romancier, après la publication de l'article sur *Madame Bovary*. Ils se voyaient aux dîners Magny, s'écrivaient souvent, et pendant des années Flaubert supporta sans trop en souffrir les éloges et les réticences de l'illustre critique.

Sainte-Beuve a ses partisans et ses détracteurs. Sa nature mouvante, son goût pour le détail biographique, l'indiscrétion qu'il mettait à illustrer ce qu'il appelait son *Histoire naturelle des esprits* ont fait du tort à sa réputation. Il avait l'amabilité susceptible. Il s'est plaint quelquefois d'être attaqué ; mais il a très souvent lui-même pris l'offensive. Quand Guizot disait : « Qu'on ne me parle pas de ce caractère, » c'est que

Sainte-Beuve avait déjà dit de lui : « Il y a de l'ictère dans toute page de M. Guizot ; » et l'auteur des *Lundis* avait parlé des « vessies de M. Cousin qu'on ne prenait plus pour des lanternes » avant que Cousin le comparât au macaroni ou au gratin, etc. (1). La malignité faisait partie du talent de Sainte-Beuve, toujours insatiable de renseignements, fallût-il les demander à des papiers de famille.

George Sand lui a reproché d'avoir parlé de sadisme à propos de *Salammbô* et d'avoir dit que Flaubert était un malin. Les Goncourt lui gardent rancune et signalent sa perpétuelle hostilité contre Henri Heine, Balzac, Marie-Antoinette, Hugo, Michelet. Les ennemis du critique prétendaient que ses articles rappelaient ses amitiés, « dont il fit aussi plusieurs éditions revues et surtout corrigées, à plusieurs épreuves... jusqu'à la manière noire (2). »

Sainte-Beuve, par certains côtés littéraires, ressemblait beaucoup à Flaubert, qui n'avait pourtant aucun de ces vilains défauts. L'auteur de *Volupté* aimait lui aussi la truculence et la grosse plaisanterie, qui contrastaient avec ses habitudes de discrétion et de nuances.

Passant de la mysticité religieuse au romantisme amoureux (1830 à 1840), libéral anti-socialiste, puis bonapartiste, académicien et sénateur, ménageant adroitement les amis et les opinions, Sainte-Beuve

(1) Champfleury, *Souvenirs et portraits* ; et Ph. Audebrand, *Un café de journalistes.*

(2) Édouard Grenier, *Souvenirs littéraires*, p. 145.

attendit la fin de sa vie pour lever le masque et se déclarer libre-penseur. Il se fit enterrer civilement, « comme si les lauriers de Lamennais eussent troublé son sommeil », et en laissant comme testament philosophique cette lamentable affirmation du néant : « Rien dessus, rien dessous ».

Impopulaire en 1844, après sa volte-face romantique et les attaques de Balzac, qui dénonça ses palinodies politiques, Sainte-Beuve reconquit assez vite sa popularité. Sa nomination au Sénat, en 1865, lui fit du tort. La demande d'admission qu'il adressa à l'empereur, par l'entremise de la princesse Mathilde, est un chef-d'œuvre de flatterie et d'habileté (1). Enfin, il parvint à remonter le courant, en jouant au Sénat un rôle d'opposition libérale où il mit une certaine ostentation. Flaubert lui reprocha, plus tard, de dire du mal de Badinguet et d'oublier qu'il avait été sénateur à 30 000 fr. d'appointements.

Au fond, n'aimant, comme Flaubert, que la littérature et les livres, parti comme lui du rêve romantique pour arriver aux arides délices de l'érudition, Sainte-Beuve, vrai René de la vie bourgeoise, comme l'appelle Nisard, finit par devenir un simple spectateur intellectuel, un critique uniquement intéressé par la production de son temps, un bourgeois de lettres appliqué et méthodique, une sorte de Joseph Prudhomme qui ressemblait beaucoup à Béranger, comme disait Champfleury. Ainsi Sainte-Beuve ne

(1) NISARD, *Souvenirs*, II, p 60.

sortait jamais sans parapluie. Le parapluie passait, à cette époque, pour l'emblème du bourgeoisisme à la Louis-Philippe et inspirait à M. Scribe un quatrain qui courut les journaux :

> Ami commode, ami nouveau,
> Qui, contrairement à l'usage,
> Te montres dans les jours d'orage
> Et te caches quand il fait beau.

Le parapluie de Sainte-Beuve eut sa légende. On disait qu'il s'était battu en duel, un parapluie à la main, le pistolet de l'autre, voulant bien être tué, mais non pas être mouillé (1).

Le célèbre critique eut beau s'appliquer à découvrir l'originalité de *Madame Bovary*, son article prouve qu'il ne comprit ni l'origine ni l'avenir d'une telle œuvre, bien qu'il ait continué à en faire le plus grand cas, s'il faut en croire les lettres publiées par Jules Troubat. L'adultère brutal de Mme Bovary avait scandalisé l'ancien Joseph Delorme, le poète des *Consolations*, qui fut toujours, même dans son *Livre d'amour*, un homme d'atténuations et de demi-teintes. C'est déjà beaucoup qu'il ait consenti à défendre la doctrine de l'art pour l'art dans une lettre insérée au *Moniteur* (2).

Ces différences de sensibilité et d'appréciation n'empêchaient pas l'auteur des *Lundis* d'avoir les mêmes scrupules de métier que Flaubert. Comme lui, toujours

---

(1) Arsène HOUSSAYE, *Souvenirs de jeunesse*, I, p. 17.
(2) Georges DUBOSC, *Trois Normands*, p. 123.

mécontent de ce qu'il écrivait, il mettait à corriger ses phrases une ardeur qui inquiétait ses amis. Littré, apprenant qu'il venait d'être engagé au *Constitutionnel* pour un article par semaine, disait à Louis Ulbach : « Tant mieux. De cette façon, il n'aura plus le temps de gâter ce qu'il fait (1). » Sainte-Beuve poussait la manie de la correction jusqu'à obliger ses secrétaires, Lacaussade, Levallois, Pons, Troubat, à le contredire, à critiquer même son style. Troubat nous a laissé d'intéressants détails à ce sujet. Le maître dictait pendant trois jours son article, le bâtissait, le vérifiait, l'épluchait jusqu'au dernier moment, poursuivait même les répétitions de style, et ne pouvait s'empêcher d'aller le relire encore au journal. Louis Ulbach lui ayant fait remettre l'épreuve d'un article pour le *Paris-Guide* de 1867, Sainte-Beuve corrigea non seulement son épreuve personnelle, mais ne put s'empêcher de corriger les autres épreuves, où il signala des inexactitudes, en indiquant les sources et les reports et en s'excusant de ce travail involontaire, très naturel, disait-il, chez quelqu'un qui sait très bien le prix « de ces petites choses (2) ».

C'est seulement après la publication de *Salammbô* que l'illustre critique se forma une plus haute idée de Flaubert, qu'il rencontrait plus tard chez la princesse Mathilde, chez le prince Napoléon et assidûment aux dîners Magny. Sainte-Beuve se fit envoyer les

(1) L. ULBACH, *Nos contemporains*, p. 174.
(2) Louis ULBACH, *Nos contemporains*, p. 176.

bonnes feuilles avant l'apparition du volume ; Flaubert les lui apporta, rue Montparnasse, et c'est après cette lecture que fut écrit le fameux article auquel Flaubert répondit par une si retentissante mise au point.

« Avoir un article de Sainte-Beuve, dit Monselet, était un des plus grands triomphes qu'un littérateur pût rêver. C'était pour quelques-uns d'entre nous la récompense de toute une carrière ; on recherchait d'autant plus ses articles, qu'il ne les prodiguait pas à tout venant. J'ai connu des gens (Mme Louise Colet, entre autres), qui étaient venus habiter dans son voisinage exprès pour être plus à portée de le guetter et de surprendre sa bienveillance (1). »

Sainte-Beuve sembla regretter, vers la fin de sa vie, sa première manière d'écrire. « Je m'étais fait, disait-il, à écrire dans un certain tour, à caresser et à raffiner ma pensée : je m'y complaisais. » Il adopta plus tard « l'expression claire, rapide, la langue de tout le monde (2) ».

La façon de travailler de Sainte-Beuve, son isolement, ses habitudes mêmes de célibataire eussent parfaitement convenu à Flaubert, qui était loin cependant de partager les ardeurs passionnelles de sa vie privée. Flaubert dédaignait les femmes ; Sainte-Beuve ne pouvait se passer d'elles. Les indiscrétions et les pamphlets ne manquent pas là-dessus.

<hr>

(1) MONSELET, *Mes souvenirs*, p. 156.
(2) Paul FOUCHER, *Les Coulisses du passé*, p. 406.

Au début de leur connaissance, George Sand avait pris l'auteur de *Volupté* pour directeur et pour confident. Elle disait que le libertinage l'avait gâté et elle ne consentit jamais qu'à « l'aimer à peu près comme elle aimait Gustave Planche ».

Sainte-Beuve paraît avoir mis une certaine complaisance à laisser s'accréditer la légende de ses prétendues bonnes fortunes. On lui reproche surtout d'avoir fait imprimer secrètement le *Livre d'amour*, où il a si fâcheusement compromis devant la postérité la réputation de Mme Hugo, bien que rien, au fond, ne démontre la réalité de l'adultère, dans ce poème sentimental dont la publication intime fut connue et acceptée de Mme Hugo.

Les billets de Sainte-Beuve, que nous avons sous les yeux, sont de simples billets d'invitation ou de rendez-vous. Il répond le plus souvent par des refus qui contiennent d'inutiles détails physiologiques sur ses maladies. Il est stoïque, il plaisante, il sait la gravité de son état. Il oublie quelquefois de signer ces billets, qu'il ne datait jamais.

En somme, son amitié pour Flaubert semble avoir été sincère. L'auteur de *Madame Bovary* avait souvent recours à lui pour ses travaux et ses lectures, comme le témoigne la réponse suivante de Sainte-Beuve :

Mon cher ami,

Il faudrait une conversation pour vous mettre au point de vue. Voici ce que vous pourriez toujours faire : demander à *M. Chéron* de la Bibliothèque impériale (et en votre nom, qui est une clé, et au mien) de vous mettre de côté le recueil des articles de Lamennais en volume (tirés de l'*Avenir*). Il vous faudrait lire aussi de Lacordaire son volume de *Lettres* à un jeune homme et son récent volume de *Lettres à Mme Swetchine*. Vous trouveriez dans mes anciens *Lundis* (t. VI, je crois) l'article sur *l'abbé Gerbet* et, dans le tome I ou II, un article sur *l'abbé Lacordaire* lui-même en 1848 ou 49.

De plus, en tête des œuvres de *Maurice de Guérin* et dans les œuvres même, vous trouveriez le Lamennais de ce temps-là et de la Chesnaye. J'ai moi-même, dans un assez récent article, reparlé de cette première époque, à l'occasion des *Lettres de Lacordaire à un jeune homme*. Mais les articles du *Constitutionnel* sont devenus si nombreux, que je ne m'y reconnais plus, et ils sont en train de défiler pour l'impression du dernier volume.

Mon ami Chéron, ma grande ressource et ma Providence à la Bibliothèque, pourra vous renseigner. Je continue d'avoir mal aux yeux et de tirer ma charrue.

Tout à vous,

SAINTE-BEUVE (1).

(1) Dossiers Tanit.

Flaubert eut pour amis les écrivains les plus dissemblables. Si quelqu'un ressemble peu au tranquille dilettante Sainte-Beuve, c'est bien l'extravagant et compliqué Baudelaire. Et pourtant, quand on a lu les notes que l'auteur des *Fleurs du mal* nous a laissées sur le style, on comprend son admiration pour Flaubert. Baudelaire nous a livré en détails et dans de précieuses confidences les secrets de son métier et de sa technique ; or son métier et sa technique ont consisté à appliquer exactement à la poésie les procédés que Flaubert employait pour la prose. Convaincu lui aussi que le secret de la perfection est dans la refonte et la rature, Baudelaire a écrit sur le travail considéré comme source d'inspiration des théories qui dépassent toutes les rigueurs de Flaubert. Comme lui, il refaisait vingt fois la même page, abandonnait la besogne, la reprenait, s'obstinait et recommençait sur épreuves des corrections qui mettaient les éditeurs aux abois. On a même dit qu'il rédigeait d'abord ses poésies en prose et qu'il les transcrivait ensuite en vers. Il en était bien capable. Dusolier, qui l'a appelé le premier un *Boileau hystérique* (1), cite dans les *Poèmes en prose* le morceau intitulé *la Chevelure*, qui serait mot pour mot une pièce des *Fleurs du mal* (2).

C'est avec ce souci et ces procédés de métier que Baudelaire a essayé d'exprimer les vertiges et les aberrations de sa sensibilité romantique, car cet impas-

(1) *Nos gens de lettres*, p. 87.
(2) *Ibid.*, p. 82.

sible ajusteur de mots fut en même temps un rêveur
effrayant, un homme de douleur et de mort, violemment et maladivement mystique, et dont la double
physionomie inspirera toujours les jugements les plus
contradictoires. Beaucoup l'ont accusé de n'être qu'un
poseur à froid, courant après l'excentricité et le paradoxe. C'était l'avis de Feydeau (1), Nicolardot (2), Blaze
de Bury (3) ; et Charles Yriarte, racontant ses extrava-
gances, le traite sans façon de simple fumiste (4). Les
mots de Baudelaire sont légendaires. « A l'époque où
j'avais la gale... Laquelle destinez-vous à la prostitution... Le goût des cervelles d'enfant, etc. »

Baudelaire éreintait Shakespeare, mettait Veuillot
au-dessus de Byron et disait qu'Homère avait autant
de talent que Barbey d'Aurevilly. Il sortait avec du
linge impeccable et une blouse de roulier, et se prétendait fils d'un prêtre défroqué. (Il a été prêtre ou il
le sera, disait Barbey). Au café Robespierre, il arrivait, les cheveux teints, la figure rasée « ressemblant
moins à un poète des voluptés amères qu'à un prêtre
de Saint-Sulpice. Il bourrait sa pipe et fumait sans
prononcer un mot de toute la soirée. Si la chose eût
été possible, il n'eût fait aucune difficulté de marcher
sur la tête (5) ». Les Goncourt nous le peignent d'un

(1) *Théophile Gautier.*
(2) *L'Impeccable Gautier.*
(3) *Souvenirs.*
(4) *Portraits cosmopolites,* p. 122.
(5) Philibert AUDEBRAND, *Derniers jours de la bohème,*
p. 205, et *Un café de journalistes,* p. 294.

mot : « Cravate, col nu, tête rasée, tête de maniaque...
vraie toilette de guillottine (1). » Baudelaire était
ravi de la légende qu'il se créait et dont on suit la
trace à travers les articles et les caricatures de l'époque.

Les mystifications de celui que Brunetière appelait un « Satan d'hôtel garni, un Belzébuth de table
d'hôte » finissaient par irriter ses propres amis et
faire suspecter ses sentiments les plus sincères ; et il
n'est pas étonnant que l'auteur des *Fleurs du mal* soit
mort isolé et abandonné. Champfleury nous le peint
comme un original qui se donnait l'aspect d'un dandy
ou d'un ouvrier à blouse et qui méprisait La Fon-
taine et Molière. Levallois le prenait tout simplement
pour un cabotin qui ne fumait ni haschich ni opium
et ne buvait que du vin pur. Il portait sur lui un poi-
gnard ciselé avec lequel il voulait se tuer. Ces anecdotes « dont le souvenir, dit Yriarte, fait sourire tout
un cénacle de jeunes hommes devenus célèbres,
n'ont rien d'exagéré. Le diabolisme et les débauches
de ses *Fleurs du mal* « n'existaient que dans son imagination (2) ». Il disait, et je crois bien qu'il l'a écrit :
« J'aurais voulu, du temps de la Révolution française,
être tour à tour bourreau et victime, pour savoir les
sensations qu'on éprouve dans les deux cas (3). »

Baudelaire avait pour le bourgeois la même haine
que Flaubert. Seulement la haine de Baudelaire,
exaspérée par son procès et sa condamnation, gardait

(1) *Journal*, I, p. 211.
(2) *Portraits cosmopolites*, p. 122.
(3) J. CLARETIE, *la Vie à Paris*, 1907, p. 346.

l'allure d'une mystification insolente. Il voulait à la fois épater et épouvanter le bourgeois. « Après avoir assassiné mon pauvre père », disait-il, dans un restaurant. « Il aimait à jouer à l'ogre et au parricide, comme il aima à jouer au damné des voluptés défendues. Et avec cela « incapable de tuer une mouche, comme nous le disait un jour Leconte de Lisle, qui le connaissait bien (1) ».

D'autres témoins dignes de foi nous montrent un Baudelaire plus naturel, presque tendre, dévoué, sociable, amoureux de l'amitié. Villiers de l'Isle-Adam affirme qu'il fut bon et sincère, et que ses bizarreries n'étaient pas toujours menteuses (2).

Ennemi de l'affectation et de la réclame, Flaubert, s'il eût vécu près de lui, eût probablement été choqué par cette manie d'excentricités puériles. Le pessimisme satanique de Baudelaire eût déconcerté le pessimiste Flaubert, qui fut avant tout un bourgeois équilibré, tandis que l'auteur des *Fleurs du mal* reste un type désordonné, un expérimentateur *in sua anima vili* des dépravations dont il avait peut-être pris l'attitude et le ton dans l'*Amaury* de Sainte-Beuve (3).

Les rares lettres de Baudelaire qui figurent aux dossiers Tanit ont presque toutes été publiées dans sa correspondance générale. Il ne veut pas qu'on croie qu'il travaille beaucoup. Il écrit à Flaubert :

(1) *Mémoires d'aujourd'hui*, par Robert DE BONNIÈRES, p. 283, 3e série.

(2) *Villiers de Lisle-Adam*, par Pontavice DE HEUSSEY.

(3) Pierre FLOTTES, *Baudelaire*, p. 17.

« Est-ce une cruelle moquerie? Bien des gens, sans me compter, trouvent que je ne fais pas grand'chose. Travailler, c'est travailler sans cesse, c'est n'avoir plus de sens, plus de rêveries et c'est être une pure volonté toujours en mouvement. J'y arriverai peut-être. »

La haine du bourgeois n'empêcha pas Baudelaire de poser prosaïquement et par deux fois sa candidature à l'Académie, où il avait la prétention de vouloir remplacer Lacordaire.

Les lettres publiées dans la Correspondance Crépet nous montrent le poète insistant à plusieurs reprises auprès de Flaubert, à propos de cette candidature. Il lui demande sa recommandation pour Jules Sandeau, qu'il alla voir et qui le reçut aimablement. Baudelaire avoue qu'il a fait un coup de tête, mais qu'il ne s'en repent pas et ne s'en repentira jamais. Cette candidature qui, selon Maxime du Camp, déshonorait le poète, fit un tel tapage, que, sur les conseils d'Alfred de Vigny, Baudelaire finit par y renoncer, en publiant une lettre de désistement dont l'Académie, au dire de Sainte-Beuve, se montra satisfaite. « Mon cher ami, votre lettre a été lue avant-hier. Votre désistement n'a pas déplu ; mais, quand on a lu votre dernière phrase de remerciement, conçue en termes si modestes et si polis, on a dit tout haut : très bien ! Ainsi, vous avez laissé de vous une bonne impression. N'est-ce donc rien (1)? »

(1) Cf. le livre de Charavay et la *Gazette anecdotique* de mars et 15 mai 1879.

CHAPITRE VIII

Les nombreuses lettres inédites d'Edmond et Jules
de Goncourt qui figurent aux dossiers Tanit montrent
qu'il existait entre les deux écrivains et Flaubert une
cordialité et une réciprocité de sentiments qui ne
paraît pas s'être démentie. On peut cependant se
demander si les auteurs de *Germinie Lacerteux* ont
réellement et sincèrement aimé l'œuvre de Flaubert,
si éloignée de leurs procédés, et s'ils n'ont pas mis
plus de concession que de conviction dans les louanges
qu'ils prodiguent à leur grand rival.

La double personnalité des Goncourt restera toujours une énigme. On est surpris de voir ces deux aristo-
crates, dans un premier livre qui annonce déjà *la Fille
Elisa*, rechercher par goût les bas-fonds du réalisme et
décrire complaisamment la misère et les turpitudes
d'une pauvre servante hystérique. On s'étonne encore
davantage que ces deux gentilshommes aient poussé

la manie de l'indiscrétion jusqu'à prendre des notes
sur tous les gens qu'ils fréquentaient. Leurs meilleurs
amis redoutaient leur présence. Alphonse Daudet
était très gêné devant Edmond et lui reprochait d'accepter comme argent comptant tout ce qu'on lui
disait (1). « Leur *Journal*, dit Claretie, est plein de
mensonges contre nous tous (2) ». Flaubert leur a fait
un soir ouvertement ce reproche (3). Théophile Gautier éprouvait devant eux le même malaise. Il sentait
qu'on le poussait à parler pour prendre des notes,
et il les croyait parfaitement capables d'écrire sur
leurs manchettes et même « de reproduire et de grossir
de préférence une ânerie, si elle vous échappait (4) ».
Le reportage faisait partie de leur nature. Au retour
des obsèques de son frère, Edmond notait les sensations de sa propre douleur et rédigeait bientôt le
détail de cette agonie et de cette mort. « Jules de
Goncourt, dit Troubat, était impertinent, Edmond
présomptueux. Ils n'étaient amusants ni l'un ni
l'autre (5). » Ils écrivaient un jour à Flaubert : « Vous
nous demandez pourquoi nous n'avons pas l'air rigolo
dans nos lettres? La réponse est bien simple ; c'est
que nous ne sommes pas rigolos pour un sou (6). » Ils
prenaient évidemment pour une supériorité le fait

(1) Firmin MAILLART, *Cité des intellectuels*, p. 415.
(2) *Souvenirs du dîner Bixiou*, p. 162.
(3) Mme ADAM, *Mes sentiments et nos idées avant* 1870.
Entretien Flaubert George Sand-Goncourt.
(4) Judith GAUTIER, *Deuxième rang du collier*, p. 99.
(5) TROUBAT, *Salle à manger de Sainte-Beuve*, p. 132.
(6) Cité par LE GOFFIC, *L'Ame bretonne*, 4e série, p. 215.

de n'être pas rigolos. On s'accordait à trouver Jules
peu agréable, faussement gavroche, souvent vexant et
très snob, tandis qu'Edmond donnait plutôt la sensation d'un homme bien élevé, ce qui ne l'empêchait pas
d'avoir sa vanité et ses rancunes. En 1886, il ne pardonna pas à Henri Céard la chute de sa *Renée Mauperin* au théâtre, et il le raya de sa liste d'académiciens.

Il n'est pas possible que Flaubert n'ait pas éprouvé
pour les Goncourt quelque sentiment de méfiance, lui
qui se surveillait si peu et qui redoutait par-dessus
tout les indiscrétions sur sa personne. A travers les
éloges qu'ils adressent à leur grand ami, les lettres
des Goncourt trahissent une incompréhension évi-
dente de l'œuvre de Flaubert. Leur fameux *Journal*
confirme cette impression : on n'y trouve pas un mot
d'éloge sur le talent de Flaubert, pas plus, d'ailleurs,
que sur le talent de Zola, Daudet ou Tourgueneff.
Edmond n'a compris ni *Madame Bovary* ni *Salammbô*
(*Journal* 1861). Il n'a senti chez Flaubert ni la force
descriptive ni la vie du style. Il signale, au contraire,
sa « syntaxe d'universitaire », et, lui qui fut le roi de
l'affectation verbale, lui qui a tant abusé des tics,
répétitions et redondances, il reproche à Flaubert la
« prodigalité » des comparaisons et des formules,
comme : *et, tel que...* Bref, Flaubert n'est pas « moderne » ; il lui préfère le *Centaure* de Maurice de Guérin.
Edmond ne comprend enfin ni l'antique ni le classique. Il déclare lire avec plus de plaisir Victor Hugo
qu'Homère (*Journal* 1866).

C'est dans les six volumes de leur *Journal* qu'il

faut aller chercher la vraie pensée des Goncourt. C'est
là qu'ils se sont peints eux-mêmes, eu croyant peindre
les autres. Inexacts à force de vérité, ils trahissent et
se trahissent. L'anecdote Goncourt est essentiellement
déformatrice, parce qu'elle manque de contre-partie,
et qu'elle donne une importance disproportionnée à
des paradoxes d'un moment, à des mots de camaraderie et de digestion. Une documentation fondée sur
de pareils racontars risquerait d'être le contraire de
l'exactitude. On aurait une idée très fausse de Flaubert, si on ne le jugeait que par ses boutades et ses
violences. L'anecdote est un excellent procédé, quand
on veut peindre un caractère ou un trait de mœurs,
quand on veut faire vivre un homme ou éclairer le
cœur humain. Chez les Goncourt, l'anecdote se réduit, le plus souvent, à des mots ou à des bouts de
phrases qui défigurent les gens et les choses.

Dupes de tout et croyant n'être dupes de rien, les
Goncourt avaient la prétention de rechercher la vérité
toute nue. « Il y a quelque temps, dit Tourgueneff, je
causais avec eux chez Flaubert. Ils disent qu'ils ne
veulent pas que des bourgeois pleurent sur leurs
livres. Faire pleurer un bourgeois quelconque, disent-ils,
c'est indigne d'un écrivain sérieux. La vérité, rien
que la vérité... Oui, oui, ils ne peuvent pas faire
pleurer, même quand ils le veulent, ce n'est pas si
facile qu'ils l'imaginent... »

Jules de Goncourt ne pouvait se consoler du peu de
succès qu'obtenaient leurs livres auprès du public
qu'ils affectaient de mépriser. Edmond était plus

beau joueur. Albert Wolf, qui le voyait aux dîners d'Alphonse Daudet, le juge assez favorablement :

« Goncourt, avec sa crinière blanche, que Tourgueneff semble lui avoir laissée par testament, est grave et pensif, comme un écrivain qui juge ne pas avoir dans les préoccupations du public la place qu'il mérite. Est-ce par vantardise qu'il parle si haut de son mérite en évoquant l'ombre de son frère? Non, l'homme est simple et bon, et, s'il crie par-dessus les toits la place à laquelle il pense avec raison avoir droit, Goncourt est comme le promeneur attardé qui traverse un bois et chante pour cacher sa peur. Il voit les éditions s'entasser autour des romans de ses amis qui ont l'oreille du public plus que lui ; si parfois il en ressent quelque mélancolie, il n'en est pas moins le camarade sincère des deux autres ; c'est que ces trois écrivains sont unis par une affection que rien ne peut entamer ; ils ont dans le passé le culte commun du souvenir de Flaubert et de Tourgueneff (1)... »

C'est ordinairement Jules qui tient la plume pour écrire à Flaubert. Ce sont presque toujours des missives livresques, d'une bonhomie affectée, la recherche, l'effet, le retour des mêmes tics, des mêmes tournures. Jules envoie à Flaubert *Sœur Philomène* :

Bar-sur-Seine, 10 juillet 1861.

Mon cher ami,

Vous avez reçu notre roman, qui a fini par paraître. Quand vous l'aurez lu, nous serions

(1) *La Gloire à Paris*, Albert WOLFF, p. 100.

bien heureux d'avoir votre jugement et votre sensation. Nous y tenons d'autant plus, que nous ne savons guère ce que nous avons fait. Ce livre est le plus impersonnel de ceux que nous avons écrits jusqu'ici. Nous l'avons exécuté involontairement, presque fatalement, sous le coup d'impressions qui ont emporté notre plume : en sorte que c'est à peine si nous en avons conscience. Je vous donne ma parole d'honneur, que je ne sais s'il est bon ou mauvais...

Enfin, et pour finir, l'explication des explications. Si nous avons commis un livre bête, je m'en lave les mains, c'est votre faute, c'est la faute de Bouilhet, qui, chez vous, a laissé tomber un mot qui nous a fait faire un roman. Envoyez-moi son adresse, à Bouilhet, que je lui envoie sa punition.

Je crois que vous nous aimez et que vous nous estimez assez, mon cher Flaubert, pour nous envoyer votre pensée bien sincère, votre opinion franche. Vous savez si nous tenons au jugement que vous pouvez porter de nous. Je me confie à votre critique.

Je ne m'excuse pas auprès de vous de vous parler si longuement de nous. Mais je vous en voudrais, si vous n'êtes pas, dans la lettre que vous m'écrirez, bien bavard, sur vous-même. Où en est Carthage, et *Salammbô?* Combien de pages encore? Ah ! mon cher ami, quel plaisir de vous relire ! Ça été un éblouissement que vous nous avez fait passer, l'autre jour, devant les yeux et dans la tête.

Je ne sais qu'une nouvelle. Charles Edmond est allé voir Hugo, et le jour où il l'a vu, Hugo avait mis le matin *Fin* au bas de ses *Misérables*.

Nous vous serrons la main de tout cœur,

Jules DE GONCOURT (1).

Dans une autre lettre, Jules de Goncourt semble beaucoup s'intéresser à la rédaction et à la publication de *Salammbô*.

Et le polissage de *Salammbô*, où cela en est-il? C'est vous, mon cher Flaubert, qui auriez bien mieux fait le monde qu'il n'est fait : vous ne vous seriez pas arrêté le septième jour. Quand on nommera un Dieu au suffrage universel, ce qui ne peut manquer d'arriver, nous vous donnons notre voix : vous serez la conscience, une religion perdue, ou à peu près, par la littérature qui court et qui arrive.

Allons ! nous allons joliment remuer cet hiver autour de votre œuvre. Il nous faut du train, du bruit et de l'honneur autour de votre nom. Cela va purifier l'air, répandre un souffle et fouetter le public. J'espère que vous avez chassé ces découragements qui prennent, lorsqu'un livre est achevé.

(1) Dossiers Tanit.

Vous pouvez lire et relire *Salammbô*, vous êtes incapable de l'estimer. Il faut vous en remettre aux félicitations sincères de vos amis, à l'assurance qu'ils ont de votre succès (1).

De temps à autre, quand il n'a rien de nouveau à lui apprendre, Jules donne à Flaubert des nouvelles de leurs amis communs :

13 janvier 1868.

Mon vieux,

La princesse est toujours toute notre distraction. Nous avons dîné une fois chez la Païva : il n'y avait de feu ni dans la cheminée ni dans la conversation. Taine y a débuté et lui a raconté la vie de Newton. Sainte-Beuve a été affreusement souffrant. Nous l'avons vu un jour dans un état désespéré et désespérant ; et puis, trois jours après, nous avons trouvé de cette main d'agonie une lettre au *Figaro*, pour féliciter Feydeau des personnages de sa pièce. A qui se fier? Le même *Figaro*, pas plus tard qu'hier, vient d'empoigner Saint-Victor et Lia d'une inhumaine et sauvage façon méchante. Pour *Manette*, dont vous voulez bien vous occuper, ça a été un succès, à notre grand étonnement, mêlé naturellement de force injures. Marcelin nous a appelés Japonais ! et le *Corsaire* « les grands pontifes de l'inutilité ! »

(1) Dossiers Tanit.

La nouvelle, *nouvelle*, sur nous, c'est que nous avons cinq terribles actes de *révolution* aux Français, que nous devons lire un de ces jours. Nous allons rire avec Doucet !

Et puis, ma foi, c'est tout. Le Magny, auquel nous avons manqué tous ces temps-ci, est tout détraqué. Veuillot a tiré sur notre : *A la table de Magny (sic)* et flétri ce repas d'Épicure. On parle de le reconstituer à un jour par mois.

Revenez-nous vite. La rue Saint-Georges a bien besoin du boulevard du Temple. Et on s'embrassera de bon cœur en se revoyant.

A vous des quatre mains,

Jules DE GONCOURT (1).

Vendredi,

Eh bien ! c'est gentil. Nous avons bien pensé aussi à vous, tout ces temps-ci, mon cher ami. Vous êtes décidément un morceau de nous-mêmes, et nous sommes, quoique deux, un peu décomplétés quand vous n'êtes pas là. Nos dimanches sont maintenant ennuyeux comme des dimanches. Le soir, seulement, nous nous rattrapons un peu, en dînant avec Saint-Victor, auquel je ne manquerai pas de serrer la main pour vous. Vous nous

(1) Dossiers Tanit.

manquez beaucoup — et puis, c'est tout. Les choses continuent ; Paris se ressemble ; Claudin est toujours l'amant de cœur de Schneider et l'homme qui connaît le plus de gens connus. Aubryet se plaint de son estomac et de la mort de Louis XVI ; Saint-Victor se rapproche de plus en plus de la religion de Marc-Aurèle — au moins par les idées ; le printemps recommence encore une fois ; les dîners de Magny sont tout ce qu'il y a de plus couru ; on y a installé Taine et Renan *ipse;* nous tâchons de vous y faire un peu moins regretter, en faisant pousser à vue d'œil des cheveux blancs sur le crâne de Sainte-Beuve par la conviction de nos paradoxes et le scandale de nos opinions littéraires, politiques et autres. Il y a eu, au dernier samedi, une discussion sur Voltaire, d'une violence cordiale ; on ne s'entendait plus manger. Voilà toutes les nouvelles de notre grande ville de province (1).

Dans la même lettre, Jules raconte à Flaubert qu'ils travaillent à leur roman *Renée Mauperin* et qu'ils ont visité les églises, le Vendredi saint, en vrais libres penseurs.

Mon cher Flaubert, nous travaillons sans travailler. Nous musons. Nous sommes dérangés par

(1) Dossiers Tanit.

ce qui dérange et surtout par ce qui ne dérange pas. Et puis, nous avons abordé une jeune fille bourgeoise de face, en plein *(Renée Mauperin)* ; on glisse, à tout moment, dans les œufs à la neige ; et puis, peindre la bourgeoisie, c'est faire le tour d'une pièce de cent sous : on piétine sur place. Peut-être, parce qu'il est plat, notre roman s'allonge. Je vois encore au moins deux mois de noircissement de papier devant notre idée ; il y a encore à faire danser tout notre monde ; ils sont un tas, pendant tout ce temps-là, au bout de ficelles plus ou moins dissimulées. Nous avons, je vous jure, grande hâte d'avoir fini, d'abord pour avoir fini, ensuite pour nous jeter dans une œuvre toute autre, et surtout pour aller vous serrer là-bas, la main, puisque vous y tenez un peu.

Je le crois bien que c'est le Vendredi saint. Vous me demandez une façon décente de le passer pour un sceptique. Nous en avons trouvé une désespérée : nous avons hanté les églises très chic : Saint-Thomas-d'Aquin, Sainte-Clotilde, etc. Eh bien, mon cher, je crois que tout cela est un peu plus mort que l'Académie. Ce qu'on appelle les fidèles, et il y en avait peu, m'a paru automatique ; le Christ, au fond, bâillait ; les jeunes gens, qui étaient là, étaient chauves, avec une tête en pain de sucre ; les bedeaux même n'ont pas l'air de croire que c'est arrivé... Je crois qu'il n'y a plus que la crainte d'un déménagement et les frais d'un emménagement qui arrêtent les consciences. Je n'ai joui d'aucune éloquence ; sans cela, j'aurais peut-être eu le plaisir de vous entendre recommander aux flammes...

Vos deux vieux amis, Jules DE G... (1).

Cette incompréhension religieuse n'étonne pas chez les Goncourt. Le christianisme leur était aussi indifférent que le paganisme. En 1877, D'Eylli a publié une lettre de Jules à M. Ponthier, peintre à Paris, qui est une charge contre Rome, l'Antiquité, la peinture, les Raphaël, les Églises, Saint-Pierre, le Carnaval et les mœurs.

Parmi les livres de Flaubert, qu'ils louaient, mais n'acceptaient pas sans réserves, Edmond de Goncourt semble, du moins, avoir sincèrement admiré l'*Éducation sentimentale*. Il écrit, le 24 novembre 1869 :

Cher vieux,

Je finis à l'instant votre bouquin, vos huit cents pages, que j'ai savourées à petites gorgées, et j'ai hâte de vous dire tout le plaisir, toute l'exaltation que m'a donnée cette lecture ; Mme Arnoux est suavement... *(ici un gros mot)*... M. Arnoux est bien l'artiste mâtiné d'industrialisme. Deslau-

(1) Dossiers Tanit.

riers, avec son fond envieux, ses intermittences de perfidie et d'amitié, son tempérament d'avoué, voilà un type parfaitement dessiné de la vraie vilaine humanité la plus répandue. Frédéric, votre fruit sec de l'amour, est tenu admirablement dans la moyenne des passions d'intelligence, d'énergie, que vous lui vouliez ; il a dans votre livre toutes les qualités et les défauts avec lesquels on manque sa vie ; mais le type, il faut vous y attendre, ne plaira pas aux femmes ; elles trouveront qu'on ne leur prend pas assez vite... et par contre-coup cela nuira à Gustave près des cocottes honnêtes ou déshonnêtes. Je ne vous fais pas l'injure de vous faire des compliments sur les paysages et les descriptions ; on sait que vous avez le gaufrier de la chose. Je me contente de vous dire que c'est toujours mâlement écrit et très élevé de pensée.

L'opposition de Rosanette et de Mme Dambreuse charmante ; la figure de pénombre et de clair obscur de la Vatnaz parfaite. Vive Dussardier ! à bas Sénécal ! Pellerin en dit de bonnes. Avez-vous bien blagué à la Prudhomme toutes les blagues conservatrices ! Au fait, quel goût avez-vous pour le verbe *saillir* à l'imparfait ? Ce verbe me semble jouir d'un vilain imparfait. Toutes les scènes où le populaire est en scène, ça grouille tumultueusement. En somme f...-vous des critiques, des criailleries. Vous avez commis un fort livre, un roman qui raconte, dans une sacrée nom de Dieu de belle langue, l'histoire d'une génération. Une scène bijou, c'est la scène où la petite Louise, une de vos créations les plus délicieuses, envie la caresse que les poissons ressentent partout... et « le cri suave (voilà une épithète que je vous envie) qui jaillit comme un roucoulement de sa gorge », c'est du sublime de nature. Mais la scène pour moi suprêmement *chef-d'œuvreuse*, comme dirait Gautier, est la dernière visite à Frédéric. Je ne connais dans aucun livre rien de plus délicat, de plus touchant, de plus tendre, de plus triste et sans ficelle aucune. Le retrait du pied, quelle trouvaille ! et tout, tout ce qu'ils font, tout ce qu'ils disent, tout ce qu'ils entendent, là dedans... Mon vieux, vous avez décroché la timbale.

Nous vous embrassons cordialement et irons vous voir au premier jour que Jules aura un peu retrouvé sa jambe.

Ed. GONCOURT (1).

L'Éducation sentimentale fut accueillie assez froidement par le public, qui s'attendait à retrouver dans ce roman l'audace et le réalisme de *Madame Bovary*. Les journaux boulevardiers plaisantèrent. Le spirituel et superficiel Aurélien Scholl poussa la critique

(1) Dossiers Tanit. Sur les Goncourt et Zola, voir les études de Léon Deffoux, critique intelligent et d'érudition sûre.

jusqu'à la moquerie la plus ridicule : « Dans la ménagerie littéraire de notre temps, écrit-il en propres termes, M. Flaubert occupe une cage à part ; c'est un sujet rare, une sorte de phénomène qu'on n'avait encore pas vu en France.

« Riche, il a fait de la littérature en bon bourgeois, lentement, à ses heures, avec du calme, en n'essayant jamais de fouetter son cœur, nourri d'un sang fait avec du sucre de pomme.

« Nous sommes dans un âge de fièvre. La vapeur nous pousse, l'électricité nous donne des ailes, la presse a cent mille voix, la science refait le globe. Tout est en mouvement. Eh bien, dans ce temps-là, en vingt années, M. Gustave Flaubert, ayant des loisirs, a trouvé moyen d'écrire quatre volumes de romans.

« Un volume tous les cinq ans !

« Un tel procédé rappelle absolument cet ancien forçat du bagne de Toulon, condamné à perpétuité, qui, pendant quarante ans, a sculpté une noix de coco avec la lame de son canif. Il a eu beau y dessiner mille linéaments grotesques, il n'a jamais pu en faire autre chose qu'une tasse à boire une gorgée d'eau. »

Telle est la courtoisie qui régnait alors entre gens de lettres. Il est curieux de voir un homme comme Scholl, qui n'a fait toute sa vie que des calembours et des articles de boulevard, traiter avec cette désinvolture un écrivain comme Flaubert.

L'Éducation sentimentale a fait son chemin depuis cette époque dans l'estime du public. M. Dumesnil, l'homme de France le mieux informé sur Flaubert, a très bien expliqué les raisons de ce succès tardif (1).

Il reste encore beaucoup de lettres des Goncourt dans les dossiers Tanit. Ils écrivaient fréquemment à Flaubert, presque aussi souvent que Tourgueneff, dont la correspondance a déjà été totalement publiée.

Nous manquons de détails sur les relations de Flaubert et de Tourgueneff. Comment cependant ne pas rappeler, en passant, la belle et sympathique figure de ce Russe si profondément Français, ce Scythe que le solitaire de Croisset appelait un immense bonhomme et qui fut pour lui un admirateur et un ami si fidèle?

Dans quelques lignes inédites que nous avons sous les yeux, Mme Aurore Sand fait du bon Russe un joli portrait : « Il était grand et de belle stature ; sa voix d'un timbre plein, en harmonie avec la stature et la « grandeur » qui émanait de ce bon géant, avait quelque chose d'innocent, d'enfantin, qui se mêlait à l'accent du timbre, où la prononciation slave qui a tant de charme avait laissé son attrait musical, malgré la perfection avec laquelle Tourgueneff parlait le français. Il marchait, s'asseyait, parlait avec une certaine lenteur. Cela lui donnait une attitude quelque peu lasse. Rien d'amer dans la physionomie ; cependant une grande mélancolie, adoucie par une expression bienveillante, quoique distante. Son regard clair n'était pas tendre ; pourtant il n'était pas froid. Il ressemblait à l'eau pure où se reflète le ciel, ou les

(1) *Mercure*, 15 septembre 1926.

nuages. Tourgueneff faisait penser à une race devenue rare, dont il serait resté un prototype isolé sur la terre où il avait pris racine, où il avait planté son robuste cœur aimant. »

Énigmatique et réfléchi, très jaloux dans ses affections, l'auteur des *Eaux printanières* admirait passionnément Flaubert. « La *Tentation de saint Antoine*, disait-il, est une des œuvres les plus extraordinaires que je connaisse (1). » « Tourgueneff m'aime peut-être trop pour me juger impartialement, » écrivait Flaubert à George Sand.

Ses sentiments d'amitié n'empêchaient pas l'écrivain russe de trouver excessives les théories de son grand ami sur le style. Ils passaient souvent des nuits à discuter ces questions dans le vaste cabinet de Croisset. Au fond, malgré ce désaccord, Tourgueneff avait absolument les mêmes idées que Flaubert sur le rôle et l'importance du style. L'auteur de *Fumées*, qui écrivait le français aussi bien que sa propre langue, recevait volontiers chez lui les jeunes auteurs et leur donnait d'excellents conseils sur l'art d'écrire.

« Pourquoi, disait-il, mépriser la forme? Savez-vous que l'œuvre du plus grand génie mourra demain, si elle n'est habillée d'une forme qui lui soit propre, d'une belle forme, oui, belle. Et c'est justice. Que m'importe que l'étoffe soit bonne, si l'habit est informe? Les sujets sont éternels. La forme·seule change et le

______

(1) *Lettres à Rawlston, Revue mondiale*, 1ᵉʳ janvier 1925. Tourgueneff a publié une traduction russe de la *Tentation* qui est, paraît-il, un chef-d'œuvre d'exactitude.

génie du poète, c'est de la voir et de l'incarner (1). »

C'est par George Sand que Tourgueneff fit la connaissance de Flaubert, et c'est ce dernier qui le présenta à Zola, Goncourt, Daudet, Maupassant. A la fois réaliste et spiritualiste, cherchant la beauté des caractères autant que leur vérité, l'auteur de *Fumées* avait ses préférences et, s'il rendait hommage à la force et au travail de Zola, il déclarait que son œuvre « puait la littérature ». Il trouvait les *Frères Zemganno* d'Edmond de Goncourt un livre *inepte* et la *Faustin* du « galimatias ». Le talent de Maupassant, au contraire, la *Maison Tellier* surtout, l'enthousiasmait. Ce qu'il cherchait, avant tout, c'était la vie, et c'est bien l'illusion de la vie que nous donnent ses romans admirables, ses inoubliables jeunes filles.

Le maître incomparable pour Tourgueneff, c'était Flaubert. « Il le croyait le plus fort de tous les écrivains présents, passés et à venir. Il avait traduit deux de ses contes, *Hérodias* et la *Légende de saint Julien l'Hospitalier* avec un amour qui touchait à la passion. Il mit un mois entier à traduire chacun de ces contes, passant des heures à chercher l'expression juste. Aussi peut-on dire que Flaubert est rendu là comme il ne le sera jamais en aucune langue (2). »

Tourgueneff et Flaubert se communiquaient volontiers leurs impressions et leurs lectures. Tourgueneff envoya, entre autres, à son ami la *Guerre et la Paix* de

(1) *Souvenirs sur Tourgueneff*, par Isaac PAVLOWSKY, p. 56, 60, 63.

(2) PAVLOWSKY, p. 71.

Tolstoï. Flaubert lut l'ouvrage et trouva que les deux premiers volumes étaient un pur chef-d'œuvre.

Susceptible, ombrageux, de caractère peu sûr, Tourgueneff fut souvent injuste, notamment envers Alphonse Daudet, qu'il paraissait pourtant aimer et chez qui il dînait fréquemment. On sait la douloureuse surprise qu'éprouva Daudet, quand après la mort de l'écrivain russe, il lut de lui ces inexplicables lignes, que rien ne peut justifier : « Daudet est un faux bon enfant... Quelle nullité ! quel caractère ! Méridional très rusé... Il ne fait qu'imiter Dickens (1). »

Comment le généreux Tourgueneff a-t-il pu méconnaître à ce point le vrai caractère d'Alphonse Daudet? L'écrivain russe savait pourtant deviner et apprécier la bonté, lui qui avait si profondément aimé George Sand. « Celui, disait-il, qui a pu voir de près cet être rare doit se croire heureux. » C'était « un des plus beaux êtres qui aient jamais vécu... une noble figure, un cœur d'or... Quelque rare que soit le génie, une telle bonté est encore plus rare (2) ».

(1) PAVLOWSKY, p. 73.
(2) *Souvenirs sur Tourgueneff*, par PAVLOWSKY, p. 69.

CHAPITRE IX

Pour Gustave Flaubert et pour ses amis, Gautier,
Bouilhet, Du Camp, Janin, Dumas, nouveau cénacle
qui prolongea longtemps encore le culte romantique,
Victor Hugo resta toujours le maître vénéré, la
suprême incarnation de la poésie française. Flaubert
voyait très bien les défauts de Victor Hugo ; mais
il se faisait un point d'honneur de ne pas les avouer
publiquement. L'auteur de *Salammbô* semble, d'ailleurs, avoir aimé l'homme autant que le poète.

. On écrirait des volumes avec le bien et le mal qu'on
a dit de Victor Hugo. Tous ceux qui l'ont approché
sont unanimes à reconnaître sa cordiale bonté, sa
politesse familière, sa simplicité souriante. « Il m'a
prié de vous dire un tas de choses, écrivait Flaubert
à George Sand. C'est un vieux malin qui connaît
son monde. »

L'admiration de Flaubert pour Victor Hugo n'admettait pas d'objection et devenait vite agressive.
On sait comment il loue dans sa Correspondance le

chapitre des *Truands* de *Notre-Dame de Paris* et le *Dernier jour d'un condamné*. Il eût certainement approuvé Banville soutenant à un compositeur de musique que Beethoven avait eu plus de difficultés à trouver son orchestration que Hugo à trouver « sa merveilleuse orchestration de mots, qui fait de sa poésie la plus ineffable et la plus incomparable des harmonies (1) ».

Reçue à Bruxelles chez l'auteur des *Châtiments*, Olympe Audouard fut stupéfaite de trouver un homme et non une idole (2). La correspondance du poète, son rôle avec ses amis, particulièrement avec Sainte-Beuve, montrent la patiente fidélité de ses affections. L'avarice même de Victor Hugo n'est peut-être qu'une légende. Désintéressé, quoi qu'on ait dit, avec ses éditeurs, il était généreux et charitable, ne refusait jamais un service et, s'il faut en croire Lockroy, il donnait à manger à tous les pauvres qui se présentaient chez lui (3).

Victor Hugo, dans l'intimité, adorait comme Flaubert la grosse plaisanterie et, très bon imitateur, il improvisait des charges amusantes. Il devait être, à son tour, victime de ce don d'imitation. Albert Sorel l'a pastiché admirablement. « Quand je veux lire du très bon Hugo, je lis Sorel, » disait Dumas fils.

(1) *Souvenirs et anecdotes*, par les frères LIONNET, p. 176.
(2) *Voyage à travers mes souvenirs*, par Olympe AUDOUARD, p. 110.
(3) *Gazette anecdotique*, janvier 1891.

L'admiration de Flaubert pour Victor Hugo n'allait pas jusqu'à l'aveuglement. L'auteur de *Salammbô* ne cachait pas son indignation contre les politiciens adulateurs qui composaient l'entourage du grand homme. Gautier ne dissimulait pas non plus le malaise que lui donnaient certaines productions d'Hugo vers 1866. Flaubert ne put jamais prendre au sérieux les *Misérables*. « Les *Misérables* m'exaspèrent, disait-il, et il n'est pas permis d'en dire du mal. On a l'air d'un mouchard. Moi qui ai passé ma vie à l'adorer, je suis présentement indigné... Ce livre est enfantin », etc. « Comme romancier, disait Tourgueueneff, Victor Hugo ne mérite pas qu'on le critique. » Taine le traite de garde national. Léon Bloy l'appelle un Lama imbécile et Jules Lemaître un Homais à Patmos.

Familier avec ses intimes, Victor Hugo ne descendait pas volontiers du piédestal où il pontifiait avec une bonhomie et une maîtrise de lui-même qu'il posséda dès ses premiers débuts littéraires. Clément Caraguel raconte dans les *Débats* (mars 1879) que le grand poète, alors inconnu et tout jeune, alla proposer un volume de vers à un éditeur, qui le refusa. « Vous avez tort, dit le jeune homme ; j'aurais signé avec vous un traité qui vous aurait garanti la propriété des autres œuvres que je ferai plus tard. — Vous êtes bien bon, monsieur, répondit l'éditeur avec un sourire ironique. — Plus peut-être que vous ne pensez, reprit le poète, car il y a en moi un homme de génie, quoique vous n'ayez pas l'air de le croire, et c'est ce

qu'on verra plus tard. Là-dessus, le jeune homme
serra le manuscrit dans sa poche et sortit. L'éditeur
réfléchit un instant ; puis il courut après son inconnu.
Mais celui-ci était déjà loin, et il ne put le retrouver.
C'est de l'éditeur lui-même, dont il est inutile de dire
le nom, et qui est mort aujourd'hui, que je tiens cette
petite histoire. Il est facile d'en déduire la moralité.
A la vérité, tout le monde ne peut pas parler comme
notre poète inédit, car tout le monde ne s'appelle pas
Victor Hugo ! »

Le génie et le caractère de Victor Hugo pouvaient
seuls, en effet, justifier ce ton d'assurance olympienne
qu'il apportait en toute chose. Lui seul pouvait avoir
assez d'autorité pour imposer, comme il le fit, à sa
femme et à ses amis sa célèbre liaison avec Mme Drouet,
à laquelle il fut fidèle à sa manière. « On ne peut le
comparer avec les hommes ordinaires, » disait Dumas
père à Mathilde Shaw, pour s'excuser d'avoir accepté
la commission délicate d'aller annoncer à Mme Hugo
les relations de son mari avec Juliette Drouet (1).

C'est pendant le séjour du grand poète à Jersey
que parurent les œuvres en prose qui déplaisaient
à Flaubert, les *Misérables*, les *Travailleurs de la mer*,
l'Homme qui rit, et c'est pourtant de cette époque
que datent les meilleures productions poétiques
d'Hugo, les *Châtiments*, les *Contemplations*, la *Légende*

---

(1) *Illustres et inconnus*, par Mathilde SHAW, p. 215.
Avant de connaître Victor Hugo, Mme Drouet avait été la
maîtresse de Pradier, dont elle avait eu un fils, et, quand le
poète l'a aimée, elle était entretenue par un riche Russe.

des siècles. La gloire du poète prit un rayonnement nouveau dans cet exil où il s'est si terriblement ennuyé, loin de sa fidèle cour d'adorateurs. Dépaysé hors de Paris, le poète accepta cette lointaine apothéose ; mais, au fond, il était resté citadin ; « il lui fallait un auditoire, des encenseurs ; il ne pouvait se passer de ces planches où il jouait la comédie (1). »

Le plus singulier, c'est que cet illustre père du romantisme n'était, au fond, lui aussi, qu'un parfait bourgeois, qui eut le mérite d'avoir non seulement admirablement organisé sa vie, son travail et sa production, mais qui réussit même à embourgeoiser ses amours et qui acheva son existence dans l'adoration de ses petits-enfants, dont il racontait complaisamment les mots les plus puérils. Son retour à Paris ne changea pas ses habitudes : il travaillait le matin, déjeunait à 11 heures ; l'après-midi, promenade à pied ou en omnibus ; et le soir il recevait des visites et se couchait à 11 heures.

Très épistolier, on le sait, Victor Hugo conférait des brevets d'immortalité à tous les poètes qui lui envoyaient des vers. On remplirait des volumes avec les billets qu'il a semés à travers le monde et dont on peut se faire une idée par les échantillons que nous a donnés Charles Monselet (2).

Victor Hugo écrivait à Louise Colet par l'intermédiaire d'une amie de Flaubert, domiciliée à Londres.

(1) *Journal* de Prosper Menière, p. 61.
(2) MONSELET, *Souvenirs littéraires*, p. 270.

Il est peu probable cependant que le grand poète ait attendu la publication de *Madame Bovary* pour apprendre l'existence de Flaubert (1).

L'éditeur Conard a publié les lettres les plus admiratives de Victor Hugo sur *Madame Bovary*, deux billets sur la *Tentation de saint Antoine*, une lettre enthousiaste sur *Salammbô*, que Victor Hugo appelle un « drame poignant, une résurrection surprenante », et une autre lettre sur la *Tentation*, « un livre, dit-il, plein comme une forêt. » Il ne reste guère dans les dossiers Tanit que quelques billets inédits adressés par Victor Hugo à Flaubert du fond de l'exil. Les voici. Le grand poète écrit brièvement, mais sur un ton d'amitié toujours très vif, tout en expédiant ses missives pour Louise Colet.

Marine Terrace, 28 juin.

Puisque vous ne voulez pas de remerciements, monsieur, savez-vous comment je vous prouverai ma reconnaissance? par mon indiscrétion. Voici un nouveau paquet pour Mme G... Permettez-moi d'y joindre *pour vous* mon portrait; c'est un ouvrage de mon fils, fait en collaboration avec le soleil. Il doit être ressemblant. *Solem quis dicere falsum audeat?* Vous y retrouverez la bague dont vous me parlez dans votre gracieuse lettre. J'ai

____

(1) CLARETIE, *La Vie à Paris*, 1910, p. 54.

gardé le souvenir de cet hiver de 1844 et de ces soirées chez Pradier. Une partie de tout cela est mort, mais vit au fond de mon âme ; je suis heureux que votre souvenir y soit mêlé, car vous êtes maintenant pour moi un ami. Je ne puis m'expliquer quelle est l'intention du bon Dieu en nous ôtant, à nous, exilés, le soleil, cet été ; peut-être fera-t-il compensation en nous ôtant le Bonaparte cet hiver. Si cela est, que ce mystérieux tout-puissant soit loué !

Je vous serre cordialement la main, monsieur,

Victor Hugo.

Dans une autre lettre, Victor Hugo envoie à Flaubert une pièce des *Châtiments*, dont il lui annonce la prochaine publication :

Marine Terrace, 10 novembre 1853.

Comment vous remercier, monsieur? En abusant. Que voulez-vous? C'est M. Bonaparte qui vous vaut, je crois, ces lettres et aussi cette lettre. Ajoutez ce grief aux autres. Voici notre hiver commencé. Un brouillard gris est sur la mer. Je regarde les voiles qui passent à l'horizon et je songe aux choses charmantes que vous me dites. Ce sont les oiseaux de l'eau ; je leur souris comme Pétrarque aux colombes ; Pétrarque disait : Parlez de moi à ma maîtresse. Je leur dis : Parlez de moi à ma patrie.

Excusez cette forme sauvage. Je fais de ma lettre l'enveloppe, pour que le paquet ne soit pas trop gros. Est-ce que vous voulez toujours bien transmettre cette lettre à Paris?

Je vous envoie cette *Chanson* encore inédite, extraite du volume maintenant imminent. Cela sera intitulé : *Châtiments* (1).

24 décembre.

Je ne m'excuse plus, monsieur, je me borne à vous envoyer du fond de mon cœur mes plus affectueux remerciements. Voici le moment d'échanger des vœux de bonne année ; il est probable que nous nous souhaitons l'un à l'autre la même chose ; je dis la même chose, car ce qui sera pour nous le retour sera pour vous la délivrance. Je vous envoie quelques vers encore. Je voudrais bien vous envoyer le livre, mais le moyen? La surveillance est féroce. On vient de condamner à trois ans de prison, à Saint-Malo, un pauvre homme appelé Aubin, pris avec un exemplaire du livre caché dans la doublure de sa veste. La France souffre ces choses, hélas !

(1) Cette chanson n'est pas dans la lettre.

Est-ce que vous serez assez bon pour faire tenir cette lettre à notre amie?

Je serre vos mains bien cordialement,

V. HUGO.

Flaubert, on le conçoit, est impatient de lire ces fameux *Châtiments*, qui vont faire un si beau bruit ; mais la police veille ; on arrête le volume à la frontière, et il n'est pas facile à expédier.

Marine Terrace, 12 janvier.

Je voudrais bien, monsieur, trouver le moyen de vous envoyer le volume entier. Ne le pouvant, je vous l'adresse page à page. Notre amie m'écrit qu'elle vous a transmis l'*Expiation*.

Je vous envoie ceci pour elle. Quand pourrai-je reconnaître vos bonnes grâces autrement que par de stériles remerciements?

Je vous serre cordialement la main,

V. HUGO.

Victor Hugo n'écrit jamais à Flaubert sans le charger d'une lettre pour Louise Colet, qui poursuivait alors le grand poète de ses assiduités.

Marine Terrace, 19 mars,

Excusez, mon honorable et cher concitoyen,

la petitesse du papier et la brièveté de la lettre. Ne mesurez, je vous prie, à cette brièveté, aucun de mes sentiments pour vous.

Je vous envoie, ci-inclus, deux petits speechs prononcés ici et un paquet pour notre amie.

Ex uno corde,

V. HUGO.

26 avril.

Il faut, monsieur, que Marine Terrace compte bien sur les bonnes grâces de Croisset pour se permettre cette avalanche de missives et ces billets sur petit papier. Ce qui n'est pas petit, c'est la reconnaissance pour tant de cordialité.

V. HUGO.

Flaubert se faisait un devoir d'envoyer tous ses ouvrages à Victor Hugo, qui répondait toujours avec empressement. La correspondance entre les deux écrivains s'étant établie régulièrement, Victor Hugo prévient Flaubert qu'il en abusera.

Marine Terrace, 18 septembre.

Je veux le correspondant et j'exige la correspondance. Tant pis pour vous, monsieur, c'est votre faute, pourquoi m'écrivez-vous les plus spirituelles et les plus nobles lettres du monde?

Prenez-vous-en à vous-même ; désormais, il faut que vous m'écriviez.

Figurez-vous que j'ai sottement égaré l'adresse que vous m'aviez donnée à Londres. De là, le retard de cette réponse, de là, l'envoi tardif du discours que vous trouverez sous ce pli.

Nous sommes pleins d'espoir et de foi ici. Tout va bien pour le moment. Je donne encore deux ans à l'homme. Après quoi, l'éternité sera au peuple. Je vous serre les deux mains,

Victor HUGO.

Est-ce que vous voulez bien vous charger de transmettre sûrement ce paquet à notre amie?

Victor Hugo n'oublie pas la commission finale pour Louise Colet. La Muse accablait le poète d'envois de toutes sortes, comme le prouve le billet suivant, que Victor Hugo lui adresse, cette fois directement :

Marine Terrace, 12 octobre.

Vous avez dû, madame, recevoir ma lettre au moment où j'ouvrais la vôtre. Encore de touchants et magnifiques vers. Vous voulez donc me rendre insolvable ! Vous m'accouplez à Corneille d'autorité ; vous parlez aux poètes avec empire, comme la muse. Les Corneilles sont couronnés de lauriers ; vous, vous êtes couronnée d'étoiles.

La censure est bête, je ne m'en étonne pas.
Patience, la prescription viendra. Vous nous
répondrez à Jersey. Je vous souhaite cette gloire,
l'exil, et je nous souhaite ce bonheur, votre présence.

Je me mets à vos pieds, madame,

Victor HUGO.

M. Rajot vous a dû donner l'adresse où l'on
peut m'écrire sûrement.

A son retour d'exil, les relations entre Victor Hugo
et Flaubert devinrent très suivies. Les billets d'invitations se succèdent et n'ont plus beaucoup d'intérêt.
Flaubert, malgré ses réserves, resta jusqu'à la fin de
sa vie l'ami et l'admirateur du grand poète.

S'il est intéressant de connaître l'opinion des amis
de Flaubert sur son œuvre, il n'est pas moins curieux
de retrouver chez eux ses goûts, ses idées et, en quelque
sorte, la sympathie et les reflets de son propre talent.
Les qualités descriptives de Flaubert, son lyrisme, sa
passion de la forme, son besoin de documentation
réaliste ne pouvaient, par exemple, laisser indifférent un artiste exalté comme Michelet, qui nous a
donné une si ardente et si douloureuse vision du
passé.

La lecture de Michelet fut une date dans la vie de
Flaubert. C'est sous l'influence de trois pages de l'*His-*

toire romaine, lue au lycée, que l'auteur de *Salammbô*
aurait remarqué le beau sujet que présentait la guerre
de Carthage et des Mercenaires (1).

Quant à Michelet, il débuta dans sa jeunesse par
une traduction des citations grecques et latines de
Montaigne et une thèse de licence sur les Vies de *Plu-
tarque*, les deux auteurs favoris de Flaubert.

Malgré leurs différences de style, Michelet et Flaubert ont de nombreux points de ressemblance, l'amour
de l'image, la même soif d'érudition, de lecture et de
travail. On n'eût peut-être pas soupçonné, avant la
publication de ses *Lettres intimes*, à quel point Michelet
fut un homme de labeur et d'application. « Je trompe
le temps, disait-il, à force de travail... J'ai persisté à
écrire ce matin, et j'en ai été récompensé, car j'ai
écrit plus facilement (2). »

Chaque page de cette correspondance révèle les
ardeurs gémissantes d'un homme hypnotisé par les
questions d'art et de style. En 1825, Michelet songeait
à publier un livre sur la Littérature considérée dans
ses rapports avec la morale. A chaque instant, il se
reproche de mettre trop d'art dans ce qu'il fait (3),
et de « travailler sans attendre l'inspiration ». Il écrit
à Eugène Noël, le 11 juin 1857 : « Je suis heureux, si
j'atteins plus de style et plus d'art. Le style m'a poursuivi toute ma vie. » Après son second mariage, do-

____

(1) THIBAUDET, *Gustave Flaubert*, p. 156.
(2) *Lettres intimes* de Michelet, publiées par P. Sirven,
p. 92.
(3) *Ibid.*, p. 207.

miné par son labeur, il écrit toute la matinée, recommence après son cours au collège de France, se couche à dix heures et reprend le lendemain : « Ce livre me dévore. Je travaille avec acharnement. » A Nantes, sa vie est simple : « J'écris à mort jusqu'à midi ; je vais à Nantes pour les archives ou les affaires de ménage. De trois à six, je lis les journaux de la Révolution pour écrire le lendemain. Nous dormons souvent dès neuf heures, le plus souvent à dix. Je me hâte, le temps peut me manquer. Il brûle et la terre fuit sous moi (1). »

Michelet se rendait très bien compte qu'il aimait trop le style ; il avait peur quelquefois de paraître trop artiste et, comme Flaubert, il cherchait de plus en plus à simplifier sa manière. « Que je voudrais parler en prose ! Le rythme oratoire me poursuit et fait de moi une sorte de poète avorté (2). » C'est le reproche que firent les amis de Flaubert au premier texte de la *Tentation de saint Antoine*.

Michelet a pu écrire l'histoire avec passion et avec violence ; il n'a jamais perdu de vue la nécessité de la documentation positive et impartiale. Gustave Claudin visitant avec lui la tour où Jeanne d'Arc fut enfermée et le cachot qu'elle ne quitta que pour aller au supplice, Michelet lui donne les détails les plus précis et les plus curieux. Il avait fouillé tous les *Mémoires* du temps, et la publication du procès

(1) *Lettres intimes*, p. 188.
(2) *Ibid.*, p. 220.

de Jeanne d'Arc a montré combien il avait vu juste.

Malgré ce besoin d'exactitude, Michelet est cependant tombé dans des excès d'intolérance et de sectarisme qui eussent certainement choqué la sérénité de Flaubert. Les préjugés antireligieux de Michelet contre le pape et la civilisation chrétienne l'ont trop souvent poussé à déformer la réalité historique. Mystique et religieux en 1843 (voir ce qu'il a dit sur la Croix dans l'Introduction à l'*Histoire universelle*, édition de l'époque) (1), le grand historien acheva sa vie en libre-penseur et fut enterré civilement.

Ce qui distingue essentiellement Michelet de Flaubert, et ce qui classe l'historien tout à fait à part, c'est la sensibilité toute féminine de son talent, cette nervosité maladive qui s'accrut encore après son mariage avec la fille de l'ancien secrétaire de Toussaint Louverture. Ils s'étaient écrit sans se connaître ; c'est par lettres que se noua leur liaison ; le mariage fut

(1) Voici ce texte, écrit en 1843 : « J'ai baisé de bon cœur la croix de bois qui s'élève au milieu du Colisée, vaincu par elle. De quelles étreintes la jeune foi chrétienne dut-elle la serrer, lorsqu'elle apparut dans cette enceinte entre les lions et les léopards ! Aujourd'hui encore, quel que soit l'avenir, cette croix, chaque jour plus solitaire, n'est-elle pas pourtant l'unique asile de l'âme religieuse? L'autel a perdu ses honneurs, l'humanité s'en éloigne peu à peu ; mais, je vous en prie, oh ! dites-le-moi si vous le savez, s'est-il élevé un autre autel? » (*Revue anecdotique*, 31 mai 1876). Treize ans plus tard, en 1856, Michelet en était arrivé à détester la croix et à protester contre les quatre vers que Victor Hugo adressait au crucifix dans les *Contemplations* (Jean-Marie CARRÉ, *Michelet et son temps*, p. 55).

décidé avant qu'ils se fussent vus. Devenue sa collaboratrice, sa femme fit en partie ou même entièrement quelques-uns de ses ouvrages, comme la *Mer*, l'*Oiseau*, la *Montagne*, et elle publia, en 1867, les *Mémoires d'un enfant*.

Autre différence avec Flaubert : Flaubert se moquait de l'amour ; l'amour a littéralement dévoré Michelet. La vie de Michelet fut un perpétuel état d'exaltation amoureuse, Pauline Rousseau, Mlle Dumesnil, Mme Mialaret... Certains livres, comme *La Femme*, *l'Amour*, *le Prêtre*, ne sont que des confessions passionnelles. Flaubert cache sa vie ; Michelet répand la sienne, vous inonde de désir et de larmes. Il poussait la manie de l'amour jusqu'à idéaliser, comme dit Lamartine, ce qui n'est que l'instinct de reproduction mécanique chez les insectes (1).

Michelet, dans l'intimité, était un homme extrêmement séduisant. La familiarité faisait l'attrait de sa conversation privée comme de ses leçons publiques. Il parlait lentement, avec une certaine gravité. Ce qui frappait, quand on le connaissait bien, c'était sa modestie, son indulgence, sa ferveur d'affection. Un de ses amis, étant allé le voir, résume en deux mots son accueil : « Une voix de femme... une voix d'enfant... Plaintes, gémissements, cris de détresse... Ah ! c'est déchirant !... Je suis ému, j'accours... ni enfant ni femme !... Un homme souple et fort se jette à mon cou, m'étreint et me terrasse. C'est un assassin, c'est un filou... C'est Michelet ! »

(1) Louis ULBACH, *Misères et grandeurs littéraires*, p. 64.

Nous trouvons peu de lettres du grand historien dans les dossiers Tanit. Flaubert, qui lui écrivait souvent, a dû en céder plusieurs à son ami Laporte, avec d'autres lettres de Gozlan, Janin, Paul de Saint-Victor et Sainte-Beuve (1).

Voici quelques billets qui prouvent les bonnes relations des deux écrivains (2) :

25 novembre 1862.

Cher monsieur,

J'ai eu mille embarras. Et la *Sorcière*, ne voulant pas se convertir ici, va en Belgique. Pendant ce temps-là, Dentu n'envoie rien, ne distribue rien et *pas même aux journaux!*

J'ai appris ainsi indirectement que vous ne l'aviez pas de moi. J'en suis honteux et je vous serre la main.

J. MICHELET.

Où en est la carthaginoise?

Saint-Jean-de-Luz, H. P. 16 octobre 1863.

Me voilà bien tranquille : votre opinion est pour moi *instar omnium*. Qui plus que vous a droit de juger? « Le métier », oui, mais au delà que de choses, que vous avez sues !

Je vous serre la main très tendrement.

J. MICHELET

(1) Article de Lucien DESCAVES, *Le Journal*, 17 juin 1906.
(2) Dossiers Tanit.

Lundi, 15 septembre 1864.

Cher monsieur,

Je voulais, hier dimanche, aller vous voir et vous prier de venir dîner jeudi avec nous ; une visite m'a retenu. Faites-nous ce plaisir, je vous prie. Nous avons Renan, Berthelot, le grand chimiste, et quelques autres amis.

Répondez-moi, je vous prie. Je vous serre la main affectueusement,

J. MICHELET.

25 septembre 1864.

Très cher monsieur,

Nous voulions vous prier de venir dîner le jeudi de la Mi-Carême. Mais, nous dînerons plutôt l'autre quinzaine. Vous serez moins préoccupé du succès de l'impératrice romaine.

Des dames amies de ma femme veulent, pour *ce jeudi de la mi-carême*, s'habiller en *nations*. Nous aurons une très touchante Pologne, etc. On soigne les coiffures et l'on sera heureux si vous venez voir et juger.

Je vous serre la main,

J. MICHELET.

Les sentiments d'admiration de Michelet pour Flaubert dégagent une sincérité loyale et pressante.

Votre génie, cher monsieur, cher ami, c'est un

verre grossissant, qui amplifie et embellit, illu-
mine et échauffe de toutes les puissances qui sont
en lui.

Vous vous trompez, n'importe. Je vous ai lu
avec un grand plaisir et singulièrement admiré.
Une telle lettre est plus que le livre. Belle et rare
singularité, si curieuse, que je voie si peu un
homme supérieur qui aime la production des
autres, et lui soit sympathique.

Ne venez-vous pas à Paris, pour les jours gras?
Nous espérons avoir ici M. Pouchet. Je serais
bien heureux, dans tous les cas, si vous pouviez
dîner avec nous jeudi 14 février; nous avons
quelques amis qui sont vos admirateurs.

Je vous serre tendrement la main,

J. MICHELET,

30 juin 1861.   rue de l'Ouest, 44.

CHAPITRE X

Guy de Maupassant disciple de Flaubert. — Poursuites judi-
ciaires contre Maupassant. — Lettres à Flaubert. —
Maupassant au ministère. — Lettre de Maupassant sur la
mort de Flaubert.

Parmi les amis de Flaubert, Maupassant ne fut
pas seulement le plus intime et le plus fidèle ; c'est
le type même du disciple préféré. Maupassant a
aimé Flaubert avec passion. Longtemps avant de
rien publier, l'auteur d'*Une vie* avait pris l'habitude
de soumettre ses productions à son grand ami. « J'ai
travaillé, disait-il, pendant sept ans avec Flaubert,
sans écrire une ligne. Pendant ces sept années, il m'a
donné des notions littéraires que je n'aurais pas
acquises après quarante ans d'expérience (1). »

Flaubert fut bien réellement le professeur de style
de Maupassant. L'auteur de la *Maison Tellier* rappelait souvent au peintre Gervex les conseils qu'il recevait de Flaubert : « Quand tu verras telle chose, tu
me l'écriras. Quand tu regarderas tel bonhomme, tu
m'adresseras son portrait en quelques lignes (2). »

(1) *Gazette anecdotique*, 31 juillet 1891.
(2) GERVEX, *Souvenirs*, p. 66.

Il n'est pas surprenant qu'avec un tempérament
et une tournure d'esprit à peu près identiques, Maupassant se soit si vite assimilé les idées de Flaubert ;
qu'il ait si naturellement adopté sa doctrine, sa méthode, ses goûts, jusqu'à la haine du bourgeois, qui
lui fit refuser la croix et l'Académie. Très positif, un
peu snob et fanfaron, l'auteur de *Bel ami* semble avoir
voulu se faire une réputation de brutalité, que démen-
taient son vrai caractère et sa bonté naturelle. « Ser-
viable camarade, ami sûr, dit Roujon, qui le connaissait bien. A ses débuts d'employé pauvre, il obligea
tout le monde. Quand vint l'aisance, il fut généreux.
Dès qu'il eut de l'influence, il aida les confrères mal-
traités par la vie ; on le vit dans les antichambres
ministérielles solliciter pour les vaincus (1). »

Le pessimisme de Maupassant était peut-être encore
plus désespéré que celui de Flaubert. Comme Zola
dans la *Joie de vivre*, Maupassant a incarné chez un de
ses personnages la hantise de la mort, qu'il ne craignait
pas pourtant. « Je la crains si peu, aurait-il dit, que
je serais capable de me tuer par plaisanterie. Je songe
au suicide avec reconnaissance. C'est une porte ouverte
pour la fuite, le jour où vraiment on est las (2). »

Homme pratique, malgré cette obsession du néant,
Maupassant ne quitta son emploi au ministère qu'après
la publication de *Boule de suif*, qui le rendit célèbre ;

(1) ROUJON, *Galerie des bustes*, p. 21.
(2) Cité par Hugues LEROUX, *Portraits de cire*, p. 89. Roujon
dit, au contraire, que Maupassant craignait la mort et la
maladie.

encore jugea-t-il prudent de demander un congé d'un an, avec la faculté de reprendre son poste. M. de Monzie a écrit de jolies pages sur ce sujet.

A Paris et au ministère, Maupassant s'occupa activement des affaires de Flaubert. Les dossiers Tanit contiennent de nombreuses lettres de Maupassant, qui montrent son empressement à lui répondre, son zèle, son activité et ses démarches, notamment pour la place et la pension qu'on voulut offrir à l'auteur de *Madame Bovary*, dans les dernières années de sa vie.

Maupassant écrit aussi à Flaubert de longues lettres sur ses propres affaires. Il lui raconte avec indignation les menaces de poursuite dont il est l'objet après la publication de *Au bord de l'eau*. Ces pages avaient été envoyées par Flaubert au ministre Bardoux pour le décider à prendre son élève dans ses bureaux, et c'est précisément cette pièce que poursuit le parquet d'Étampes. « O magistrature ! s'écrie Maupassant. Ils sont vraiment trop bêtes ! La stupidité de ces cancres pousserait à l'assassinat. Ces juges pudibonds ne comprennent pas le vomissement qui vous prend devant leurs intelligences. »

Il insiste et demande à Flaubert de lui venir en aide :

J'arrive à mon affaire. Je suis décidément poursuivi pour outrage aux mœurs et à la morale publique ! ! ! et cela à cause de *Au bord de l'eau !* J'arrive d'Étampes, où j'ai subi un long interrogatoire du juge d'instruction. Ce magistrat a été, du reste, fort poli, et moi je ne crois pas avoir été maladroit.

Je suis accusé, mais je crois qu'on hésite à pousser l'affaire, parce qu'on voit que je me défendrai comme un enragé. Non à cause de moi (je me f... de mes droits civils) mais à cause de mon poème, nom de Dieu ! Je le défendrai coûte que coûte, jusqu'au bout, et ne consentirai jamais à renoncer à la publication !

Maintenant, mon ministère m'inquiète et j'emploie tous les moyens imaginables pour faire rendre une ordonnance de non-lieu. Le *Dix-neuvième Siècle* a suivi l'*Événement;* ce dernier journal continue la campagne, mais il me faudrait frapper un coup, et je viens vous demander un *grand* service, en vous priant de me pardonner de vous prendre votre temps et votre travail pour une si stupide affaire. J'aurais besoin d'une lettre de vous à moi, longue, réconfortante, paternelle et philosophique, avec des idées hautes sur la valeur morale des procès littéraires, qui vous assimilent aux Germiny quand on est condamné, ou vous font parfois décorer quand on est acquitté. Il y faudrait votre opinion sur ma pièce *Au bord de l'eau,* au point de vue littéraire et au point de vue moral (la moralité artistique n'est que le beau) et des tendresses. Mon avocat, un ami, m'a donné ce conseil que je crois excellent, voici pourquoi :

Cette lettre serait publiée par le *Gaulois* dans un article sur mon procès. Elle deviendrait en même temps une pièce pour appuyer la défense et un argument sur lequel serait basée toute la plaidoirie de mon défenseur. Votre situation exceptionnelle, unique, d'homme de génie, poursuivi pour un chef-d'œuvre, acquitté péniblement, puis glorifié et définitivement classé comme un maître irréprochable, accepté comme tel par toutes les écoles, m'apporterait un tel secours, que mon avocat pense que l'affaire serait immédiatement étouffée après la seule publication de votre lettre. Il faudrait que ce MORCEAU parût tout de suite, pour bien sembler une consolation immédiate envoyée par le maître au disciple.

Maintenant, si cela vous déplaisait le moins du monde, pour n'importe quelle raison, n'en parlons plus.

Vous pourriez rappeler que vous avez remis mon œuvre à M. Bardoux, en lui demandant de me prendre auprès de lui. Pardon encore, mon bien cher maître, de cette lourde corvée; mais que voulez-vous? Je suis seul pour me défendre, menacé dans mes moyens d'existence, sans appui dans ma famille ni dans mes relations, et sans la possibilité de couvrir d'or un grand avocat. Je tiens à ma pièce de vers et je ne la lâcherai pas. La littérature avant tout.

Quand je vous demande une longue lettre, je veux dire deux ou trois pages de votre papier à lettre ; seulement pour intéresser la Presse en ma faveur et la faire repartir là-dessus. Je vais intriguer auprès de tous les journaux où j'ai des amis.

Je vous embrasse bien tendrement, mon cher maître, et je vous demande encore pardon.

A vous filialement,

Guy DE MAUPASSANT.

Si cela vous embêtait que votre prose allât dans un journal, ne m'envoyez rien. Ma lettre est bien mal f... Tant pis (1).

Voici une autre lettre, non moins curieuse, à propos de ces poursuites :

Cabinet du ministre
de l'Instruction publique
des Cultes et des Beaux-arts.

Ça va très mal, mon cher maître. Je crois que je vais perdre ma place et me trouver sur le pavé. C'est raide. Je vous dirai, tout à fait *confidentiellement* que *Nana* est sur le point d'être saisi ; et on me poursuit, je crois, pour arriver à Zola sur un *marchepied*. Je compte cependant beaucoup sur

(1) Dossiers Tanit. Flaubert écrivit sa lettre au *Gaulois* et l'affaire fut étouffée (1880).

la lettre que je vous ai demandée. Le retentissement de votre procès et votre situation littéraire
actuelle vous donnent une autorité singulière.

On m'a dit de différents côtés et par des
CANAUX AUTORISÉS, que j'allais être condamné certainement. Donc, il y a des dessous. On m'affirme
que cela vient du salon de Mme Adam (entre nous),
et que je suis une victime désignée pour frapper
ensuite Zola. Est-ce vrai? Je ne sais. Je suis,
dans tous les cas, bien embêté. Je vous tiendrai
au courant de tout ce qui se produira. Je vous
embrasse bien tendrement.

Guy DE MAUPASSANT (1).

A mesure qu'il publie des livres, Maupassant
confie à Flaubert ses indignations et ses craintes, et,
se mettant toujours à son service, passe tour à tour
de ses affaires aux siennes.

Le 3 novembre 1877, il lui envoie cinq grandes
pages écolier, pour lui décrire le pays où doivent
excursionner Bouvard et Pécuchet. Maupassant, qui
connaissait bien Étretat, fait ses objections, précise
la topographie et envoie même des croquis faits à la
plume et représentant les falaises, les grottes, le
rivage, la mer, l'itinéraire, les chemins.

Voilà, dit-il, en style de guide, l'itinéraire d'An-

_____

(1) Dossiers Tanit.

tifer à Étretat. Je me suis abstenu de toute description imagée, pour tâcher de vous faire voir
plus nettement. Je ne sais si j'ai réussi. Si vous
voulez autre chose, si je ne vous ai pas bien compris, écrivez-moi immédiatement et je vous répon-
drai le jour même (1)...

Toujours prêt à lui rendre service, Maupassant
envoie, entre temps, à Flaubert des nouvelles de leurs
amis communs et lui raconte ses ennuis *ministériels :*

Zola, propriétaire à Médan (Seine-et-Oise), s'est
aperçu qu'un plancher de sa maison pliait ; il en
a fait lever un bout et a reconnu que les poutres
étaient pourries. Alors, sans architecte, avec le
conseil du maçon du pays, il les a remplacées par
des poutrelles de fer. De sorte que je m'attends
à voir quelque jour la maison tout entière s'écrouler.
O réalistes !

Mon ministère m'énerve, je ne puis travailler,
j'ai l'esprit stérile et fatigué par des additions que
je fais du matin au soir, et il me vient par moments
des perceptions si nettes de l'inutilité de tout, de
la méchanceté inconsciente de la création, du vide
de l'avenir (quel qu'il soit) que je me sens venir une
indifférence triste pour toutes choses et que je
voudrais seulement rester tranquille dans un coin,

____

(1) Dossiers Tanit.

sans espoirs et sans embêtements... Je dis chaque soir, comme saint Antoine : « Encore un jour, un jour de passé. » Ils me semblent longs, longs et tristes, entre un collègue imbécile et un chef qui m'engueule. Je ne dis plus rien au premier ; je ne réponds pas au second. Tous deux me méprisent un peu et me trouvent inintelligent, ce qui me console (1).

On sent dans les lettres de Maupassant un perpétuel besoin d'épanchement et d'intimité. Il regrette amèrement de ne plus pouvoir causer avec Flaubert.

L'année de la publication de *Nana*, il lui écrit :

J'ai vu Zola hier soir et il m'a dit que vous ne viendriez pas cet hiver ! Cette nouvelle m'a tellement étonné et désolé, que je vous prie de me dire tout de suite si elle est vraie. Passer l'hiver sans vous voir ne me paraît pas possible. C'est mon plus grand plaisir de l'année d'aller causer avec vous, chaque dimanche, pendant trois ou quatre mois, et il me semble que l'été ne peut pas revenir sans que je vous aie vu. Mme Commanville doit être à Paris ; mais, comme je ne puis quitter mon bureau avant 6 heures et demie du soir, il m'est impossible d'aller chez elle (2).

(1) Dossiers Tanit.
(2) *Ibid.*

Maupassant se plaint surtout de ne pouvoir travailler à ses romans. M. Charmes, son directeur, lui a promis qu'on « lui laisserait du temps pour travailler » et il attend toujours. C'est l'époque des fameux manifestes de Zola, qui est en ce moment la personnalité littéraire la plus en vue. L'auteur de *Mademoiselle Fifi* ne cache pas son indignation contre les procédés de Zola :

Que dites-vous de Zola? Avez-vous lu son article sur Hugo, son article sur les poètes contemporains et sa brochure *la République et la littérature?* « La République sera naturaliste ou elle ne sera pas, » *Je ne suis qu'un savant!* (Rien que cela! Quelle modestie!) « L'enquête sociale, » le « document humain », la série des *formules*. On verra maintenant sur le dos des livres : « Grand roman selon la formule naturaliste ». « Je ne suis qu'un savant!!! » Cela est pyramidal! Et on ne rit pas...

Il me charge de vous dire qu'il vous attendait avec impatience pour donner le dîner qu'il a promis pour la cinquantième édition de l'*Assommoir*... Il a retardé son départ pour cela (1).

Le 17 octobre 1879, Maupassant reparle encore de Zola :

Et *Nana?* Je vous envoie un article phénoménal

(1) Dossiers Tanit.

de Zola sur le roman expérimental !... On voit sur les boulevards et dans les rues des files d'hommes en blouse portant des bannières sur lesquelles on lit : « *Nana*, par Émile Zola, dans le *Voltaire* ». Quelqu'un me demanderait si je suis homme de lettres, je répondrais : « Non, monsieur, je vends des cannes à pêche, » tant je trouve cette folle réclame humiliante pour tous (1).

Maupassant avait à cet égard les répugnances de Flaubert : il haïssait le tapage (bien qu'il ait laissé afficher *Une vie* aux quatre coins de Paris). Il ne donnait pas non plus facilement son portrait ; et il dut certainement amuser Flaubert, quand il lui écrivit de quelle façon il accueillait les interviews :

Ministère de l'Instruction publique
    et des Beaux-arts
      Secrétariat, 1er bureau.

                  Paris, le 17 octobre 1879.

Un certain M. Champsaur, rédacteur au *Figaro*, m'a demandé des détails biographiques sur moi. Il veut faire *l'entourage de Zola*. Je lui ai écrit qu'à six ans je faisais le désespoir de ma bonne par mon obscénité ; qu'à dix-sept, j'étais renvoyé d'une maison ecclésiastique pour irréligion et scandales divers, et qu'aujourd'hui mon amie Suzanne

(1) Dossiers Tanit.

Lagier, dont l'opinion fait loi en matière de mœurs, trouve que j'en manque absolument. Goinfre et lubrique, je pense que tout le bonheur de la vie consiste dans la satisfaction de ses vices ; et je cherche à multiplier les miens, etc., etc. Il a dû faire une bonne tête en recevant cette lettre fort polie, du reste, et pleine de remerciements. Son article doit paraître demain.

Adieu, mon cher maître, je vous embrasse filialement en vous serrant les mains.

Mille choses affectueuses à Mme et à M. Commanville, s'ils sont revenus près de vous.

Guy DE MAUPASSANT (1).

L'affection de Maupassant pour Flaubert ne se démentit jamais. La mort du grand écrivain fut pour l'auteur d'*Une vie* un coup terrible. Il fit lui-même la toilette funèbre, lava le corps et les mains, et, longtemps après ce malheur, il ne pouvait parler de cette brusque disparition sans une émotion profonde. Voici ce qu'il écrivait à Mme Commanville :

Paris, vendredi 24 mai 1880.

Chère Madame,

Votre lettre m'a fait du bien, car je suis dans un état moral vraiment triste. Plus la mort du pauvre Flaubert s'éloigne, plus son souvenir me hante,

(1) Dossiers Tanit.

plus je me sens le cœur endolori et l'esprit isolé. Son image est sans cesse devant moi, je le vois debout, dans sa grande robe de chambre brune, qui s'élargissait quand il levait les bras en parlant. Tous ses gestes me reviennent, toutes ses intonations me poursuivent, et des phrases qu'il avait coutume de dire sont dans mon oreille comme s'il les prononçait encore. C'est le commencement des dures séparations, de ce dépècement de notre existence, où disparaissent l'une après l'autre, toutes les personnes que nous aimions, en qui étaient nos souvenirs, avec qui nous pouvions causer le mieux des choses intimes.

Ces coups-là nous meurtrissent l'esprit et y laissent une souffrance continue, qui demeure en toutes nos pensées.

Ma pauvre mère, là-bas, a été bien frappée, et il paraît qu'elle est restée toute seule enfermée dans sa chambre, pendant deux jours entiers, pleurant. Pour elle, c'est le dernier vieil ami disparu, c'est la vie désormais sans écho de tous les bons souvenirs de sa jeunesse ; c'est ne plus jamais pouvoir réciter avec personne cette litanie des : « Vous en souvient-il ? » Je sens, en ce moment, d'une façon aiguë l'inutilité de vivre, la stérilité de tout effort, la hideuse monotonie des événements et des choses, et cet isolement moral dans lequel nous vivons tous, mais dont

je souffrais moins quand je pouvais causer avec
lui ; car il avait, comme personne, ce sens des
philosophes qui ouvre sur tout des horizons, vous
tient l'esprit aux grandes hauteurs d'où l'on con-
temple l'humanité entière, d'où l'on comprend
« l'éternelle misère de tout ».

Voilà, madame, des choses tristes, mais les
choses tristes valent mieux, lorsqu'on a le cœur
affligé, que les choses indifférentes.

Croyez, chère Madame et amie, à mon dévouement respectueux profond et fraternel, et présentez, je vous prie, mes meilleurs compliments
à votre mari.

GUY DE MAUPASSANT (1).

Cette lettre montre l'immense attachement que
Maupassant avait voué à Flaubert. Elle fait mieux
connaître et aimer les deux écrivains, désormais inséparables.

Aujourd'hui, Maupassant et Flaubert, l'élève et le
maître, sont unis dans la même gloire littéraire, dans
la même piété d'admiration et de respect. Flaubert
a sa statue à Rouen, dans la ville qui le méconnut
de son vivant ; et, en face, la statue de Maupassant,
square du musée, regarde le maître à qui il demandait
des conseils et qui avait deviné son jeune talent.

(1) Dossiers Tanit

Non seulement tous deux sont maintenant célèbres
à Rouen, mais ils y sont populaires. Jules Claretie
racontait déjà « qu'il avait vu, dans un petit théâtre
de Rouen, Gustave Flaubert et Guy de Maupassant
en personnages sur la scène, celui-ci avec sa moustache brune, celui-là avec sa longue chevelure. On
sait que la marque suprême de la popularité, c'est
d'apparaître sous les traits d'un comédien, dans une
revue de fin d'année ». Jules Claretie ajoute même un
trait plus significatif pour l'auteur de *Salammbô*. Il
y a quelques années, le sieur Colange, autrefois au
service de l'illustre écrivain, s'était établi restaura-
teur non loin de Rouen et avait mis sur son enseigne :
« Colange, aubergiste, ex-cuisinier de M. Gustave
Flaubert. »

CHAPITRE XI

Relations de Zola avec Flaubert. — Amitié et sincérité de
Zola. — Le réalisme et la *Cuisinière bourgeoise*. — Émile
Zola à l'Estaque. — Une lettre de Paul Alexis à Flaubert.
— Plaidoyer pour le document. — Flaubert et Alphonse
Daudet.

Après la déception passagère d'un premier contact
et malgré les dissentiments que signale Guy de Maupassant, Émile Zola fut un des plus sincères amis de
Flaubert. Son culte pour l'auteur de *Madame Bovary*
allait jusqu'à la vénération. Il ne pouvait parler de
lui sans attendrissement. « Il avait pour lui, dit
Mme Zola, une immense amitié. Quand Flaubert
venait le voir, ils s'enfermaient et passaient de longues
heures ensemble. »

Zola a écrit d'admirables pages sur la mort de
Flaubert, cette mort inattendue que Goncourt men-
tionne à peine dans son journal. Séparés par de profondes différences d'opinion et de procédés, Flaubert
et Zola ne s'entendaient ni sur Chateaubriand, ni sur
le style, ni surtout sur la façon de comprendre et
d'exploiter le succès littéraire.

Zola prétendait que le style n'avait qu'une valeur
secondaire ; l'important, d'après lui, était de mettre

debout des types vivants; et la preuve, disait-il,
c'est que nous comprenons et que nous sentons les
beautés d'Homère, dans une traduction française,
sans avoir besoin de lire le style grec. Flaubert soutenait que la forme seule immortalisait les œuvres,
et que précisément les poèmes d'Homère ne seraient
pas arrivés jusqu'à nous, s'ils eussent été écrits en
mauvais style.

Malgré ces divergences d'opinion, qui désespéraient
Flaubert, Zola avait avec lui une parenté d'esprit
et de tempérament qui n'est pas contestable. Pessimiste comme lui et aussi sauvage, Zola recherchait la
campagne et la solitude. C'est beaucoup plus tard,
vers 1890, que l'exilé de Médan devint ambitieux,
fréquenta ses confrères, obtint la croix, voulut entrer
à l'Académie, présida la Société des Gens de lettres,
se mêla à la vie contemporaine et partit en guerre
contre les romanciers de son temps et contre le
théâtre de Victor Hugo (le *Voltaire, Revue russe,*
préface du quatrième volume des *Annales du théâtre
et de la musique*). Tourgueneff, suffoqué d'indignation,
écrivait à Flaubert (14 janvier 1878). « J'ai lu les
feuilletons de Zola. Que voulez-vous? Je le plains.
Oui, c'est de la compassion qu'il m'inspire, et je crains
bien qu'il n'ait jamais lu Shakespeare. Il y a là une
tare originelle dont il ne se débarrassera jamais. »
Cette tare de Zola, c'était son ignorance proverbiale.
Il croyait que Victor Hugo avait inventé le nom de
Niebhur.

Par la patience et le travail, Zola, du moins, était

bien réellement de l'école de Flaubert. L'auteur des *Rougon-Macquart* écrivait toute la matinée, avec l'assiduité tranquille d'un bon fonctionnaire, et conserva toute sa vie cette habitude. Son romantisme épique, sa verve descriptive n'étaient pas de nature à déplaire à Flaubert. L'auteur de *Madame Bovary* reconnut toujours chez Zola un talent de premier ordre, très personnel. Il lut même un jour à haute voix, rue Murillo, trois pages de la *Curée*, qui venait de paraître et dont le lyrisme réaliste le transportait d'admiration. « Ça c'est un monsieur ! » concluait-il, en s'épongeant le front (1).

Comme Flaubert, Zola n'était jamais content de ce qu'il faisait. Il raturait constamment la même page et travailla d'abord avec la lenteur d'un ruminant. Ce n'est que plus tard qu'il acquit cette facilité d'inspiration dont il abusait en se croyant obligé de produire chaque année un volume de cinq cents pages. Il écrivait à Albert Wolff, en 1878 : « Je passe des semaines à me croire idiot et à vouloir déchirer mes manuscrits. Il n'y a pas un garçon plus ravagé que moi par le doute de lui-même. Je ne travaille que dans la fièvre et avec la continuelle terreur de ne pas me satisfaire. Voilà la vérité (2).

C'est par un prodigieux effort de volonté que Zola parvint à travailler facilement et à renouveler ses ressources d'inspiration. Incapable de parler en public

(1) BERGERAT, *le Livre de Caliban*, p. 73.
(2) *La Gloire à Paris*, Albert WOLFF, p. 59.

ou de lire à haute voix sans perdre contenance (comme un soir chez Mme Viardot), il avait fini, à force d'obstination, par dompter sa timidité et par apprendre à parler (1).

Zola, comme Flaubert, détestait le bourgeois, ce qui ne l'empêcha pas de revendiquer lui aussi sa qualité de bon bourgeois, à propos de l'*Assommoir*, qui paraissait dans la *République des Lettres*. Sachant que le substitut de Meaux avait l'intention de poursuivre, Zola se rendit au parquet, déclara n'avoir eu que des intentions morales en écrivant ce roman, et affirma qu'il était, lui aussi, un franc et honnête bourgeois (2).

Les procédés d'écrire de Flaubert viennent directement de Chateaubriand et de Gautier. Zola prit le sien dans *Madame Bovary* et *Germinie Lacerteux*. Son tempérament réaliste devina tout de suite l'avenir que présentait la description matérielle par petites touches et menus détails, à la façon de l'*Éducation sentimentale*. Dédaigneux d'esthétique et exagérant la crudité de Flaubert, Zola poussa le réalisme jusqu'à la minutie, et Flaubert ne pouvait que reconnaître sa propre manière dans des pages comme la célébration de la messe et la petite église des Artaud de l'*Abbé Mouret*. Ce genre de description ne fut pourtant pas admiré sans réserves, même à cette époque. On trouvait avec raison que ce parti pris de tout dire

1) Albert Cim, *Le Dîner des gens de lettres.*
(2) *Dix ans de bohème*, par Émile Goudeau, p. 71.

sentait un peu l'artifice. Aurélien Scholl montrait, par exemple, dans l'*Événement*, qu'il était assez facile d'imiter ce procédé d'exactitude. « Je mets en scène, dit-il, une cuisinière nommée Jacqueline, à laquelle ses maîtres ont commandé un civet de lièvre. Je prends la *Cuisinière bourgeoise*, et me voici au travail.

Roman.	*Cuisinière bourgeoise.*
Jacqueline fit fondre du beurre dans une casserole; elle y fit revenir du petit lard coupé en dés, et le retira dès qu'il fut roux.	Faites fondre du beurre dans une casserole; faites-y revenir du petit lard coupé en dés; retirez-le quand il est roux.
Elle passa au beurre ses morceaux de lièvre, ajouta une forte pincée de farine, fit un roux et mouilla avec un peu de bouillon.	Passez au beurre vos morceaux de lièvre; ajoutez une forte pincée de farine; faites un roux; mouillez avec un peu de bouillon.
Après cela, Jacqueline remit son lard, ses oignons et ses champignons, un panais coupé en morceaux et un bouquet garni. Elle mouilla avec bouillon et vin rouge, fit bouillir à grand feu, goûta la sauce, et, la trouvant fade, ajouta un peu de poivre et de sel.	Remettez votre lard, vos oignons et vos champignons, un panais coupé en morceaux et un bouquet garni. Mouillez avec bouillon et vin rouge; faites bouillir à grand feu; goûtez la sauce; ajoutez, s'il le faut, poivre et sel.
Une fois terminées ces premières opérations, Jacqueline écrasa le foie dans un peu de sauce, y mêla le sang, versa le tout dans une casserole, ajouta un morceau de beurre manié de farine... et servit.	Écrasez le foie dans un peu de sauce; mêlez-y le sang; versez le tout dans la casserole; ajoutez, avant de servir un morceau de beurre manié de farine, et servez.

« Et maintenant, ajoute plaisamment M. Scholl, je me livre à l'admiration de mes contemporains (1) ! »

Mais ce n'est pas seulement chez Flaubert qu'il faut aller chercher la formation du talent d'Émile Zola. Une autre influence agit aussi fortement sur lui : c'est celle de Cézanne, qui envoyait à cette époque au Salon des tableaux régulièrement refusés et qui enseignait à l'écrivain l'égalité artistique du beau et du laid. En prenant à son compte la glorification de Manet et de Courbet, Zola ne pouvait manquer de devenir à son tour le chef apparent d'un nouveau réalisme, auquel il donna l'étiquette de naturalisme, pour renchérir d'originalité sur Champfleury.

En dehors du parti pris littéraire, qui lui inspirait quelquefois des attaques regrettables (comme son *éreintement* de Claretie, dont il avait fait l'éloge dans la *Tribune* en 1869), le caractère d'Émile Zola était d'une loyauté à laquelle tout le monde s'est plu à rendre justice et qui répondait bien à la proverbiale droiture de Flaubert. Zola méritait d'avoir des amis. Le bon Coppée, dont il loua le talent, poussa la fidélité jusqu'à soutenir sa candidature à l'Académie, malgré l'opposition de Brunetière. Dans une lettre des catalogues Charavay, Alphonse Daudet rappelle un trait caractéristique qui fait honneur à l'auteur de la *Curée*. Zola, très pauvre, avait donné à un journal radical un article élogieux sur les *Contes du lundi*. Comme on refusait de l'imprimer, sous prétexte que Daudet

(1) *Gazette anecdotique*, mars 1879.

était trop réactionnaire, Zola se fâcha : « L'article passera, dit-il, ou je m'en vais (1). »

Dans les nombreuses lettres de Zola qui figurent aux dossiers Tanit, on voit l'auteur de l'*Assommoir*, sans cesse occupé des affaires de Flaubert, multiplier les démarches pour lui rendre service. Ces lettres ont presque toutes été publiées ; l'auteur de la *Curée* se montre toujours impatient de revoir le solitaire de Croisset ; il lui raconte ses travaux, l'*Assommoir*, *Nana*, et on voit là avec quelle conscience il écrivait lui aussi ses romans. Flaubert dut lire avec plaisir la fameuse lettre où Zola déclare qu'il travaille avec délices à l'Estaque, près de Marseille, par 40 degrés de chaleur, tout heureux d'écrire le *Rêve*, un livre attendrissant et honnête.

« Il faut maintenant que je vous parle un peu de moi. Il y a près de quatre mois que je suis à l'Estaque. Pays superbe. J'ai en face de moi le golfe de Marseille avec son merveilleux fond de collines et la ville toute blanche dans les eaux bleues. Remarquez que malgré ce voisinage, je me trouve en plein désert. Et des coquillages, mon ami, des bouillabaisses, une nourriture du tonnerre de Dieu, qui me souffle du feu dans le corps. J'avoue moi-même que j'ai abusé de toutes ces bonnes choses ; j'ai dû garder le lit quelques jours. Les fruits m'ont remis, des pêches magnifiques, puis les figues et le raisin. Nous avons eu longtemps 40 degrés de chaleur. Le soir, une brise montait et l'on jouissait.

---

(1) DEFFOUX et ZAVIE, *Flaubert et Zola.*

En somme, je suis très heureux de ma saison. Ma femme va beaucoup mieux. Nous allons encore rester six semaines, jusque vers le 5 novembre, de façon à profiter de l'automne splendide qui commence. »

Il est hors de doute que Zola a sincèrement aimé et admiré Flaubert. Il suffirait, pour s'en convaincre, de lire les pages émues qu'il a écrites sur la mort de l'auteur des *Trois contes*.

Quand on parle de Zola, un nom vient naturellement sous la plume : c'est celui de son fidèle Paul Alexis, qui joua son rôle à ses côtés dans l'histoire du roman naturaliste. Paul Alexis avait lui aussi le culte de Flaubert. Voici, à ce propos, une lettre curieuse où l'auteur de la *Fin de Lucie Pellegrin* essaye de justifier le soin qu'il mettait à informer le public qu'il n'inventait aucun de ses écrits. La critique et les lecteurs ont, d'après lui, le plus grand intérêt à savoir si un auteur a réellement pris dans la vie son histoire et ses personnages.

7 février 1880,

Mon cher maître et ami (1),

Rassurez-vous. Les trois lettres que vous m'avez écrites en huit jours, et toutes trois à l'occasion de mon pauvre bouquin (unique produit de dix années paresseuses) me sont parvenues. Et inutile de vous dire combien de cette appréciation minu-

_____

(1) Dossiers Tanit.

tieuse et détaillée (critiques aussi bien qu'éloges)
j'en suis heureux et touché et fier ! Une lettre
de quatre pages de Gustave Flaubert ! Si l'on
m'avait prédit cela, il y a quinze ans, au fond de
ma province, quand je lisais et relisais sans cesse
Salammbô et *Madame Bovary!*

Je vous abandonne volontiers les notes en petit
texte à gauche, dont j'ai fait précéder les quatre
nouvelles. Et pourtant je ne suis pas encore bien
convaincu. Laissez-moi vous énumérer naïvement
mes raisons : 1º Ces notes ne sont pas faites pour
« le bon public », qui, lui, les parcourt d'un œil
distrait ou ne les lit même pas. Elles sont uniquement pour les hommes du métier, pour les confrères ; 2º si chaque auteur en avait fait autant
sur chacune de ses œuvres et ce, en toute sincérité et naïveté, même avec le plus grand *doigt dans
l'œil,* quelle précieuse mine de renseignements pour
la critique, pour l'histoire littéraire ! Exemple : En
tête de *Madame Bovary* ce renseignement : « L'aga-
cement produit en moi par la mauvaise écriture de
Champfleury et des soi-disant réalistes n'a pas été
sans influence sur la production de cette œuvre.
Signé : Gustave Flaubert. » Quel jour cela ne jette-
rait-il pas sur l'*Histoire littéraire de la seconde moitié
du dix-neuvième siècle!* Que de sottises épargnées
aux professeurs de rhétorique de l'avenir !

3º Ne faut-il pas une certaine crânerie, après tout,

pour se confesser tout haut, *sans peur de se diminuer soi-même aux yeux du public?* Cette apparente naïveté ne recouvre-t-elle pas une royale indifférence de l'opinion, de son entourage, de ses contemporains? Seulement, en matière de confession, il ne faut pas être sacrilège : il faut tout dire, ne rien cacher de ce qui est vrai, de ce que l'on croit vrai...

Voilà, mon cher ami, les principales raisons qui m'ont fait accoucher du « petit texte ». Je les avais *avant;* mais *depuis* j'en ai de nouvelles, acquises par l'expérience. Celle-ci, entre autres : tout le monde me parle des quatre petites notes. On m'en blâme comme vous, on les défend, on les discute. Or, être discuté en littérature, n'est-ce pas un succès?

Et celle-ci encore : on ne les a blâmées jusqu'à présent que par système, en bloc! Mais nul ne m'a encore dit ce qu'il y avait de répréhensible dans chacune d'elles en particulier.

Aussi je vous avertis, mon cher maître, que je me trouve très tenté de systématiser à mon tour (erreur pour erreur, allez! tout n'est qu'erreur sous la « bêtise » du soleil), et dans toute ma carrière littéraire de continuer à mettre ainsi la *puce à l'oreille* des confrères, en continuant à faire pénétrer le lecteur dans les coulisses de mon œuvre.

Enfin, un argument *ad hominem :* vous m'avez

écrit une lettre de quatre pages compactes, « qui m'a fait croire en moi » pendant toute une journée. Sans les quelques lignes où vous blâmez mes petits papotages, votre lettre eût été plus courte de quelques lignes.

Celui qui vous aime tellement, qu'il en aime « cette petite crapule de Maupassant » (expression de Suzanne Lagier).

Votre

Paul ALEXIS.

34, rue de Douai.

Alphonse Daudet a, lui aussi, sa place marquée parmi les meilleurs amis de Flaubert. Nous avons déjà dit ailleurs *(Souvenirs de la Vie littéraire)* dans quels termes d'admiration recueillie l'auteur du *Nabab* parlait du grand Flaubert, qu'il appelait le « confluent de Chateaubriand et de Balzac. » Comment Flaubert, à son tour, n'eût-il pas subi la rayonnante séduction que dégageaient le sourire, la parole, le cœur généreux de l'auteur des *Lettres de mon moulin?* Alphonse Daudet enchantait tout le monde, les vieux et les jeunes, les simples et les raffinés. Wagner lui-même s'inquiétait de savoir si Daudet l'aimait sincèrement (1). La camaraderie de Daudet, sa ferveur et son besoin d'intimité répondaient au tempérament de Flaubert, méridional du Nord, toujours prêt à crier d'enthousiasme ou à éclater de colère.

____

(1) Hugues LEROUX, *Portraits de cire*, p. 17.

L'auteur de *Salammbô* recommandait *Jack* comme un livre « bien remarquable ». « Je suis bien aise que *Jack* vous ait plu, écrit-il à George Sand. C'est un charmant livre, n'est-ce pas? Si vous connaissiez l'auteur, vous l'aimeriez encore plus que son œuvre. Je lui ai dit de vous envoyer *Risler* et *Tartarin*. Vous me remercierez d'avoir fait ces deux lectures, j'en suis certain d'avance. »

Les lettres d'Alphonse Daudet qui restent dans les dossiers Tanit donnent de précieux renseignements sur ses relations avec Flaubert.

L'auteur du *Nabab* se plaint du « grand trou » que fait dans sa vie l'éloignement et l'absence de Flaubert. « Vous êtes le plus grand de nous, lui dit-il, le meilleur, le plus humain. » Quand Flaubert n'est pas là, il n'y a plus de réunion possible. Sans lui, « on ne se voit pas, on ne dîne plus, on s'aime moins. » Daudet est en train d'écrire *Numa Roumestan*, où il met en lutte le Nord et le Midi. Son héros, Numa, ne serait pas tout à fait Baragnon, mais « Bardoux, Gambetta, *moi* et d'autres. » Daudet travaille à ce livre *doucement* et avec bonheur, dans son nouvel appartement de l'avenue de l'Observatoire, pendant qu'on répète la pièce tirée du *Nabab*.

Ce dernier roman avait été écrit place des Vosges. Dans une lettre datée du n° 18, rue des Vosges, Daudet envoie à Flaubert des nouvelles de ce livre, « qui se vend supérieurement, dit-il, malgré la politique ». Il prétend avoir fait un roman absolument vrai où il « n'a pas forcé la note » et où il a dit seulement « ce qu'il avait vu ». La « gent badinguiste lui en veut beaucoup » et les « Pontmartin et autres versent des tonneaux de fiente sur sa vie publique et privée ». Il réclame en finissant des nouvelles de *Bouvard et Pécuchet* et demande si « les deux bonshommes sont amoureux, ce qui serait bien drôle ».

Un autre billet nous apprend que Flaubert s'est cassé la jambe, et voilà Daudet très inquiet. Lui aussi, en 1870, il a eu la jambe cassée, ce qui ne l'a pas empêché, trois mois après, de reprendre le fusil contre les Prussiens.

Les plus simples billets de Daudet à Flaubert ont toujours un ton de cordialité affectueuse. A chaque instant, pour une fête ou un anniversaire, il invite son grand ami à venir entendre des vers ou à boire d'excellent vin.

Ce qui est surtout intéressant, dans ces trop rares lettres, c'est l'opinion de Daudet sur les ouvrages de Flaubert. On ne s'étonne pas que l'auteur de *Jack* ait admiré sans réserves la *Tentation de saint Antoine*, qui enchantait sa belle imagination toujours éprise de lectures et d'évocations historiques. (Daudet était un lecteur passionné de Renan et de Gaston Boissier). La *Tentation* enthousiasme Daudet ; il en est « étonné, troublé, ébloui et haletant. J'en sais des passages par cœur, comme je sais la *Tempête* de Rabelais. Et n'est-ce pas une vraie tempête que cette Tentation, la tempête sous un crâne qui a reçu toutes les insolations du désert ? » Même admiration débordante pour les *Trois contes*. « Bravo, mon vieux. Livre admirable ! » Mais, ce qu'il préfère, c'est *Un cœur simple*.

Flaubert et Daudet ont échangé une correspondance très suivie, dont il ne reste malheureusement qu'une faible trace dans nos dossiers. Il est regrettable que cette correspondance n'ait jamais été publiée. Nous eussions voulu, du moins, donner ici le texte des trois ou quatre billets dont nous venons de parler et qui font en tout une soixantaine de lignes. L'autorisation de reproduire ces soixante lignes nous a été refusée.

CHAPITRE XII

Alphonse Daudet, Maupassant, Zola, Goncourt
étaient des romanciers, fils littéraires et directs de
Flaubert : leur intimité s'explique. Les relations
d'amitié de Flaubert avec un critique et un philosophe comme Taine offrent un intérêt d'un caractère
plus spécial et plus surprenant. Par ses goûts, sa tournure d'esprit et son genre d'études, Taine semble au
premier abord bien éloigné des habitudes intellectuelles
et des préoccupations de Flaubert ; et cependant ils
sont tous deux, par certains côtés, très proches l'un
de l'autre.

Parmi les amis du grand romancier, Taine est un
de ceux qui non seulement ont aimé son œuvre, mais
qui ont été attirés et je dirai presque obsédés par ce
miracle d'exécution parfaite. Toujours avide de se
former et de se perfectionner, Taine, nous le verrons
par ses lettres, aurait voulu étudier de près, s'expliquer les secrets du travail de Flaubert, ses procédés,
sa manière, son métier. La vie laborieuse de Taine, son
grand amour de l'histoire et du document devaient

plaire à Flaubert. L'auteur du *Voyage en Italie* se grisait de documentation, il lisait tout, consignait tout ; et, cherchant surtout à acquérir le don de la couleur et de la description, qui lui manquait, il est naturel qu'il ait été séduit par des livres comme *Salammbô*, *Bouvard et Pécuchet* et la *Tentation de saint Antoine*. Sainte-Beuve lui dit un jour, en discutant un point d'histoire : « Taisez-vous, Taine. Si vous connaissez les livres, vous ne connaissez pas les hommes (1). »

L'auteur des *Origines de la France contemporaine* avait, comme Flaubert, l'amour du petit fait, du détail vivant ; c'est pour cela qu'il a si bien compris Stendhal et Balzac ; et ce goût d'observation immédiate ne l'empêchait pas d'aimer le passé, d'être un historien d'archives et d'érudition. La lecture entretenait sa fièvre de curiosité. La soif de connaître a dominé sa vie. Sa correspondance est très instructive, à cet égard. Taine fait parfois l'effet d'un Bouvard ou d'un Pécuchet de génie. Grand travailleur comme Flaubert, il passa ses meilleures années de jeunesse seul dans une chambre, à lire et à écrire, comme un bénédictin (2). Il habitait, la moitié de l'année, sa maison de Menthon-Saint-Bernard, en Haute-Savoie, et l'hiver à Paris son paisible appartement de la rue de Jouy. Sa conversation n'avait rien de remarquable ; il parlait surtout du travail en train et manquait totalement d'esprit et de saillie. Au dîner

---

(1) *Mémoires d'autrefois*, par Robert DE BONNIÈRES, 3ᵉ série.
(2) GONCOURT, *Journal*, 1866.

Magny, où il retrouvait ses amis, Saint-Victor, Sainte-Beuve, Renan, Goncourt, Flaubert, il n'était pas de ceux qui brillaient. Il avait quelques théories originales, mais pas de trait, point de relief (1).

En 1863, Taine fit la connaissance de Flaubert « qui, est, dit-il, un bien brave et loyal garçon » (*Corresp.*, II, p. 268). Il l'appelle « un rêveur et un sauvage ». Il dit qu'il a le style de Gautier et qu'il « ne connaît pas de plus beau roman que *Madame Bovary*, depuis Balzac ». Ses premières impressions sur le talent et les idées de Flaubert sont curieuses. « Flaubert a travaillé, dit-il, trente-six heures de suite pour écrire le commencement du défilé de la Hache et n'avait pas même les yeux rouges. Il a évidemment une organisation de taureau. Il voit, les yeux fermés, trop d'objets ; sa tête est une photographie. Il imagine aussi nettement la moindre fêlure du parquet que les grandes lignes de la chambre. C'est pourquoi, quand il commence à écrire, il est encombré, il ne sait quoi dire d'abord ; il en met trop, il est obligé de réduire, il ramène cinquante pages à quatre... »

Et Taine ajoute, en essayant de résumer le système de Flaubert :

« Ne jamais partir comme Hugo, Schiller, d'une généralité qu'on individualise ; mais d'une particularité qu'on généralise, comme Gœthe, Shakespeare ; voilà sa maxime. Ma thèse avec lui est de lui dire (avec

(1) Cf. *Figures d'hier et d'aujourd'hui*, par Victor FOURNEL p. 325.

des ménagements) que son style s'écaillera, que la
description sera inintelligible dans.cent ans, qu'elle
l'est déjà pour les trois quarts des esprits, que la
narration et l'action comme dans *Gil Blas* ou *Fiel-*
ding sont les seuls procédés durables.

« Il répond... qu'il n'y a pas d'art sans pittoresque,
que l'idée doit atteindre les dehors, se manifester par
une forme corporelle et visible.

« Ma thèse est toujours que son état d'esprit, la
vision du détail physique, n'est point transmissible
par l'écriture, mais seulement par la peinture. Sa
réponse est que c'est là son état d'esprit et l'état d'esprit moderne.

« Il écrit d'une manière extraordinaire, avec un
premier jet incomplet, maladif, mettant des carrés,
des losanges, un mot en vedette, un bout de phrase,
attendant que le chant vienne, raturant, revenant
avec un labeur énorme et insensé (1). »

On voit les différences de conception et de méthode
qui semblent, dès le début, séparer les deux écrivains.
Taine conteste la valeur du style descriptif ; son esprit
philosophique n'admet que la narration sans relief,
celle qui raconte sans peindre, *Marianne* ou *Gil Blas*.
Il ne tarda pas à changer d'avis. Sa correspondance
nous apprend comment, à force de volonté et de travail, attiré par l'étude des procédés, Taine a évolué
et s'est fait une nouvelle théorie de l'art d'écrire. Il
« modifie les allures de sa pensée » ; il parvient « à

(1) TAINE, *Correspondance*, t. II, p. 230-236.

sortir de lui-même » et lui « qui n'a fait jusqu'ici que
des raisonnements », il « apprend le style descriptif »,
il « fabrique de l'imagination », il tâche « d'étudier et
d'acquérir le dialogue » ; et plus tard, en effet, il décrira
magnifiquement les paysages d'Italie, les forêts des
Pyrénées et des Vosges, et il finira par avouer que Flaubert et Gautier ont le même procédé qu'Homère (1).

Dans une lettre où il est question du *Voyage en
Italie*, Taine, qui était en train d'écrire son fameux
livre sur l'*Intelligence*, demande à Flaubert des détails sur sa façon de comprendre et de trouver
des sensations et des images.

Cher Ami (2),

Vous êtes un brave et bon ami. Merci de vos
notes ; votre approbation me fait beaucoup de
plaisir, et j'en ai besoin. Je ne suis pas si content
que vous de l'ouvrage, surtout du second volume.
Il m'est revenu de divers côtés une objection fon-
damentale et ce sont des hommes intelligents, des
gens du métier, qui me la font, sans compter les
lecteurs ordinaires : « C'est bien, mais c'est fatigant, inintelligible. Cela tend horriblement l'attention et les nerfs. On le lit pour avoir mal à la tête ! »
Ce reproche m'a déjà été fait pour l'*Histoire de la*

----

(1) *Voyage en Italie*, t. I, p. 131. Si Flaubert écrit comme
Homère, Taine avait donc tort de dire que la description de
Flaubert serait un jour inintelligible.

(2) Dossiers Tanit

littérature anglaise et les précédents ouvrages ; je les crois justes. J'avais espéré, en écrivant ce voyage et en suivant mes notes avec toute leur variété de sujets et de tons, échapper à cet inconvénient ; il paraît que cela m'est impossible ; mon style n'est pas fait pour être clair ni coulant. En tous cas, je fais comme tous ceux qui ont un vice ; je m'enfonce dans le mien ; j'ai cent cinquante pages d'une théorie de l'Intelligence ; c'est de l'anatomie générale, après quantité de dissections particulières ; pourtant c'est plus abstrait. Je resterai là dedans environ dix-huit mois. J'ai donné ma démission de Saint-Cyr afin d'avoir par an neuf mois de libres.

Et vous, où en êtes-vous? Le deuxième volume avance-t-il? Est-ce que vous ne viendrez pas passer une semaine à Paris avant février? Avertissez-moi, pour que nous puissions déjeuner ensemble. J'arrive à une question personnelle ; répondez-moi, si vous avez une heure de loisir. J'ai besoin de cas spéciaux et d'hypertrophiés, pour ces matières d'imagination et d'images. Je prends divers renseignements auprès de ces hypertrophiés, et vous en êtes un :

1⁰ Quand vous êtes arrivé à vous figurer suffisamment un paysage, un personnage, une rue de Tostes, la taille et le visage d'Emma, le grouillement dans le défilé de la Hache, y a-t-il des moments où l'imagination intensive puisse être confondue par vous avec l'objet réel? L'oubli des sensations articulées est-il parfois assez grand pour cela?

2° Vous est-il arrivé, ayant imaginé un personnage, ou un endroit, avec intensité et longtemps, d'en être ensuite obsédé, comme par une hallucination, le personnage se reformant de lui-même et faisant tache sur le champ de la vision?

3° A l'état ordinaire, quand, après avoir bien regardé un mur, ou un arbre, ou un visage, vous vous en souvenez, voyez-vous avec précision les irrégularités, la surface avec ses bosselures, pleinement, intégralement? Ou bien apercevez-vous simplement tel geste, tel angle, tel effet de lumière, bref, trois ou quatre fragments, pas davantage?

4° Vous connaissez sans doute les images intenses, mais tranquilles, et les hallucinations bienfaisantes qui précèdent le sommeil. Quand on s'endort après dîner ou en tisonnant, elles sont très faciles à remarquer, il reste encore assez de conscience. L'intuition, ou l'image artistique et poétique du romancier, telle que vous la connaissez, en diffère-t-elle beaucoup pour l'intensité? Ou bien la différence est-elle simplement que ces images et hallucinations, situées sur le seuil du sommeil, sont désordonnées et non volontaires?

Vous me rendrez service, et grand service, si, complétant votre expérience propre, vous pouvez répondre en partie ou en totalité à ces questions. J'en pose de semblable à Doré, à un joueur d'échecs qui peut mener une partie les yeux fermés, à un mathématicien qui chiffre de longs calculs dans sa tête...

A vous de cœur (1)...

H. TAINE.
3, rue Bretonvilliers.

Flaubert, qui connaissait la vaste érudition de Taine, faisait souvent appel à ses lumières et lui demande fréquemment des renseignements, notamment pour son *Bouvard et Pécuchet*. Taine lui répond :

26 juillet, Menthon-Saint-Bernard (Haute-Savoie).

Mon cher Ami (2),

Pour le droit divin, entre Bossuet et Bonald, le traité le plus curieux et le plus complet est celui de Robert Filmer, qu'a réfuté Locke (*On government*). Le livre de Locke est partout ; vous y trouverez des citations de Filmer très comiques. Filmer part de ce principe que Dieu a donné la

---

(1) Voir la réponse et les idées de Flaubert dans sa *Correspondance*, t. II, p. 501 (Conard).
(2) Dossiers Tanit.

terre à Adam et que ses descendants se sont transmis la souveraineté de mâle en mâle.

Ma brochure sur le suffrage universel a été publiée chez Hachette. Je crois que le véritable inventeur de la chose est Rousseau *(Contrat social)* quoique Jurieu et les autres protestants sous Louis XIV l'aient prêché aussi. Mais Rousseau et sa queue révolutionnaire ont formulé et propagé la doctrine. Locke *(On government)* est parfaitement sensé là-dessus. Vos bonshommes, vivant sous Louis-Philippe, peuvent lire la théorie dans les articles incessants de M. de Genoude *(Gazette de France)*.

Achetez donc le *Dictionnaire de politique*, en deux gros volumes, de Maurice Block. Impossible de voir un plus beau charivari d'abstractions et de grands mots. Ce sont ces sortes d'Encyclopédies que lisent des amateurs comme les vôtres; ils croient alors avoir la science infuse et cela met leurs cervelles à l'envers. Homais comparé à eux est un logicien.

Je crois que la politique et la littérature seront les deux plus intéressants chapitres de votre livre. Quant aux objections que vous vous faites à vous-même, j'en ai parlé une fois à Tourgueneff; je me défiais de mon jugement, n'étant pas du métier; lui en est, je lui ai laissé la parole et je suppose qu'il vous a dit ce qu'il pensait. En gros, le danger à mes yeux est le trop ; vous avez l'air de faire une Encyclopédie de toutes les sottises possibles ; et beaucoup de bévues (chimiques, agricoles, etc.) ne paraîtront point telles aux lecteurs ordinaires ; au contraire, les sottises politiques et littéraires pourront être senties par tout le monde.

Bon courage, mon cher ami ; moi aussi j'ai besoin d'en avoir, non pas tant à cause de cette polémique ridicule que mon livre a suscitée, mais parce que maintenant j'ai le travail pénible ; la machine vieillit, il faut que j'y mette de l'huile et que je la laisse reposer de deux jours l'un.

A vous,

H. TAINE.

Il reste encore dans les dossiers Tanit une dizaine de billets inédits de Taine, notes, rendez-vous, invitations sans importance, mais qui montrent que ses relations avec Flaubert furent toujours très suivies et très cordiales.

CHAPITRE XIII

George Sand et Flaubert. — Leur intimité. — Leurs visites
à la foire de Rouen. — Caro et George Sand. — George
Sand et Dumas fils. — George Sand en costume masculin.
— Contrastes et oppositions littéraires entre George Sand
et Flaubert. — Entrevue de Dickens et de George Sand. —
Une lettre de Barbès à Flaubert. — Une visite d'Amélie
Bosquet à George Sand. — Comment Émile de Girardin
recevait les femmes de lettres.

Les lettres de George Sand à Flaubert ont presque
toutes été publiées. Les dossiers Tanit ne contiennent
plus que quelques billets insignifiants. Mais comment écrire un livre sur les amis de Flaubert, sans
évoquer, au moins en passant, la figure de l'illustre
femme qui fut pour lui une si bienfaisante consola-
trice, une sorte de grande sœur maternelle et dévouée?

Par son cœur ou par son génie, George Sand a fait
la conquête de tous ceux qui l'ont approchée. Elle
donna sa jeunesse à l'amour, qui la déçut ; son âge
mûr lui valut, du moins, des amis fidèles, comme
Dumas fils et Flaubert.

La tendresse de Flaubert pour cette femme dont il
n'aimait, au fond, ni l'œuvre ni le style, montre le
besoin de confiance et d'attachement qui tourmentait
à son insu le solitaire écrivain. Tout les séparait, leurs

goûts, leur esthétique, leurs caractères, leur langue.
La conversation de Flaubert était plutôt rabelai-
sienne ; celle de George Sand fut toujours irréprochable. Même avec des hommes, elle ne supportait
ni la grossièreté, ni l'équivoque, et Flaubert, qui la
tutoyait pourtant, savait se surveiller devant elle.
Aux dîners Magny, où elle fut admise, elle lui disait :
« Il n'y a que vous ici qui ne me gêniez pas. » Elle
réclamait sa société, quand elle dînait, rue Montparnasse, chez Sainte-Beuve. Le fin critique lui faisait
choisir ses convives et elle indiquait volontiers Flaubert.

Ce qui devait attirer et mettre à l'aise un grand
enfant romantique comme Flaubert, c'était l'absence
de toute coquetterie féminine ou littéraire chez George
Sand et par-dessus tout sa bonté infinie, qui faisait
dire à Tourgueneff qu'il n'existait pas un être pareil
sur la terre. Quand se fut calmée chez George Sand
la fièvre de jeunesse qui lui inspira ses premiers livres,
Indiana, Lélia, Valentine, la simplicité des sentiments,
qui formait le fond de sa vraie nature, reprit le dessus,
et ce fut la bonté qui domina sa vie et créa autour
d'elle toute une famille d'amis dévoués. Même autrefois, dans ses liaisons les plus orageuses, sa passion
garda toujours quelque chose de maternel. Ceux
qu'elle a aimés, Musset, Chopin, Michel de Bourges,
Manceau, furent à peu près tous des malades qu'elle
soignait avec une inlassable sollicitude. Elle leur
disait : « Mon enfant, » et tous s'accordaient à reconnaître une vérité que son mari a proclamée le premier :

c'est que George Sand était un cœur bien plus qu'un
tempérament (1). « Elle voulait être la mère de ses
amants, » a-t-elle dit de Lucrezia Floriani, l'héroïne
du roman où elle a fait d'elle-même et de Chopin une
peinture que le grand musicien ne lui pardonna pas.
Elle parle quelque part de ses huit années de dévouement pour Chopin (Karénine). On sait la tendresse maternelle qu'elle éprouva pour l'ouvrier-poète Édouard
Plouvier et pour Charles Poncy, le maçon toulonnais.
« Ma passion dominante, écrivait-elle à Henri Amic,
a été la maternité. Dans tous les amours de ma vie,
il y a quelque chose de la passion maternelle, quelque
chose de la passion protectrice qui nous fait croire que
ceux qu'on aime nous appartiennent davantage (2). »

George Sand fit la connaissance de Flaubert en 1863,
au dîner Magny, où Sainte-Beuve et Dumas fils les
présentèrent l'un à l'autre. Flaubert alla voir George
Sand à Palaiseau, qu'elle habitait à cette époque, et
entra bientôt en correspondance avec elle (3). L'auteur
de *Mauprat* écrivit sur *Madame Bovary* et le réalisme
un article que l'on trouve dans ses *Questions d'art
et de littérature*. Elle ne devait pas tarder à aimer
Flaubert comme un vieil enfant adoptif. Elle l'appelait à Nohant pour calmer l'amertume de sa solitude
normande. Elle fut son soutien moral, son lointain

(1) Cf. le volume si documenté de L. VINCENT, *George Sand
et le Berry*, p. 193, 95, 585, 376.
(2) Cité par E. MOSELLY, *George Sand*, p. 96.
(3) KARÉNINE, t. IV, p. 504.

refuge. Elle lui recommande l'exercice. Elle prend
part à son martyre. Elle accourait quelquefois subitement à Croisset, et elle lui imposait alors des courses
hygiéniques ou de calmants enfantillages, comme
d'aller voir les saltimbanques à la foire Saint-Romain.
« Parmi ceux devant lesquels le montreur de fauves
récitait son boniment, on distinguait un monsieur
aux longues moustaches avec un lorgnon sur l'œil,
et une dame vénérable portant sur ses cheveux blancs
un petit toquet semblable à celui que portait Chactas
dans les éditions d'*Atala* illustrées. C'étaient Flaubert et George Sand (1) ».

Ils allaient de préférence voir jouer la *Tentation
de Saint Antoine*, « et j'ai encore devant les yeux la
figure ahurie du père Legrain, l'impresario bien
connu de ce théâtricule, quand je lui confiai mysté-
rieusement qu'il avait dans son auditoire l'auteur de
la pièce. Il voulait à toute force l'annoncer (2). »

Pour juger George Sand, en toute impartialité,
M. Marcel Prévost a raison, « il faut voir surtout son
cœur, et son cœur fut grand et sa vie fut noble. »
Mme Viardot disait : « On a parlé d'elle, on n'a pas
assez parlé de sa bonté, » qui fut inépuisable (3). Après
sa rupture avec Musset, George Sand avait une petite
bonne qui lui vola mille francs pour les envoyer à son
fiancé de Nohant. La pauvre petite avoua son forfait

---

(1) Gustave CLAUDIN, *Mes souvenirs*, p. 144.
(2) *Esquisse sur Flaubert intime*, par Charles LAPIERRE,
p. 11.
(3) J. CLARETIE, *la Vie à Paris*, 1910.

en fondant en larmes, et George Sand la consola en lui donnant encore de l'argent, pour qu'elle épousât son Jean-Louis (1).

C'est vers 1850 que George Sand dit à peu près adieu à son ardente jeunesse, pour devenir la légendaire *bonne dame de Nohant*, dont on a unanimement et respectueusement célébré la vie familiale et les vertus domestiques. Le dévoué Dutheil, celui qui figure dans les *Lettres d'un voyageur*, pressait Edmond Biré d'aller la voir quand elle venait à Paris. Il prenait la peine de le rassurer, en lui disant qu'il ne reconnaîtrait plus l'auteur de *Lélia*. « Tu trouveras, disait-il, au coin de son feu, une bonne dame très berrichonne et nullement parisienne, très simple, très digne, très modeste, au regard mélancolique, à la voix moelleuse et un peu voilée. Je te présenterai. George t'adressera un mot aimable ; tu n'auras pas besoin de répondre, tu t'inclineras et tout sera dit. » Biré était un catholique et un sauvage. Il n'alla pas voir George Sand.

Le philosophe Caro fut très frappé, lui aussi, par la bonté si simple de George Sand :

« Au bout de quelques minutes, elle entra. J'étais ému avant, je ne le fus plus en la voyant. Un miracle de naturel que cette femme. Elle a cinquante-sept ans. Elle est un peu forte, sans excès — de beaux traits un peu marqués — des mains et des pieds d'enfant, des cheveux très noirs mêlés de cheveux très blancs, mais tous frisés et crêpés naturellement à la Ninon,

(1) Arsène HOUSSAYE, *Souvenirs de jeunesse*, I, p. 175.

mais sans prétention, des yeux ! oh ! des yeux admirables de bonté et de gaieté. Elle me tendit la main en me voyant, m'assura que je lui faisais un plaisir infini. Je baisai sa main, elle roula une cigarette, m'en offrit une, que je refusai (hélas !) et nous nous mîmes à causer avec une liberté, une aisance, une amitié, comme si nous nous étions connus toute notre vie ; au bout d'une demi-heure, elle se leva, prit mon bras, et me montra toute sa maison, sa chambre de jeune fille, où elle rêvait tant et où son génie se nourrissait de lectures nocturnes, la chambre de sa grand'mère, qui est devenue l'appartement de son fils Maurice, sa chambre à elle, où, ma foi ! le lit n'était pas encore fait. Elle m'en demanda pardon, parce qu'elle venait de se lever. Le tout d'une propreté, d'une distinction artistique, d'une bibeloterie variée, comme vous l'aimez, d'un cachet de simplicité et de goût inimitable. Puis le petit théâtre du château, qui est leur passion à tous, et un bijou, en effet, rien n'y manque, décor, coulisses, costumes (1). »

Il faut toujours le redire : George Sand, dans la seconde moitié de sa vie, donna l'exemple d'une supériorité morale qui fit oublier ses fautes retentissantes et lui valut de sûres affections, comme celle de Flaubert et Dumas fils. Ce dernier fut plus peut-être encore son ami de prédilection, celui en qui elle avait mis sa plus intime confiance.

(1) Lettre inédite publiée par J. BOURDEAU, *Débats*, 25 juillet 1924.

On sait comment George Sand fit la connaissance
de Dumas fils. Étant en voyage à la frontière de
Pologne, vers 1833, l'auteur de la *Dame aux camélias*
rencontra le consul Landau, qui lui fit lire les fameuses
lettres de Chopin, qu'il tenait d'une sœur de l'illustre
musicien. Dumas fils les lut et, au lieu de les rendre
au consul, il s'empressa de les donner à George Sand,
qui fut infiniment touchée de cette marque de sympathie (1). A partir de ce moment, elle témoigna à
Dumas fils une confiance sans bornes, et c'est à lui
qu'elle remit ses lettres à Musset, jusqu'alors jalouse-
ment gardées et que le poète des *Nuits* se crut un
moment en droit de réclamer. Il ne recula que devant
le scandale d'un procès (2).

Il s'est créé autour de Dumas fils une légende qui
fait de lui un avare, un railleur, un esprit sec, « un
causeur sacrifiant tout à l'éclat de la conversation (3). »
La vérité, c'est que Dumas fils cachait, au contraire, sous le feu d'une mordante plaisanterie, des
sentiments de délicatesse et de bonté auxquels Eugène
de Mirecourt lui-même se crut obligé de rendre justice.

Dans un discours prononcé en 1883, à l'inaugura-
tion de la statue de Dumas père, Edmond About
rappelait ce que ce dernier lui disait : « Tu as raison

(1) Cf. KARÉNINE et *Revue des Deux Mondes*, 1er août 1924
(*Dumas fils intime*, par Maurice Lippmann).

(2) *Semaines des deux Parisiens*, par MARDOCHE et DES-
GENAIS.

(3) Olympe AUDOUARD, *Voyage à travers mes souvenirs*,
p. 118.

d'aimer Alexandre. C'est un être profondément humain ; il a le cœur aussi grand que la tête. Si tout va bien, ce garçon-là sera Dieu le fils. » Le vieux Dumas se contentait d'être Dieu le père.

Bon et aimant la bonté, selon le mot de Jules Claretie, qui le voyait souvent au dîner Bixiou, l'auteur du *Demi-Monde* était, au fond, un amoureux et un tendre. Il aima sérieusement l'actrice Marie Laporte, et il fut cruellement trompé par l'honnête Marie Desclée, qu'il adorait et qu'il croyait « racheter (1) ».

Accueillant et paternel, lisant les manuscrits et encourageant les jeunes, Dumas fils était tout le contraire d'un avare et d'un égoïste. On ne sait où a passé l'énorme fortune qu'il a gagnée ; mais ses traits de générosité sont bien connus. A la mort de Théophile Gautier, il apporta 1 500 francs pour les donner à la famille, au cas où l'on aurait eu besoin d'argent pour les funérailles. Ayant appris que l'auteur de la *Vie de Bohème* se trouvait gêné, il « vint mettre à sa disposition une somme importante, et Murger usa plusieurs fois de cette aide cordiale (2) ».

Quand il savait qu'un jeune auteur ne se vendait pas, Dumas fils allait quelquefois lui-même chez l'éditeur acheter les volumes, pour faire croire que la vente marchait bien (3). C'est grâce à sa protection que la pièce de Villiers de l'Isle-Adam, *La Révolte*, fut jouée au Vaudeville en 1870.

(1) J. CLARETIE, *La Vie à Paris*, 1900, p. 5.
(2) *Histoire de Murger*, par trois buveurs d'eau, p. 243.
(3) Cité par Jules BERTAUT, *Le Boulevard*.

Capable dans un bon mouvement de demander un sauf-conduit à M. Thiers pour faire évader le communard Bergeret (1), l'auteur du *Demi-Monde* avait mené une campagne très active pour la candidature académique de Maupassant, dont il arrangea et fit jouer à la Comédie-Française une des œuvres posthumes, la *Paix du ménage* (2).

Quand elle voulut mettre à la scène le *Marquis de Villemer*, George Sand, qui n'avait pas précisément le don du dialogue dramatique et qui s'était fait aider par l'acteur Bocage pour l'adaptation de *Mauprat*, se retrouva aux prises avec les mêmes difficultés et fit appel à la collaboration de Dumas fils. Celui-ci écrivit le scénario, tout le premier acte et une moitié du second. Joué en 1864, le *Marquis de Villemer* rapporta 200 000 francs. Dumas fils, toujours désintéressé, refusa de toucher des droits d'auteur. Ces traits de générosité sont tout à fait dans sa manière (3). Il agissait toujours ainsi, sans ostentation, avec une naïveté qui devait infiniment toucher George Sand. La bonté naturelle de l'aimable femme ne s'étonnait de rien et ne comprenait les bonnes actions que dites et faites simplement. Ce qui frappait chez elle, en effet, c'était le calme, l'air tranquille de ses grands yeux noirs, lourds de langueur, ce qu'Armand Silvestre appelait « sa sérénité d'âme absolument sans défail-

(1) *Le Livre de Caliban*, par BERGERAT, p. 88.
(2) DEFFOUX et ZAVIE, *Le Groupe de Médan.*
(3) *Gazette anecdotique*, 1884 et 1882.

lance, au milieu de la famille reconstituée autour d'elle (1).

Dumas fils disait qu'elle était une déçue, une trompée, mais pas une passionnée. « C'est en vain qu'elle voudrait l'être ; elle ne le peut pas ; sa nature physique s'y oppose (2) ». « Elle est plutôt petite que grande, plutôt grasse que maigre, dit Dumas père, qui la peint à quarante-six ans. Elle a des cheveux magnifiques, des yeux superbes, calmes et pleins de flamme à la fois. Le bas de la figure est moins bien que le haut (3). »

Si le romantique Flaubert eût connu George Sand quand elle était jeune, il n'eût très certainement pas été choqué par ses allures indépendantes et son mépris du bourgeois, qui allaient jusqu'à faire d'elle un homme plutôt qu'une femme. Elle répétait souvent dans sa vieillesse, pour justifier son rigorisme à l'égard de ses enfants : « Moi, c'est différent. J'ai vécu en homme. » Le costume masculin, qu'elle quitta, d'ailleurs, de bonne heure, n'arrivait pas cependant à lui donner tout à fait l'allure garçonnière ; son air naturel reprenait vite le dessus, s'il faut en croire une anecdote que nous trouvons dans une brochure de l'époque :

« George Sand s'habillait en homme et allait exa-

(1) Armand SILVESTRE, *Portraits et souvenirs.*

(2) Cité par Séché et Bertaut. La nature avait donné à George Sand une imagination insatiable et un tempérament froid. Cette contradiction, qui explique bien des choses, ne fait plus de doute depuis la publication des remarquables ouvrages de Mlle Vincent.

(3) *Mémoires dramatiques,* p. 313.

miner sur place les scènes de mœurs qu'elle devait plus tard reproduire dans ses livres. Un soir, elle se rend au parterre du Théâtre-Français, sous son costume masculin, bien entendu. Elle avait devant elle un colosse et, en faisant des efforts inouïs pour voir la scène par-dessus ses épaules, elle s'appuyait involontairement sur lui, de sorte que le géant, impatienté, finit par lui dire : « Laissez-moi donc tranquille, monsieur ! — Pardon, répondit George Sand, je suis si petite. » La femme se trahissait sous les habits du bohème (1). »

Mary Lafon rencontra plusieurs fois George Sand au restaurant Edin, où elle venait avec Jules Sandeau. « J'avoue, dit-il, qu'elle n'avait rien de bien séduisant. Une figure mentonnée, le nez des brebis du Berry et trop fort, une bouche trop grande, des yeux trop hardis, assez de cheveux, mais d'une longueur ordinaire. Voilà ce qui frappait en elle. Joignez-y la tournure ridicule que, par les jambes et le buste, développe une femme sous le costume masculin, avec une gorge qu'on eût admirée à bon droit à la Maternité, et vous verrez Mme Sand telle qu'elle apparut sous son uniforme plastique à la jeunesse de 1831. »

C'est à peu près sous cet aspect que l'acteur Lasouche, étant enfant, l'aperçut dans la boutique du passage Vendôme : « Un petit jeune homme aux longs cheveux, à la taille flexible, à la physionomie rieuse,

____

(1) *Paris Bohème,* p. 38.

que je voyais fort souvent dans la boutique paternelle, où elle venait fumer des cigarettes. Souvent
sa main caressait ma joue, et je trouvais cette main
bien fine, bien douce, comme une main de femme,
et cela n'avait rien d'étonnant, attendu que ce beau
jeune homme n'était autre que George Sand (1). »

Cette manière de « s'habiller en homme » n'était
pas approuvée par tous ses amis. Adolphe Guéroult
lui écrivit à ce sujet, le 6 mai 1835, une lettre assez
vive, contre laquelle elle proteste dans sa *Correspondance*. « Quand vous portez le costume de votre sexe,
lui disait-il, j'éprouve près de vous une sorte de respect, car, comme femme, vous avez souffert assez
noblement pour le mériter. En homme, vous êtes gen-
tille, vous êtes un joli page qu'on a envie d'embrasser
pour ses beaux yeux, mais il y a là-dessous quelque
chose où perce le travestissement, l'espièglerie de
carnaval. En homme, je ne vous prends nullement au
sérieux. »

Quand Flaubert connut George Sand, elle n'avait
plus rien de commun avec la créature masculine et
troublante qui bravait les préjugés de son temps.
C'était une nouvelle femme, guérie du romantisme
et qui incarnait désormais la vie familiale et les mœurs
domestiques. Après avoir fait amende honorable dans
ses *Lettres à Marcie*, elle glorifiait maintenant tout
ce qu'elle avait attaqué (2) ; elle conseillait le mariage,

____

(1) Lasouche, *Mémoires anecdotiques*, p. 8.
(2) Cf. Moselly, *George Sand*, p. 110.

elle croyait au bonheur sans la passion, elle reniait ses rêves, elle aimait « à coudre et à torcher les enfants » et finissait par faire avouer à Flaubert que « c'est le bourgeois qui a raison ».

Il existe entre George Sand et Flaubert un contraste encore plus frappant et qui semblait devoir les séparer davantage : c'est la différence de leur méthode de travail et de leurs idées littéraires. Leur correspondance est, à cet égard, une des choses les plus curieuses qu'on puisse lire et un des événements les plus importants de notre histoire littéraire. Pour la première fois, on voit deux grands écrivains discuter leurs procédés, faire un cours contradictoire sur la prose française, le roman, l'improvisation et le travail. La leçon est unique. Qui des deux a raison? Ni l'un ni l'autre, ou plutôt l'un et l'autre. George Sand a raison, mais Flaubert n'a pas tort. Cette leçon mérite l'attention de tous les écrivains et pourrait parfaitement être enseignée dans les classes.

George Sand soutenait la même doctrine, quand elle écrivait aux Goncourt : « Croyez ce que je vous dis... Vous simplifierez les moyens et vous mettrez de l'ordre dans cette abondance. C'est la jeune école, je le sais. On veut tout dire, tout décrire, ne pas laisser un brin d'herbe dans l'ombre, compter les festons et les astragales. C'est éblouissant, mais parfois ça l'est trop (1). »

Les procédés de travail de George Sand étaient la négation des procédés de Flaubert. Elle écrivait régu-

____

(1) DE SÉGUR, *Parmi les cyprès et les lauriers*, p. 121.

lièrement et se raturait très peu : « Elle s'interrompt de temps en temps, pour fumer une cigarette, pour se relire à elle-même ce qu'elle trouve bien ; puis, la tâche faite, quand la pelote est employée, elle se repose et recommence le lendemain (1). »

Cette fécondité finissait par inquiéter Buloz. Caro signalait aussi les inconvénients d'une facilité d'autant plus surprenante que George Sand avait débuté en collaborant avec Jules Sandeau, qui, lui, n'était jamais content de son style et refaisait toujours ses phrases (2). L'auteur de *Mauprat* écrivait la nuit, de 11 heures du soir à 5 heures du matin, sept ou huit heures par jour en moyenne. Même quand elle avait du monde à Nohant, elle quittait ses invités à 11 heures pour se retirer dans sa chambre et s'asseoir devant son papier blanc. Elle ne se couchait qu'aux premières lueurs du jour. Trois heures de sommeil lui suffisaient (3). L'abus du tabac et du café, qu'elle prenait la nuit en fumant ses éternelles cigarettes, finit par lui donner la maladie de foie dont elle mourut. Écrivant quelquefois treize heures de suite sans être incommodée, elle prenait à peine le temps de relire les manuscrits qu'elle envoyait à Buloz. Ces excès de travail provoquaient des maladies physiques, des

(1) Louis ULBACH, *Nos contemporains*, p. 238.
(2) Édouard GRENIER, *Souvenirs*, p. 117.
(3) Elle observait, tout en travaillant, les jeux de ses petites filles, répondait à leurs questions et continuait à écrire avec « un arlequin sur chaque bras et un ménage de poupée sur ses genoux ». KARÉNINE, *George Sand*, t. IV, p. 325.

crises de découragement et de somnolence. « Mme Sand, nous apprend Dumas fils, s'endormait tout à coup durant vingt heures, trente heures, se laissant tomber n'importe où elle se trouvait, rêvant tout haut, balbutiant des paroles incohérentes, n'ayant plus besoin de rien que de sommeil, mais d'un sommeil équivalent à la fatigue résultant d'un trop grand effort de l'esprit ; puis, peu à peu, elle rouvrait les yeux, elle ne se réveillait pas, ce n'est pas le mot, elle renaissait, elle refaisait connaissance avec les choses extérieures et marchait pendant deux ou trois jours dans son jardin, sans dire une parole et comme à la recherche d'elle-même. Enfin elle se retrouvait et, rentrée en possession de son individualité, elle la remettait dans son mouvement ordinaire. Dans le commencement de ces phénomènes bizarres, on croyait à une paralysie imminente et l'on était tout étonné, après ces interruptions momentanées, de lui voir écrire le *Marquis de Villemer* ou *Mademoiselle de la Quintinie*. Ce sont tout bonnement les repos forcés de ces forçats volontaires... Pour qu'ils n'oublient pas qu'ils ne sont que des hommes, la Nature les réduit pendant quelques heures ou quelques mois à l'état d'animaux, c'est-à-dire au sommeil et à la vie purement végétative (1). »

Son dédain pour le travail des phrases n'empêchait pas l'auteur de *Lélia* d'aimer le style autant que l'ai-

____

(1) Lettre de Dumas fils citée par Henry LECOMTE dans son livre : *Alexandre Dumas. Sa vie intime. Ses œuvres*, p. 76.

mait Flaubert. Seulement elle l'aimait d'une autre façon, et elle avait le sien. Il est difficile, même quand on l'étudie de près, de distinguer les procédés et les secrets de son métier. Ils sont invisibles. « Elle n'écrivait pas, au sens ordinaire du mot, nous dit Parisis. Elle se racontait par la plume une histoire qui lui faisait plaisir. Pas d'autre objectif. De composition, pas l'ombre. Elle s'embarquait sur un point de départ, et improvisait ensuite, se souciant peu de savoir où ça la conduirait, par déduction, attrait, entraînement ou caprice. Elle allait, voilà tout. Tout ce qu'elle accordait au métier, c'était de numéroter ses feuilles. Quand elle approchait du nombre qui constituait un volume, alors seulement elle se préoccupait de finir, de conclure, de dénouer. »

George Sand ne cherchait pas à bien écrire, mais à beaucoup écrire pour gagner sa vie. Elle sentait bien quelquefois qu'elle avait tort, notamment dans ses *Lettres d'un voyageur*, où elle exprime le regret sincère de ne pouvoir se corriger. Delacroix constate que ce n'était pas par paresse qu'elle ne raturait pas son style ; comme Dumas père, elle ne le pouvait pas (1). Cette facilité lui a permis de publier une centaine de romans et près de cinquante mille lettres, qui formeraient à elles seules deux cents volumes de trois cents pages, c'est-à-dire le double de sa production littéraire.

Cet incroyable labeur (c'est elle qui nous l'apprend)

(1) L. VINCENT, *George Sand et le Berry*, p. 595.

lui rapporta un million, et avec cela elle trouva le moyen de ne pas mettre un sou de côté. « J'ai tout donné, dit-elle, sauf 20 000 francs, que j'ai placés pour ne pas coûter trop de tisanes à mes enfants, si je tombe malade... J'ai toujours vécu au jour le jour du fruit de mon travail, et je regarde cette manière d'arranger la vie comme la plus heureuse (1). »

Flaubert admirait, comme tout le monde, la miraculeuse fécondité de George Sand. Ce qu'il ne concevait pas, c'était l'impossibilité de se raturer. George Sand, de son côté, n'arrivait pas à comprendre l'épuisant travail de Flaubert. Cela l'effrayait et elle finissait par douter de ce qu'elle écrivait elle-même.

Non seulement leurs procédés étaient radicalement opposés, mais aussi leurs buts et leurs conceptions littéraires. Flaubert ne travaillait que pour l'art ; George Sand n'a jamais pris la plume que pour démontrer quelque chose, saper le mariage ou exalter la passion. Elle faisait du roman social, elle prêchait la franc-maçonnerie, la philosophie, la démocratie (*Comtesse de Rudolstadt, Consuelo, Mauprat, Compagnons du Tour de France*, etc...).

Un grand principe dominait l'esthétique de Flaubert : l'impassibilité absolue, disparaître de son œuvre, n'y rien mettre de soi. Cette indifférence indignait George Sand.

Flaubert se vantait de n'écrire que pour douze

(1) Louis ULBACH, *Nos contemporains*, p. 232.

personnes. George Sand déclarait qu'on devait écrire pour tout le monde. « Écrire pour vingt personnes et se ficher du reste, disait-elle, ce n'est pas vrai, puisque l'absence de succès t'irrite ou t'affecte. »

Ils avaient cependant certains points de vue communs, qui les inclinaient à se faire des concessions. Ainsi, ils admiraient tous deux Balzac, bien que son style eût très vite découragé Flaubert. George Sand a publié sur Balzac un bel article, que l'on trouve dans un volume peu connu intitulé : *A ma table*. Montrant dans quelles conditions pécuniaires le grand romancier a cherché sa voie pendant dix ans, elle se demande quel bon ange gardien a pu lui permettre de réaliser une œuvre pareille. « Tout se tient, dit-elle, dans cette *Comédie humaine*, où il y a pourtant des chefs-d'œuvre qu'on peut lire à part, comme *la Cousine Bette*, *la Vieille fille*, *Eugénie Grandet*. »

George Sand était si simple, si bonne femme, qu'elle passait inaperçue et qu'il fallait presque déjà la connaître pour s'aviser de la remarquer. Elle n'avait aucune espèce de conversation et ne prenait même pas la peine de parler. « Je n'ai pas l'ombre d'esprit, disait-elle. Je suis lourde, prolixe, emphatique. » Elle aimait à se taire, se contentant d'écouter et de fumer en silence (1). Elle refusait de faire la connaissance de Mme Marbouty, en lui disant : « Ne cherchez point à me voir. Je vous semblerais froide et je vous déplairais sans doute, comme j'ai déplu à beaucoup

(1) Troubat, *La salle à manger de Sainte-Beuve.*

de personnes qui m'intimidaient (1). » On finissait par être mal à l'aise devant « cette génisse qui regarde passer un train, » comme disait Barbey d'Aurevilly On se rappelle le dépit de Théophile Gautier qui, invité pour la première fois à Nohant et froissé de son accueil glacial, voulait repartir le lendemain. » « On ne lui a donc pas dit que j'étais très bête, » s'écria George Sand (2). Il lui fallait un certain temps, dit Bergerat, pour comprendre les mots d'esprit de Dumas fils. Ce manque apparent d'intelligence étonnait ceux qui l'approchaient. Dickens, notamment, s'y est complètement mépris. Dans sa *Correspondance*, publiée en 1880, le grand romancier anglais raconte comment il fut présenté, en 1846, chez Mme Viardot, à l'illustre auteur de *la Petite Fadette* :

« J'ai rencontré Mme George Sand, l'autre jour, à un dîner que Mme Viardot donnait pour cette grande occasion. L'esprit humain ne saurait concevoir un être plus étonnamment différent de ce que je m'attendais à voir. Si on me l'eût montrée à l'état de repos et qu'on m'eût demandé : « Qui croyez-vous que soit cette dame? » j'eusse répondu : « C'est la garde au mois de la reine *(the queen's monthly nurse)*. Au reste, (en français dans le texte), elle n'a rien d'un bas bleu ; elle est fort tranquille et très agréable (3). »

Mathilde Shaw regrette que son grand ami Alexandre

---

(1) *Une amie de Balzac*, par Ferval.

(2) Raconté dans la *Vie parisienne* de Parisis, 1884, p. 304 et cité par Grenier, *Souvenirs littéraires*, p. 104.

(3) *Gazette anecdotique*, 30 avril 1880.

Dumas père ait porté sur George Sand à peu près le même jugement. « Comme j'exprimais un jour la joie que j'aurais à la connaître personnellement, il me dit ces paroles textuelles : « On voit bien, en effet, « que tu ne la connais pas. J'aimerais mieux lire « pendant une journée son livre de cuisine que « causer dix minutes avec elle. C'est une oie (1). »

Le bon Dumas a lui-même remis au point cette boutade dans un passage de ses *Mémoires*, où il dit, en propres termes, que « la conversation de George Sand avait toute la simplicité de la grandeur, toute la naïveté du génie », qu'elle « parlait peu, sans prétention aucune, mais qu'elle disait quelque chose chaque fois qu'elle ouvrait la bouche (2) ».

Le comte de Kératry confirme ce témoignage. Il cite un récit de la *Presse* du 31 mars 1840, où un témoin oculaire et anonyme raconte avoir vu dans une boutique de mercerie la future auteur de *Lélia*, alors fleuriste et simplement vêtue d'une robe d'indienne, venant vendre une boîte de sapin au maître du magasin, qui lui donna deux pièces de cent sous. A quelque temps de là, le narrateur fut stupéfait de rencontrer la même personne chez un rédacteur du *Figaro*, à qui elle était en train de raconter avec infiniment d'esprit une histoire fort plaisante (3). »

Malgré leurs désaccords littéraires, Flaubert avait

(1) Mathilde SHAW, *Illustres et inconnus*, p. 210.

(2) *Souvenirs dramatiques*, II, p. 313 (Curieux chapitre sur George Sand).

(3) KÉRATRY, *Mémoires*, p. 133.

souvent recours aux conseils de sa grande amie. Avide de renseignements, à l'époque où il écrivait l'*Éducation sentimentale*, il lui demanda une lettre de recommanda-tion pour Barbès, condamné à la peine de mort, gracié par Louis-Philippe et alors interné dans les prisons du Mont-Saint-Michel. Barbès s'empressa de répondre à Flaubert la lettre suivante, qui contient d'émouvants détails sur la vie au Mont-Saint-Michel et une sévère appréciation du règne de Louis-Philippe :

Lahaie, 2 octobre 1867.

Cher Compatriote (1),

Notre illustre amie, Mme Sand, me transmet une question que vous lui adressez sur un fait du Mont-Saint-Michel et me dit de vous répondre.

Ce qu'a raconté le *National* est très vrai.

Nous étions alors aux loges-cellules, cachots situés tout en haut de l'édifice et où nous avions été transférés, à cause de certaine opération dite de doubles ou triples grilles qu'on voulait poser dans nos prisons ordinaires.

Je n'ai pas besoin de vous dire que ce transfère-ment était déjà un acte en dehors de toutes les règles habituelles de la détention et une pure violence de geôlier qui cherche à mieux garrotter ses captifs.

En rentrant un jour dans ma loge, après la petite promenade d'obligation sur l'*aire de plomb*

(1) Dossiers Tanit.

(l'ancien cloître), je m'aperçus qu'on avait profité de cette sortie pour fermer un trou qui avait existé de tout temps dans la porte de chaque loge.

Je compris qu'on commençait par moi, mais qu'on allait en faire autant à tous mes camarades, et je refusai de rentrer, tant qu'on n'aurait pas remis les choses comme avant ma sortie.

Mon bon ami Martin Bernard et d'autres joignirent leur déclaration à la mienne ; et tous ensemble nous demandâmes qu'on fît venir le directeur.

Au lieu de venir, celui-ci envoya le gardien-chef avec toute la bande des gardiens ; et c'est alors qu'eut lieu la scène dont il est naturel que la laideur ou l'horreur vous paraisse à peine croyable.

Pendant qu'on m'avait laissé, comme maître du corridor des loges, tous les gardiens ayant décampé pour aller s'organiser en bas sous les ordres de leur chef, j'avais ouvert la porte de Martin Bernard et celle d'un autre ami, Dessade, qui se trouvaient n'avoir été fermées qu'au verrou, sans qu'on eût donné le tour de clef.

Les gardiens nous voyant tous les trois réunis (ils étaient au moins vingt, soutenus par derrière par une compagnie de la garnison requise *ad hoc*), se précipitèrent sur nous sans sommation, sans autre mot que celui de : Saisissez ! Frappez ! poussé par leur chef.

Je fus le plus maltraité, parce que je fus rencontré le premier. Le coup sur le visage et sur tout le corps, le terrassement, la torsion de la cravate autour du cou, l'arrachement de la barbe, le traînement des loges (c'est-à-dire l'endroit le plus élevé du mont Saint-Michel) jusqu'au cachot noir (le point le plus profond), à travers un escalier sur chaque marche duquel ma tête rebondissait, oui, toutes ces choses ont eu lieu.

Martin Bernard et Dessade ont été traités identiquement.

Au cachot, on nous enleva nos vêtements pour nous revêtir de la tenue dite de cachot — de vieilles défroques des détenus non politiques — et, comme je portais, moi, un gilet de flanelle, devenu ma seconde peau presque depuis ma naissance, on voulait me l'enlever aussi.

Je ne réussis à le conserver que par la menace de me jeter sur les baïonnettes pour me faire tuer de suite, puisque, sans mon gilet, j'étais sûr de mourir de froid dans l'endroit glacial où l'on me menait.

On vit, à mon air, que j'étais bien résolu à faire ce que je disais et, le lieutenant commandant les soldats s'étant interposé en ma faveur, cette seconde peau me fut laissée.

Ah! on cherche aujourd'hui à réhabiliter le

règne de Louis-Philippe. Pour mon compte, je n'ai plus de haine contre personne. Je crois même ne pas faire mentir ma conscience, en disant que je serais porté à l'indulgence par cela précisément que j'ai été durement traité alors.

Mais ce fut un triste règne et une triste époque, je vous le jure. Que les Français n'oublient pas ! Notre chère France a tant souffert ! Que, sortant d'une violence contre sa destinée, elle ne retombe pas sous une escroquerie aussi néfaste et dont les hontes n'ont d'autre mérite que d'être empreintes de plus de lâcheté.

Voici une lettre bien plus longue que je ne pensais la faire. Pardonnez-moi, au nom de notre culte commun pour George Sand. C'est elle qui m'a dit de vous écrire ; et vous savez peut-être que, pour moi, elle représente ou elle est la France. Je l'aime comme vous l'aimez, comme nous aimons tous deux la patrie abaissée aujourd'hui, mais qui se relèvera.

George Sand, du moins, brille toujours et éclate de plus en plus.

En son nom donc, pardonnez-moi mes longueurs et acceptez une cordiale poignée de main d'un de vos admirateurs, depuis *Madame Bovary*, et d'un de vos amis depuis que j'ai su l'affection qu'on avait pour vous à Nohant.

A. BARBÈS.

La disparition de George Sand laissa Flaubert inconsolable. La mort de Bouilhet l'avait désemparé ; la mort de son amie l'accabla. On le vit, à Nohant, le jour des obsèques, debout devant la porte de l'église où il n'avait pas trouvé place, et là, tout seul contre la croix de pierre, il pleurait (Moselly).

Il faut encore compter parmi les amies de Flaubert une femme très intelligente, Mlle Amélie Bosquet, à qui Flaubert adressa de nombreuses lettres, publiées il y a quelques années par la *Revue des Deux Mondes*.

Mlle Bosquet avait déjà collaboré à la *Revue de Paris*, quand elle fit, en 1858, la connaissance du grand romancier par l'entremise d'André Pottier, conservateur de la bibliothèque municipale de Rouen. Ces relations restèrent toujours uniquement littéraires et respectueuses. « Nos conversations, dit-elle, dans une lettre à M. Franck, étaient fort animées, et il nous est arrivé bien des fois de causer deux ou trois heures en tête à tête. Mais l'ivresse qui s'emparait de nous, alors, était toute intellectuelle, et, si je juge de ce qui se passait en lui par ce que j'éprouvais moi-même, je dirai que cette flamme qui nous montait au cerveau absorbait complètement toutes les puissances de notre être. »

Ce lien d'ardente amitié se rompit en 1869. Mlle Bosquet publia dans le *Journal de Rouen*, sur l'*Éducation sentimentale*, un article où, croyant se reconnaître sous les traits de la Vatnatz, elle accusait Flaubert d'avoir injustement méprisé les femmes. Flaubert se fâcha. Il dédaignait la critique des indifférents, mais supportait mal celle de ses amis, lui qui était toujours prêt à louer le talent des autres, comme le prouvent ses lettres à Louise Colet et à Amélie Bosquet elle-même. On ne parvint pas à les réconcilier. « Pourtant vers la fin de sa vie, dit Félix Franck, les amis brouillés depuis si longtemps se retrouvèrent face à face dans une rue de Paris ; par un bon mouvement, on ne s'évita point, on se prit les mains, on causa et l'on promit de se revoir. Hélas ! il n'y eut plus de rencontre, car la mort guettait Flaubert, qui semblait si éloigné d'elle (1). »

Les lettres inédites d'Amélie Bosquet, que nous trouvons dans nos dossiers, sont, en général, peu intéressantes. En voici deux cependant qui sont précieuses. La jeune femme raconte à Flaubert sa visite à George Sand et à Émile de Girardin, deux personnes à qui le romancier avait bien voulu la recommander. Pour George Sand, Amélie Bosquet la croit jalouse et fait des suppositions ineptes ; quant à Girardin, la lettre peint l'homme et les mœurs d'une époque.

25 décembre 1866.

Si je ne vous ai pas remercié plus tôt, mon cher ami, de votre complaisance et de votre dévouement pour moi, c'est que je voulais m'assurer que M. Lavoix était encore au *Moniteur*, avant de

(1) *Gustave Flaubert, d'après des documents intimes et inédits*, p. 87.

vous demander de lui écrire. Il demeure rue Colbert, 12. Je crois qu'il vaut mieux que vous m'envoyiez la lettre pour lui, au lieu de la lui adresser directement, parce que je saurai quand vous lui écrirez.

Vous ne sauriez imaginer le plaisir que vous m'avez fait de m'envoyer chez George Sand. J'ai regardé cela comme la plus grande marque d'amitié que vous m'ayez jamais donnée. Ma démarche n'a pas très bien réussi ; mais je ne regrette pas de l'avoir faite, et mon peu de succès ne diminue en rien le gré que je vous sais de m'avoir permis de me présenter de votre part.

Je vous prie de ne jamais dire un mot à George Sand de mon impression ; mais, franchement, j'ai trouvé qu'elle me recevait comme un éditeur qui ne veut pas du livre qu'on lui présente. J'allais chez elle très intimidée par ses trente ans de gloire et toute pénétrée de sympathie ; son accueil m'a surpris. Il est vrai qu'elle s'est excusée de n'être pas plus aimable sur ce qu'elle était souffrante ; cependant je m'explique difficilement comment elle joue si mal son rôle de souveraine. Elle est gauche, embarrassée et surtout elle n'a rien de ce que j'aime tant en vous : la conscience magnanime de votre supériorité. Mais, quand elle a prononcé votre nom, en me disant qu'elle avait été chez vous, son visage s'est transfiguré. Je n'ai pu m'empêcher de penser alors que votre recommandation me nuirait peut-être auprès d'elle. Je vous assure que j'en serais bien aise. Pauvrette ! qui ne sait pas que je suis la femme la plus sage de tout Paris ! Enfin nous nous entendrons mieux peut-être à une prochaine entrevue. Tout ce que je puis affirmer, c'est qu'elle a une fameuse passion pour vous.

Je comprends que son intérieur n'est pas trop encourageant pour l'amour ; mais c'est George Sand, et on peut avoir la curiosité de savoir de quelle façon elle est libertine.

Si vous ne l'avez pas, cette curiosité, c'est mieux encore. Vous êtes un homme parfait. Adieu ; je vous ai dit mille folies. Que voulez-vous? Il faut en penser ou en faire. C'est la vie.

J'ai vu hier M. Frédéric Baudry, qui m'a dit des merveilles de votre nouveau roman.

Je vous envoie mes amitiés les plus tendres, mes souhaits de fin d'année pour vous, Mme Flaubert et Mme Commanville,

Amélie BOSQUET.

Voici maintenant la visite chez Émile de Girardin :

Samedi, 2 heures.

Je vous dois, mon cher ami, les explications que

vous me demandez et je me hâte de vous les adresser.

Je suis arrivé chez M. de Girardin quelques instants avant qu'il eût fini de déjeuner. On m'a fait entrer dans le vestibule et le domestique qui m'avait reçu à la porte (une espèce de majordome) a remis votre carte, que je lui avais donnée, à un homme d'assez mauvaise mine, qui était assis sur un canapé (unique siège où j'ai dû m'asseoir aussi), en lui enjoignant de la remettre à M. de Girardin. Celui-ci est arrivé, on lui a remis votre carte ; il l'a tournée entre ses doigts ; il m'a fait de la tête un signe de le suivre. Nous avons fait quelques pas à l'entrée de son cabinet. Il m'a tenue debout devant lui, sans la plus légère marque de politesse. Ses deux domestiques étaient à mes côtés et assistaient au dialogue.

— Je viens vous demander, ai-je dit, la permission de vous présenter un roman que je désirerais publier dans la *Liberté*.

En fronçant le sourcil et avec l'accent d'une vive impatience :

— Je ne lis pas de romans, madame ; adressez-vous à Mlle Cahun. Allez à la *Liberté*. Il y a quelqu'un pour cela.

— Je suis allée à la *Liberté*. Pourquoi m'a-t-on renvoyée ici?

— Ils ont ordre de n'envoyer personne ici. Donc, c'est inexact.

Je restais suffoquée et, après un temps de silence, j'ai dit : « Mais... » avec indécision.

— Informez-vous.

Il m'a tourné le dos, et je suis partie en lui faisant un salut qu'il ne m'a pas rendu.

Or, voilà ce qui s'était passé à la *Liberté*, quelques jours avant que je ne vous parlasse de mon intention d'aller chez M. de Girardin. Remarquez d'abord que M. de Girardin signe sur son journal : *unique propriétaire gérant et rédacteur en chef*, et aucune espèce d'indication ne s'y trouve d'une autre personne à qui s'adresser pour la rédaction.

En entrant dans le bureau, j'ai donc demandé M. de Girardin. On m'a répondu qu'il n'y était pas. Je crois avoir demandé, sans obtenir de réponse, si je ne pouvais pas m'adresser à une autre personne. Toujours est-il que j'ai expliqué aux deux garçons de bureau qui me recevaient que le but de ma visite était de proposer un roman pour la *Liberté* à M. de Girardin, et j'ai demandé quelle était l'heure à laquelle je pouvais être admise à lui parler.

Alors, on ne m'a pas dit que je devais m'adresser à Mlle Cahun, ni surtout ne pas m'adresser à M. de Girardin. Au contraire, on m'a répondu que M. de Girardin recevait chez lui de midi à une heure, et on m'a donné par écrit son adresse que je ne connaissais pas. Ne devais-je pas me croire suffisamment autorisée à me présenter chez lui?

Mais bien plus ; j'ai prié qu'on lui annonçât ma visite et, comme j'avais sur moi un exemplaire du *Roman des ouvriers*, que j'avais eu l'intention de donner à M. Rambaud, je l'ai remis pour M. de Girardin, en faisant observer qu'il saurait par ce livre quelle était la personne qui s'adressait à lui. On m'a dit que ce livre lui serait remis par son fils dans la journée.

Voilà les faits tels qu'ils se sont passés, et c'est là ce que j'ai raconté assez mal à M. de Girardin, en me plaignant du démenti qu'il m'avait donné et en terminant ma lettre par cette phrase : « Je crois, monsieur, que si vous donniez à vos subordonnés des instructions plus étendues, qui leur permissent de mieux interpréter vos ordres, vous épargneriez de fâcheuses méprises aux personnes qui, comme moi, ne cherchent dans M. de Girardin que le directeur de la *Liberté*. »

Peut-être ne sont-ce pas les instructions qui manquent aux garçons de bureau de M. de Girardin ; mais ils ont un ordre général de tous les rédacteurs d'écarter les importuns, et c'est pourquoi ils ne donnent aucun renseignement. Cependant, ils renvoient, malgré la défense, à M. de Girardin, parce qu'ils savent qu'on ne sera pas reçu. En effet, si je n'avais pas eu votre carte, je crois que le majordome ne m'aurait pas laissée entrer et je n'aurais pas été admise du tout.

Ce démenti, que M. de Girardin m'a donné, devant ses domestiques, a été pour moi comme si je recevais un soufflet, sans compter qu'il m'a parlé avec le ton d'une impatience insolente. Enfin, il m'a reçue comme on reçoit une mendiante importune, et vous voyez cependant comme j'ai été sobre de paroles avec lui.

Je n'irai trouver Mlle Cahun que si je peux savoir si elle n'a pas reçu l'ordre de me mettre à la porte.

Mme Léo a été reçue de la même façon par M. de Girardin, l'année dernière, mais, comme elle est un peu raide, je croyais qu'il y avait de sa faute ; et puis, avec votre recommandation, je m'étais persuadée que je n'avais plus rien à craindre.

Adieu, mon cher ami, je suis bien confuse de vous occuper de moi si longtemps. Je vous aime bien, parce que vous êtes le seul des hommes supérieurs qui soyez bon.

Amélie Bosquet.

P.-S. — M. de Girardin a peur, j'en suis sûre. Ces deux domestiques sont présents pour le garder en cas d'attaques. Vous savez que sa

théorie est que l'individu doit se défendre par lui-
même, sans avoir recours à la loi.

———————

Nous terminons ici la publication de ces correspon-
dances et le récit des relations de Flaubert avec
quelques-uns de ses principaux amis. Nous aurions
facilement pu étendre les proportions de ce travail.
Tout bien considéré, cependant, nous avons pensé
qu'il eût été difficile de donner à ce sujet de plus grands
développements sans tomber dans la monotonie et
les redites. Toutes ces lettres se ressemblent et, à peu
de chose près, sous des expressions différentes, tra-
duisent les mêmes sentiments. Cette simple étude
suffira donc, je crois, à bien montrer l'admiration et
l'estime que tous les amis de Flaubert ont éprouvées
pour son œuvre et pour sa personne.

Paris, 1924-1927.

FIN

TABLE DES MATIÈRES

CHAPITRE PREMIER

CHAPITRE II

CHAPITRE III

Cet ouvrage

a été achevé d'imprimer sur les presses

de la

LIBRAIRIE PLON

le 10 octobre 1927.